# 9클래스 소드 마스터

WISHBOOKS FUSION FANTASY STORY

이형석 퓨전 판타지 장편소설

12

이형석 퓨전 판타지 장편소설

초판 1쇄 찍은 날 | 2020년 5월 7일
초판 1쇄 펴낸 날 | 2020년 5월 14일

지은이 | 이형석
펴낸이 | 예경원

기획 | 위시북스
편집책임 | 이은송
편집 | 위시북스

펴낸곳 | 예원북스
등록번호 | 제396-2012-000132호
등록일자 | 2012. 7. 25
KFN | 제1-532호

주소 | 경기도 고양시 일산동구 호수로 646-24 위너스21II빌딩 206A호 (우)10401
전화 | 031-819-9431 팩스 | 031-817-9432
E-mail | yewonbooks@naver.com



ISBN 979-11-365-2627-4 04810
979-11-6424-597-0 (set)


※ 이 도서의 국립중앙도서관 출판시도서목록(CIP)은 서지정보유통지원시스템 홈페이지(http://seoji.go.kr)와 국가자료공동목록시스템(http://www.nl.go.kr/kolisnet)에서 이용하실 수 있습니다.

# 9클래스 소드 마스터

12

WISHBOOKS FUSION FANTASY STORY

이형석 퓨전 판타지 장편소설

Wish Books

CONTENTS

# ▶Chapter 1◀

장례가 끝나고 며칠이 지났다. 카릴은 복구가 한창인 화이트 벙커에서 조금 벗어난 기사 훈련소에 세운 임시 영주관에서 두 사람을 앞에 두고 그들의 이름을 불렀다.

"윈겔 하르트 경. 가네스 아벨란트 경."

"네."

자신의 이름이 호명될 때 윈겔은 침묵했고 가네스는 그저 짧게 대답을 하고는 고개를 끄덕일 뿐이었다. 그들의 모습에서 카릴에 대한 태도를 단번에 알 수 있었다.

"공국에 대한 그대들의 충정은 알고 있다. 그리고 그것이 튤리에 국한되어 있다는 것도."

카릴은 나지막한 목소리로 말했다.

"하지만 그녀는 이제 죽었고 공국의 상징이라 할 수 있는 레

봉은 무너졌지. 하나 장례식에서 한 나의 말은 거짓이 아니니다. 우든 클라우드는 공국을 단순히 도구로 생각할 뿐이다. 가네스 경은 공국을 지키기 위해 힘을 빌려주기로 하였고.”

“배신자에게 그런 말은 어울리지 않습니다. 주군을 버린 자입니다.”

“대신 공국 수천만의 백성들을 지킬 수 있게 되겠지.”

“글쎄요. 아직 아무런 결과가 나오지 않았습니다. 지금은 그저 배신에 대한 대가를 받는 중일 뿐입니다.”

“그 약이라면 이미 해독약을 주었을 텐데.”

카릴은 가네스를 바라보며 말했다.

참으로 우직한 자였다. 비단 해독약을 먹지 않아도 그의 마력이라면 약의 독기를 충분히 잠재울 수 있을 것이다. 그러나 그는 신체를 야금야금 갉아 먹는 독기를 그냥 두었다.

-가지고 있던 재료로 만들었습니다. 암페와 똑같이 생겼지만 독성은 그에 열 배는 될 겁니다.

요만의 대성벽이 무너졌던 날. 릴리아나는 잔나비 부족의 약초를 가지고 하나의 알약을 만들었다.

-부탁을 해서 만들긴 했지만 굳이 먹을 필요는 없어. 선택은 당신의 몫이니까.

카릴은 그것을 가네스에게 건넸다.

-암페 독 역시 환각을 일으키고 정신착란을 발생시키지만 죽진 않듯이 이 약 역시 죽음에 이르게 하는 독은 아닙니다. 하지만 사용된 독초가 달라 먹게 되면 해독약을 먹기 전까지는 온몸이 마치 칼에 베이는 듯한 고통에 빠질 겁니다.

릴리아나의 설명에도 불구하고 가네스는 아무런 고민 없이 그 약을 먹었다.

-공국은 이미 우든 클라우드가 장악하고 있다. 당신이 충정을 맹세했던 루레인가는 없다고 봐야겠지.

-제 눈으로 직접 확인할 겁니다.

-이런다고 해도 당신의 충정은 아무도 알아주지 않는다는 것만 명심해. 그들의 눈에 당신은 배신자에 불과하단 걸.

카릴은 그를 향해 어깨를 으쓱하며 대답했다.

'알아주지 않아도 그것이 튤리에 대한 그의 마지막 충정이라는 것이겠지. 자신의 손으로 그녀를 폐하게 했으니…….'

그는 스스로 그것을 벌이라 여길 것이다.

'아니면 그저 자기만족일지도.'

무엇이 되었든 상관은 없다. 조금이나마 그가 죄책감을 덜 수 있다면. 비록 육신의 고통이 그를 괴롭히겠지만 말이다.

'어째서 이런 자가 튤리마저 배신하고 우든 클라우드의 편에 서게 된 것일까.'

카릴은 처음에는 지금까지와는 달리 가네스에게만큼은 냉정한 태도를 보였다. 그 이유는 역시 전생에 그의 이명 때문이었다. 하지만 현생의 그를 보면서 이 정도로 공국을 위하는 충신이 과연 튤리를 배반했을까 하는 의문이 들었다.

'올리번…….'

카릴은 공국에서는 전혀 떠올리지 않을 것이라 여겼던 그 이름이 머릿속에 계속 맴돌았다.

'그 녀석이 가네스에게까지 손을 뻗었던 것은 아닐까.'

그가 우든 클라우드와 관계가 있을지 모른다는 의심이 있는 상황에서 공국을 배신할 만큼 매력적인 유혹을 제시할 사람은 카릴의 머릿속엔 오직 올리번 한 명뿐이었다.

마치, 과거의 자신이 그렇게 믿었던 것처럼 말이다.

하지만 지금은 다르다. 전생에 카릴이 싸워본 소드 마스터는 단 한 명. 지금 눈앞에 있는 그였다. 그를 벤 이유는 우든 클라우드의 척살을 위함이었다.

거짓이었다면 가네스뿐만 아니라 자신마저 속인 것. 만약 그렇다면 용서할 수 없다. 내로라하는 대륙의 검사들이 한 명의 손에 놀아난 꼴이 아닌가.

'이번 생에는 나도 가네스도 네놈의 손에 놀아나는 바보 같은 짓은 하지 않을 것이다.'

복잡하게 얽히고설킨 실타래를 풀기 위해서는 결국 올리번을 만나야 한다. 그리고 곧 볼 것이다. 무릎을 꿇고 충성을 맹세했던 과거가 아닌 얼굴에 검을 겨누고 진실을 밝히기 위한 현재에서.

"공국에 소드 마스터가 한 명 더 있다고 알고 있는데. 그리고 당신이 창왕의 소재를 파악하고 있는 유일한 사람이라는 것도 말이야."

카릴은 생각을 마치고 가네스를 바라봤다. 그를 얻는 것은 단순히 소드 마스터 한 명을 얻는 것에 그치는 일이 아니었다.

창왕(槍王) 더스틴 필립. 그 이름이 카릴에게서 나오자 가네스는 난색을 표하며 대답했다.

"그분은 저와 다릅니다. 이미 세속을 떠나신 분입니다. 만약 공국의 정세에 관여를 하셨다면 이미 이 내전에 참가하셨을 테지요."

가네스는 카릴의 생각을 읽은 듯 고개를 저었다.

"나는 그의 힘을 얻으려는 것이 아냐."

"……네?"

"그저 그가 조금 관심을 가질 일을 알려주고 싶을 뿐이지. 그리고 그건 당신도 마찬가질 거야. 요만에서 겪은 당돌한 일 말이야."

카릴의 말에 가네스의 눈동자가 흔들렸다.

"……세리카 로렌을 말씀하시는 겁니까."

"맞아."

그의 표정을 바라보며 카릴은 역시나 하는 생각으로 고개를 끄덕였다.

요만에서 그는 세리카 로렌과 격돌했다. 대성벽을 무너뜨린 장본인임에도 불구하고 그는 단번에 그녀를 죽이지 못했다. 그리고 그 모습을 지켜봤던 카릴은 그 찰나의 순간에 그가 그녀의 창술에 마치 매료된 듯 바라봤다는 것을 알았다.

"그 아이는 제대로 창술을 배운 적이 없어. 창왕의 흑참칠식의 근간이 되는 책들을 보고 독자적으로 만든 것이 그 정도지. 세속을 떠났다 하더라도 창왕, 그도 자신의 무가 사라지는 것은 아까워하지 않을까?"

가네스는 마치 한 방 먹은 것처럼 멍한 표정을 지었다.

"다른 것은 바라지 않아. 그저 당신이 그녀를 창왕에게 보여주는 것. 그뿐이다."

카릴은 침묵하는 그를 바라보며 나지막하게 물었다.

"아니면 설마 당신이 그녀를 가르치고 싶어서 창왕에게 보이기 아쉬운 거야?"

"그럴 리가요……. 창술에 있어서 그분을 따라갈 수 있는 자는 없습니다. 제가 쓰는 할버드보다 그분의 창술이 그녀에게 더 적합하다는 걸 저도 잘 압니다."

"강제로 시킬 생각은 없어. 거절한다면 어쩔 수 없는 일이지만 내 생각엔 그도 그녀를 본다면 거절하지 못할걸."

자신만만하게 말하는 그를 보며 가네스는 못 당하겠다는 듯 피식 웃었다.

"사람을 잘 다루시는군요. 하긴 그러니 앤섬이 지금 당신의 뒤에 서 있는 것이겠지요."

가네스는 카릴의 옆에 서 있는 앤섬을 바라보며 말했다. 그의 말에 대답하듯 앤섬은 가볍게 고개를 끄덕였다.

"좋습니다. 그녀의 소질이라면 창왕도 매료될 것입니다."

"조심하는 게 좋아. 반년 뒤에 정말 세리카가 자네를 뛰어넘을지도 모르니까."

"그녀와의 일전은 저 역시 기대하는 바입니다."

쾅-!!

그때였다.

"누구 마음대로?! 내전이 끝나면 돌아가기로 했던 거 아냐? 나는 누구의 가르침도 받을 생각이 없어."

영주관의 문이 열리며 씩씩거리며 들어오는 세리카 로렌이 카릴을 향해 소리쳤다.

"세리카 양. 두 분의 관계를 모르는 바는 아니나 이제부터는 예를 지켜주시기 바랍니다."

"난 그런 거 모르겠고. 동의도 없이 누구 마음대로 그런 걸 정하는 거지?"

"내 마음대로."

"……뭐?"

카릴은 세리카의 신경질적인 말에도 담담하게 말했다.

"전에 분명 말했는데? 나는 네 가치를 관철시키라고 했지 눈 바닥에 나뒹굴며 패배하는 꼴을 보이라고 하지 않았다."

"그, 그거야……."

"앤섬의 말이 맞아. 이제 너도 내 앞에서 예를 갖추는 게 좋을 거야. 그리고 나는 패자에게 그다지 너그럽지 않거든. 너는 내 주위에 있는 자 중에 유일한 패자니까."

세리카는 놀리듯 웃으며 말하는 그의 모습에 울컥했지만 반박하지 못했다.

"대신 한 가지 조건을 걸지. 네가 호언장담했던 반년의 시간을 주겠다. 창왕의 수업을 받고 내가 인정할 수 있는 결과가 나왔을 때 너를 상아탑으로 보내주마."

세리카의 눈빛이 살짝 흔들렸다.

"그리고 너도 걱정될 테지? 미하일이 잘하고 있을지 말이야."

"무, 무슨……."

"열심히 한다면 반년보다 더 빨리 끝날지도 모르지. 기회를 주는 거야. 보고 싶다면 네가 녀석을 데리고 타투르로 돌아와. 여명회의 상아탑에 출입할 수 있을 마력을 가진 자는 여기서 너뿐이니까."

카릴은 그녀를 바라보며 말했다.

"대답은?"

"……알겠어."

"다시."

세리카 로렌은 잠시 주위를 훑어보고는 살짝 입술을 삐끔거리더니 말했다.

"……알겠습니다."

"좋아."

지금까지 카릴이 세리카 로렌을 유독 편하게 대했던 것이 사실이었다. 그도 그럴 것이 전생의 기억 속에서 그녀는 신탁의 10인 중 한 명으로서 카릴과 동료였으니까.

하지만 그 전생을 기억하는 사람은 카릴 자신뿐이었다. 그때와 분명 상황이 바뀌었고 신탁으로 인해 만난 것이 아니니 군주와 신하의 위치였다. 그래서 이제 그녀와의 관계도 새로이 정립할 필요가 있다고 여겼다.

'신탁이 내려지기까지 앞으로 반년도 채 남지 않았다. 신탁의 10인이 뽑히고 수행해야 할 3개의 신탁을 완수하는 동안 파렐에서 쏟아지는 타락들로 많은 사람이 죽는다.'

전생에 10인이 뽑혔을 때는 모두가 제각기라 신탁을 수행하기 전에 그들을 통합하는 데만 해도 시간이 걸렸다.

밀리아나, 송곳의 이스라필, 세리카 로렌…….

하지만 이제 카릴은 그들을 하나둘 자신의 수하로 두면서 신탁이 내려진 직후 빠르게 신탁을 수행하고 타락과의 전면전에 돌입하려 했다.

'그들은 과거보다, 아니, 전생보다 더 강해져야 한다.'

밀리아나에게 용마력을 깨우쳐 주고 이스라필에게 초대 마법을 가르치고 세리카 로렌에게 최상위 마법인 불멸회 마법과 더불어 창왕의 창술을 만나게 하는 것. 대전쟁을 준비하는 입장에서 그들의 강함은 언제나 부족할 뿐 결코 넘치는 것이 아니었으니까.

"그럼, 가네스 경. 그녀를 부탁하지. 할버드는 아깝게 되었지만 대신 자네에게 어울리는 다른 무구를 찾아주겠어."

가네스는 고개를 끄덕였다.

"전쟁의 패자는 승자의 요구에 따르는 것이 당연한 일입니다. 요만에서 목숨 대신 할버드를 가져가신 것에 대해 불만은 없습니다."

패자라는 단어에 세리카 로렌의 얼굴이 더욱 붉어졌다.

하지만 가네스는 자신의 할버드가 가진 속성이 본인보다 세리카에게 더 걸맞다는 것을 잘 알고 있었다. 그렇기에 카릴이 제안을 했을 때 망설임 없이 포기할 수 있었다.

"그럼……."

가네스는 더 이상 기다릴 필요가 없다는 듯 당장 행동에 옮겼다.

두 사람이 떠나자 카릴은 가만히 서 있는 윈젤을 바라보며 말했다.

"이제 그대만 남았군, 윈겔 하르트."

윈겔은 살짝 굳은 얼굴로 카릴을 바라봤다.

"레볼의 조종 실력이 뛰어나더군. 마이스터 부대의 소형 골렘들은 기사 이상의 힘을 가졌으며 레볼은 소드 마스터를 뛰어넘는 위력이지."

"하나 패하였습니다."

"그건 자네의 조종 실력이 부족해서가 아니야. 과감함이 없었기 때문이지. 아니, 살해의 과감함이라고 해야 할까."

"……."

"강한 힘엔 그만큼 대가가 따르는 법이다. 레볼을 운용하는 과정에 있어서 그 힘의 여파로 희생되는 아군까지 신경을 쓰다 보니 제대로 싸우지 못한 것이지."

윈겔은 무너진 성벽에 깔린 병사들을 피하느라 주춤했던 자신의 실책을 떠올렸다.

"하지만 당연한 일이야. 그대는 기사가 아니라 공학자니까. 공학자는 공학자의 길을 걸어야지. 피를 밟고 걷는 길은 검을 쥔 자가 하는 것이니까."

카릴은 이해한다는 듯 말했다.

"레볼은 좋은 골렘이다. 하나 보완해야 할 것들이 많더군. 크기가 큰 만큼 코어를 손보면 좀 더 균형과 파괴력을 올릴 수 있을 거야."

"말은 쉽지만 단순한 작업이 아닙니다."

"맞아. 하지만 할 수 있을 거야. 당신이라면."

카릴의 믿어 의심치 않는다는 얼굴에 윈겔은 당혹스러운 표정을 지었다.

"그리고 나는 당신에게 과제를 줄 것이다. 마도공학자라면 한 번쯤 도전을 해보고 싶은 마음이 생길 거라 생각되거든."

카릴이 손짓을 하자 앤섬이 작은 상자를 그에게 건넸다.

"이 책은 마도 시대에도 완성되지 못한 골렘의 설계도다. 두 권으로 되어 있지만, 그중에 하권인 이 책엔 골램의 시동석을 만들 수 있는 정보가 적혀 있다."

윈겔은 책 표지에 적혀 있는 고대어를 보자마자 그것이 아스칼론(Ascalon)의 설계도라는 것을 알아차렸다.

"마도 시대의 천재 공학자도 시동석을 만들지 못했지. 하지만 이걸 당신이 해낸다면 현재가 과거를 뛰어넘었다는 것을 증명해 보일 수 있을 거야."

두근-

윈겔은 자신도 모르게 설계도를 잡은 손에 힘을 주었다.

"새로운 골렘을 만들고 싶지 않은가? 이 일이 잘 풀리면 레볼을 고치는 것도 가능하겠지. 아니, 그 이상으로 강화를 시킬 수도 있고."

윈겔은 카릴의 말에 처음으로 관심을 보였다.

"나의 측근에 의하면 멸망했다고 알려졌던 노움국의 생존자들이 살아 있다고 하더군. 정교한 세공은 그들을 따를 자가 없으며 나는 당신이 성공할 때까지 속성석을 제공할 마광산도 가지고 있다. 어때? 구미가 당기나?"

"제가 골렘을 완성시켜 반기를 들 수 있을 가능성을 생각해 보시지는 않으십니까?"

"비슷한 질문을 들었던 것 같군."

카릴이 앤섬을 바라보자 그는 쓴웃음을 지었다.

"내 대답은 같다. 귀족이기 이전에 공학자인 그대를 믿으니까. 적어도 마도 시대의 골렘을 복원할 때까지는 쓸데없는 짓을 하지 않을 거잖아?"

그는 자신만만하게 말했다.

"그 뒤에 튤리에 대한 복수를 하든 말든 상관하지 않겠어. 나는 피하지 않을 것이니. 자신 있다면 덤벼도 좋아. 새로운 골렘을 타고 말이지."

"무엇이 되었든 이길 자신이 있다는 말로 들리는군요."

윈겔 하르트는 고개를 가로저었다. 그의 자신감이 그저 만용으로만 보이진 않았기 때문이다.

"복수를 하든 나를 위해 싸우든……. 나는 그런 문제는 차지하더라도 당신이 아스칼론을 재현하는 것을 보고 싶은데."

머뭇거리는 그를 바라보며 카릴은 쐐기를 박았다.

"이건 명령이 아닌 제안이야. 원하는 모든 지원을 아끼지 않겠다. 일생일대의 역작을 만들어봐. 마도 시대의 그들도 이뤄내지 못한 위업을 말이지."

윈겔 하르트는 카릴의 말에 물끄러미 아스칼론의 설계도를 바라봤다.

"……오래 걸릴지 모릅니다."

힘겹게 꺼낸 한마디에 카릴은 고개를 끄덕일 뿐이었다.

"어쩌면 자네를 만나기 위해 천년이나 기다려 온 녀석이야. 조금 더 걸린다 하더라도 괜찮겠지."

윈겔은 그저 입을 다물고 천천히 고개를 끄덕였다.

"앤섬."

"네, 주군."

윈겔 하르트까지 방을 나서고 난 뒤에 카릴은 공국에서 해야 할 숙제를 끝냈다는 듯 기지개를 켜면서 말했다.

"당분간 자네에게 공국을 맡길 거야. 나는 마지막 일을 끝내고 해협을 건너 타투르로 돌아갈 것이니까. 해야 할 일이 많을 거야. 민심도 안정시켜야 하고 군사도 개편해야겠지."

앤섬은 고개를 끄덕였다. 각각의 공작령에 나누어져 있던 병사들을 한데 모으고 다시 1인 체제로 변화시키는 과정에서 그는 카릴에게 이런저런 많은 제안을 내놓았다.

"자네가 구상했던 것들을 해보도록 해. 시간은 아직 우리의 편이니까."

"알겠습니다."

"바다 건너에는 아직 싸워야 할 놈들이 남아 있다. 제국과 우든 클라우드. 그들을 섬멸하는 과정은 쉽지 않을 터니 만반의 준비를 해야겠지."

"하지만 그들을 처리한다면 드디어 대륙에도 안정이 올 겁니다."

카릴은 앤섬의 말에 입꼬리를 올렸다.

'끝이 아니라 시작이지.'

인간과의 싸움은 앞으로 있을 대전쟁에 비한다면 그저 쉬운 일일 뿐이다.

그는 창밖을 바라봤다.

"앤섬, 이민족들을 집결시켜라."

내리는 북부의 눈이 서서히 끝날 무렵 카릴은 다음 행선지를 정했다.

"떠날 준비를 하겠다."

"축하드립니다."

카릴의 부름에 릴리아나, 붉은 달의 파툰 그리고 호표 부족의 쿤타이가 허리를 숙이며 말했다.

"공국도 이제야 안정이 되겠군요."

"한 번쯤 물갈이가 돼야 할 나라였으니까. 이제 남은 것은 제국입니까?"

"그전에 북부의 장로들도 해결해야겠지. 북부 이민족의 힘까지 합쳐진다면 제국쯤이야…….”

세 사람은 마치 이미 승리를 확신하는 목소리로 말했다. 그도 그럴 것이 화이트 벙커에서 보여준 카릴의 위용은 이미 인간의 한계를 한참이나 뛰어넘은 것이기 때문이다.

카릴은 그런 그들을 바라보며 피식 웃었다.

“맞아. 자네들을 부른 이유도 북부의 준비를 위함이다.”

“드디어……! 북부를 통합하시는 겁니까.”

언제나 냉정한 릴리아나가 그녀답지 않게 들뜬 목소리로 물었다.

“그래야지. 그게 검은 눈 일족의 수장이자 대전사인 칼리악에 대한 예의니까.”

그의 말에 그녀가 되물었다.

“전에 하시르가 제국의 황도로 이민족을 이끌기 위해 왔을 때 말한 적이 있습니다. 카릴 님께서 이민족과 관련이 깊다고 말입니다.”

“맞아. 내가 과거에 북부의 스승과 연이 조금 있어서 말이지.”

“스승이라면…… 혹시.”

릴리아나의 눈동자가 살짝 떨렸다.

북부에는 수많은 이민족이 살고 있고 크고 작든 저마다 자신의 세력을 구축하고 있었다. 검은 눈을 비롯하여 늑여우, 잔나비, 붉은 달, 호표 등등 그 숫자만큼이나 새로이 태어나는 아이들 역시 많았다. 이민족의 아이들은 모두 사냥꾼과 전사가 될 수 있도록 키워진다. 그 과정에서 아이들은 저마다 자신의 부족의 교관들에게 훈련받는다.

하지만 그 어떤 부족도 훈육을 담당하는 자들을 스승이라 부르지 않는다.

북부의 스승. 그 명칭을 가질 수 있는 자는 단 한 명뿐이었기에 그 어떤 전사도 사냥꾼도 누군가를 가르치는 위치에 서도 자신을 스승이라 부르지 않았다.

"그래. 그분이지."

카릴의 말에 모두가 놀라지 않을 수 없었다.

'도대체 어떻게…….'

'대단하다는 것은 인정하지만 아직 성인식도 치르지 않은 나이. 이보다 더 어릴 때 스승님과 인연이 닿았다고……?'

그들은 시기적으로 말이 되지 않는다고 생각했다.

'스승님께서 자취를 감추신 것이 5년 전이다. 그 말은 제국인인데 이단섬멸령이 있기도 전에 북부에 왔었다는 말이잖아?'

표정에서 나타나는 혼란스러움을 이해한다는 듯 카릴은 그들을 바라보며 피식 웃었다.

"자세한 것은 북부로 가면 알게 될 거야. 미리 하시르에게 일러두었으니까."

그 말에 세 사람은 그제야 카릴의 소집에서 그가 없다는 것을 깨달았다.

"자네는 어떨 셈이지?"

"저는 남도록 하겠습니다. 해야 할 일이 남아 있습니다."

방 안쪽에서 지그라의 목소리가 들렸다. 세 사람은 그가 있는 방향을 바라봤다.

'볼 때마다 신기하군……. 기척을 이렇게나 완벽하게 숨길 수 있다니 말이야. 늑여우들도 대단하지만 저들에 비할 바가 못 돼.'

'이 정도 실력을 가지고 있으면서 어째서 제국 놈들에게 당했을까? 늑여우들처럼 은신했다면 아예 찾을 수도 없을 것 같은데…….'

그들은 문 에테르의 성벽을 넘는 것부터 화이트 벙커에서 튤리의 목에 검을 겨눈 것이 그라는 것도 잘 알고 있었다. 솔직히 말해서 실력으로 논한다면 카릴 다음으로 그를 꼽는 것에 그 누구도 반박하지 못할 일이었다. 하시르조차 검은 눈의 지그라를 본 순간 스스로 한 수 접었으니 말이다.

확실히 그들의 의문대로 이단섬멸령에서 크웰에게 검은 눈 일족이 당한 것은 의아한 일이었다. 1차 이단섬멸령 이후 크웰은 청기사단을 이끌고 다시 한번 2차 이단섬멸령을 위해 북진했었다. 정면으로 부딪친 이민족들은 청기사단의 힘에 큰 피해를 입었지만 늑여우나 잔나비 부족 같은 은신 부족들은 사실상 큰 피해를 입지 않았다.

'검은 눈 일족이 굳이 기사들을 상대로 전면전을 벌였다는 것도 이상한 일이지.'

이들의 그런 의혹을 아는지 모르는지 카릴은 지그라의 말에 고민 없이 대답했다.

"그러도록 해. 대신 한 가지만 묻겠다. 지금 남아 있는 검은 눈 일족이 몇 명이나 되지?"

"저를 포함해서 열 명입니다."

"흐음."

카릴은 그의 대답에 고개를 끄덕였다. 표정은 무심한 듯 보였지만 그의 속내는 달랐다. 검은 눈 일족은 북부에서도 위세가 가장 큰 일족이었다. 가히 그 숫자만도 1천이 넘는다고 알려져 있었는데 워낙 은밀한 일족이기에 그마저도 확실치 않았다.

"여…… 열 명?"

"제국의 기사단이 그렇게 강하다는 말인가……?"

그런 그들의 생존자가 고작 열 명뿐이라는 것은 같은 이민족들에게도 충격이 아닐 수 없었다.

"생존자 중에 월야(月夜)가 있는가?"

"네. 저를 포함해서 열입니다."

지그라의 대답에 카릴은 역시나 하는 표정으로 묘한 웃음을 지었다.

"그들에게도 전해라. 너와 함께 이곳에 남도록. 아마 해야 할 일이 많을 테니까."

"알겠습니다."

지그라는 대답을 끝내고는 몸을 숨겼다.

“월야가 아직 살아 있을 줄은 몰랐군. 하긴…… 검은 눈의 생존자라면 그들이 아니라는 것도 이상한 일일 테지.”

“네. 카릴 님의 소식을 듣고 그들이 저희를 찾아 왔을 때 저희도 놀랐습니다. 칼리악이 죽은 시점에서 월야, 전원이 살아 있을 것이라고는 생각 못 한 일이니까요.”

릴리아나의 대답에 카릴은 고개를 끄덕였다.

월야(月夜). 검은 눈 일족 족장의 직속 부대. 애초에 검은 눈 자체가 알려진 것이 많지 않은 베일에 싸인 일족이기는 하지만 월야는 더욱 그 정도가 심했다. 알려진 것이라고는 오직 그들의 숫자가 열 명이라는 것뿐.

어쩌면 검은 눈 일족이 제국으로부터 멸족당하지 않았더라면 지그라가 이민족들에게 얼굴을 보일 일 역시 평생 없었을지도 모른다.

‘검은 눈 일족의 생존 소식 자체를 전생에서는 알지 못했다. 살아 있는 것도 놀랍지만 월야 한 명 한 명의 효용성이 어느 정도인지는 확인해 볼 필요가 있어.’

카릴 역시 검은 눈 일족이지만 실제로 그가 그들과 생활한 것은 어린 시절뿐. 그도 그럴 것이 칼리악의 아들인 카릴조차도 지그라를 일족의 부족장이자 검술 교관으로 알았을 뿐, 월야의 구성원에 대해서 알지 못했다.

‘지그라의 실력을 봤을 때는 소드 익스퍼트인 기사급과 견주어도 손색이 없다.’

오히려 그 이상.

상급 소드 익스퍼트의 실력이라면 소드 마스터와 일대일로 붙어도 일격에 죽지 않을 정도니 카릴의 머릿속은 새로이 얻게 될 열 명의 말을 어떻게 쓸지 복잡하게 움직였다.

"좋아. 보급 준비는 앤섬에게 명해두었으니 끝나는 대로 나머지는 북부로 출발하도록 해라. 나는 해협 건너에서 북부로 향할 것이다."

"함께 가시는 아니셨습니까?"

"응. 나는 그 전에 해결해야 할 일이 또 있거든."

"그럼 저희도 함께하겠습니다."

"검은 눈 일족뿐만 아니라 저희도 동참하고 싶습니다."

카릴의 말이 끝남과 동시에 그들은 목소리를 높이며 대답했다.

그때였다.

"멍청하긴. 기껏해야 카릴을 따르는 부족은 5개에 불과해. 그중에 한 놈은 이미 북부에 가 있고 나머지 하나는 겨우 열 명뿐이지. 제국과의 전쟁은 수십만이 격돌하게 될 대전쟁이야. 고작 너희들로 뭘 하려고?"

신랄한 대답이 들려왔다.

"……뭐?"

사람들이 고개를 돌렸다.

"카릴이 그렇게 말했으면 나 같으면 그를 강아지처럼 따라다닐 게 아니라 알아서 먼저 올라가 북부를 통합해 두겠다. 하여간 북부의 얼어붙은 눈만큼이나 융통성이 없다니까."

언제 들어 왔는지 모르게 창틀에 기대어 있던 밀리아나가 기다리기 지루하다는 듯 세 사람을 향해 쯧- 하고 말했다.

"보아하니 헤임(Heim)의 일을 해결할 생각인 거지?"

남부에서 란돌과의 일을 알고 있는 그녀였기 때문에 밀리아나는 예상했다는 듯 물었다.

"맞아."

"그럼 너희와는 상관없는 일이다. 알려줄 것도 아니고. 있어봐야 방해만 될 뿐이니까 잔말 말고 북부로 올라가."

그녀는 카릴의 대답과 동시에 손을 저으며 말했다.

"그럼 당신은? 당신은 함께 갈 건가?"

그런 그녀가 못마땅한 듯 릴리아나가 그녀를 향해 물었다.

"알아서 뭐 하게?"

딱딱한 그 물음에 기다렸다는 듯 밀리아나는 성큼성큼 걸어가 릴리아나의 갈기 같은 붉은 머리카락을 손가락으로 꼬며 말했다.

"……뭐?"

"네가 궁금해할 일이 아니지. 잔나비 부족의 행동대장이라고 들었는데. 이 중에서 유일하게 일족의 수장도 아닌 주제에 남부였다면 너는 지금 무릎을 꿇고 있어야 해."

밀리아나의 말에 나머지 사람들은 자신도 모르게 마른침을 꿀꺽 삼켰다.

"나는 부족의 대표로 왔다. 저들과 대우를 달리 받을 이유도 없거니와 경험으로 따진다면 오히려 내가 위일 것이다. 저들은 수장이 된 지 얼마 되지 않았으니까."

"그건 중요하지 않지. 내가 묻는 건 급의 차이니까. 내게 말을 걸 수 있는 건 급이 맞는 사람 만이지."

"……당신 말대로라면 이곳은 남부가 아냐. 내가 당신에게 머리를 숙일 필요는 없다고 보는데."

'이름도 비슷한데 성격도 둘 다 보통이 아니군.'

'……숨 막혀.'

쿤타이와 파튼은 덩치에 어울리지 않게 그녀들이 내뿜는 기세에 숨을 죽였다.

"그래. 남부가 아니지. 하지만 북부도 아니거든? 그러니 말조심하는 게 좋을 거야. 건방지게 내가 카릴의 옆에 있어도 되는지 묻지 말고."

밀리아나는 잡아당겼던 릴리아나의 머리카락을 놓아주고는 먼지를 털 듯 그녀의 어깨를 가볍게 툭툭 쳤다.

"목이 달아나기 싫으면 말이지."

우득-

그녀가 릴리아나의 쇄골을 움켜쥐자 뼈가 어긋나는 듯한 둔탁한 소리가 들렸다.

"큭!!"

고통스러울 것이 분명한데 릴리아나는 살짝 눈썹을 찡그릴

뿐 이내 곧 무표정으로 돌아왔다. 파튼과 쿤타이는 마치 자신들이 뼈가 부러지기라도 한 것처럼 어깨를 만졌다.

"어쩐 일이야? 나는 이들만 불렀는데."

"화이트 벙커로 널 찾아온 녀석이 하나 있어서 얘기해 주려고 왔을 뿐이야."

"누구?"

"칼 맥이라고 하던데?"

그녀의 말에 카릴이 반색하며 얘기했다.

"용케 잘 찾아온 모양이로군."

"아는 녀석이야?"

"그럼. 물론이지. 아마 그가 기다린 소식을 가져왔을지도 모르겠는데. 밀리아나, 해협을 건너는 준비는 네가 해줘야겠어. 괜찮지?"

"알겠어."

릴리아나를 대했던 것과는 전혀 다른 그녀의 모습에 나머지 사람은 다시 한번 놀라지 않을 수 없었다.

"그런데 뭐 그렇게 할 일이 많아? 오래 걸리는 건 아니겠지? 너는 너무 혼자 다 하려는 게 문제야. 별것 아닌 일이라면 아랫것들을 시켜."

밀리아나는 아무렇지 않게 세 사람을 턱짓으로 가리키며 말했다.

"권좌에 있으려면 부하를 다루는 것도 중요한 일이라구."

"명심하지."

밀리아나는 그의 대답에 어깨를 으쓱하고는 눈짓을 주며 방을 나섰다.

"앞으로…… 괜찮겠습니까?"

쿤타이의 여러 뜻이 섞인 물음 한 마디에 나머지 사람들도 고개를 끄덕였고 카릴은 그저 피식 웃을 뿐이었다.

"오랜만이야."

"다시 뵙습니다, 마스터."

카릴은 화이트 벙커로 찾아온 그를 바라보며 고개를 끄덕였다.

"와……. 장관이네요. 저들이 북부의 이민족들인가 보죠?"

몰라보게 훌쩍 성장한 칼 맥이 그를 향해 허리를 굽히며 인사를 했다.

홀로 우든 클라우드와 노움국 사이에서 왕래를 했던 칼은 산전수전을 겪은 모양인지 이제 제법 맥 마이스터라 불리며 대륙의 상권을 움직였던 전생의 모습이 보이는 것 같았다.

"캄마에게 얘기를 들었다. 우든 클라우드의 레디오스와 연이 닿아 그로부터 노움국에 찾아갔었다지?"

"네. 처음에는 저희 라바트 길드를 그들이 이용하려고 했었거든요. 마스터께서 내전에 참전한다는 소식이 들리자마자 입장이 뒤집혔지만요."

"고생했어. 용케 빠져나왔군."

"마스터께서 공국에 오시기 전에 노움국의 칼립손 님을 만날 수 있었던 게 컸습니다. 덕분에 도망쳐 나올 수 있었죠. 게다가 레디오스의 위치도 계속해서 파악하고 있습니다."

카릴은 그의 말에 고개를 끄덕였다.

'그 와중에 우든 클라우드까지 놓치지 않고 있었단 말이지…….'

맥 마이스터라 불리며 전생에 제국 7강이라는 위명 아래 이름을 날렸던 그다운 만족스러운 보고였다.

"좋아. 역시 네게 공국을 맡긴 것이 탁월한 결정이었어."

"마스터께서 행하신 일에 비한다면 우스운 일이죠. 공국의 주인이 돼서 오실 줄 상상이나 했겠습니까."

"그럼 우든 클라우드는? 노움국과 우리의 관계를 눈치채지는 않았어?"

"모를 겁니다. 처음 칼립손 님을 만났을 때 마스터의 이름을 듣고 바로 아시더군요. 일전에 도움을 받았다고요. 그분께서 먼저 우든 클라우드에게 우리의 관계를 비밀로 하라 하셨으니까요."

확실히 오랜 세월을 인간 세계에서 살았던 노움의 연륜이 돋보이는 행동이었다.

"현명하게 잘 처리했군. 그의 말대로야. 우든 클라우드도 그들을 주시하고 있었던 상황이니까. 서로 위험한 상황이 되지 않도록 처음 보는 것처럼 행동하는 게 맞지. 지금 그들은 어디에 있어?"

"화이트 벙커에서 조금 떨어진 지하 동굴입니다. 안내해 드리겠습니다."

칼 맥은 위치가 적힌 작은 지도를 품 안에 꺼내어 카릴에게 보여주었다. 공국의 지형을 잘 알고 있는 그였기에 지도를 보자마자 노움국의 위치를 단번에 그는 알아차렸다.

"흐음……. 주위의 환경이 그다지 좋아 보이지는 않는데. 어째서 여기에 터를 잡은 거지?"

드워프 못지않게 지형, 지리에 능숙한 종족이 노움이었다.

"예전과 달리 습격에 조심하려는 건가?"

"으음……. 그런 것도 있을지 모르겠지만 제가 봤을 때 특이하게 굴 안에 거대한 샘이 하나 있습니다."

"샘?"

"네. 아마 그 때문에 그곳에 자리를 잡은 것 같습니다. 칼립손 님의 말로는 샘의 물이 짙은 마력을 띠고 있다던데요."

"마력을 가진 샘이라……."

카릴은 턱을 살짝 쓸면서 기억을 더듬었다.

'노움이 터를 잡은 걸 봐서는 마굴일 가능성은 없다. 전생에는 알려지지 않은 위치긴 한데…….'

그도 그럴 것이 공국을 멸망시킨 뒤 올리번은 해협 밖의 도시들의 대부분을 타락을 상대하는 전선으로밖에 사용하지 않았으니 말이다.

'공국의 주요 도시들은 윈겔 하르트가 만들어놓은 경보 시스템을 이용하는 전쟁터로만 사용되고 이렇다 할 개발이 되진 않았었다.'

백성들의 피해를 줄이기 위해 전장을 한곳으로 몰아넣은 것이라 생각했다. 하지만 올리번이 우든 클라우드와의 관계가 있을지 모른다는 시점에서는 모든 것이 의심스러웠다.

"네. 그런데 동굴 안에 바람 한 점 없는데도 샘의 표면이 마치 파도처럼 요동치는 것이 특이하더군요. 그리고 밤이 되면 꽁꽁 얼어붙어 버립니다."

그 순간 카릴의 눈빛이 번뜩였다.

'얼음과 파도라……. 라미느, 내 생각에 그 힘에 어울리는 존재는 딱 한 명인 것 같은데. 설마 해일의 여왕이 그곳에 잠들어 있는 것은 아니겠지.'

[글쎄, 그건 모르지. 회색교장에서 얻은 상자 안엔 해일의 여왕의 단서가 아니라 푸른 뱀 하나만 있었을 뿐이니까. 녀석에게 물어보는 게 낫겠지.]

[고작 뱀 한 마리? 정령왕 주제에 감히…….]

라미느의 말이 끝남과 동시에 카릴의 반대쪽 팔목에 새겨 있는 뱀 문신이 파르르 떨렸다.

'둘 다 내가 묻는 말에 대답이나 해. 남의 몸에 빌붙어 있는 주제에 난리 피우지 말고.'

카릴이 힘을 주자 각각의 팔에 있는 두 힘이 그의 기세에 주눅이라도 든 듯 움찔거렸다.

[물의 정령왕이 어디에 봉인되어 있는지는 나도 모른다. 하지만 상자의 가장 밑바닥에서 검집을 봉인한 힘이 해일의 여왕의 힘이라는 것은 모두 알 테니 얼음이 어는 샘은 확실히 의심이 가는군.]

'그렇지?'

마엘의 대답에 그는 고개를 끄덕였다.

'확인해 볼 필요가 있겠어.'

아그넬의 검집이 어째서 상자 안에 있는지는 마엘조차 알지 못하는 일이었다. 하지만 그 검집을 봉인한 해일의 여왕, 에테랄을 찾게 된다면 비밀을 알 수 있을 터.

스릉-

카릴은 품 안에서 아그넬을 꺼내었다. 검날을 감싸고 있는 검집은 낡았지만 묘한 광택을 내는 특수한 가죽으로 만들어져 있었다.

'너희도 알 거야. 이 검집이 상자 속에 봉인되어 있었다는 것은 곧 신화 시대의 물건이라는 뜻이겠지. 그리고 그 말은 아그넬 역시 수천 년 전부터 존재했다는 말이고.'

카릴은 피식 웃었다.

'그토록 찾으려고 했던 블레이더의 무구가 처음부터 내게 있었다는 뜻이지.'

그는 알른에게조차 이 사실을 감추었다. 오직 상자 속의 봉인을 본 자들만이 아는 비밀이었다. 그 이유는 하나였다.

'천년빙동(千年氷洞).'

그 안에 있는 얼음 기둥 속에 봉인되어 있는 한 사람. 전생의 크웰 맥거번이 죽음 직전 발해준 진실이자 이민족이 블레이더의 후손이라는 증거.

[만약 검집의 봉인이 해일의 여왕에 힘에 의한 것이라면 그의 봉인 역시 그녀가 관여했을지도 모르지.]

마엘이 마치 유혹을 하듯 카릴에게 말했다.

'맞아. 그녀의 힘을 얻는다면 북부에서 큰 도움이 될 거야.'

[…….]

그 순간 어쩐 일인지 그의 손등에 있는 라미느의 아인 트리거 속 불꽃이 불안하게 떨렸다.

'어쩌면 신화 시대의 산증인을 깨울 수 있을지도 모르지.'

"훌륭하군."

카릴은 창밖을 내려다봤다. 거대한 공동처럼 깊이를 알 수 없을 정도로 깊게 뚫린 동굴은 결코 자연적으로 만들어진 것이 아니라는 것을 알 수 있었다.

'이 정도 규모를 만들려면 꽤 시간이 걸렸을 것 같은데…….

살아남은 노움이 몇인지는 모르겠지만 확실히 인간은 할 수 없는 능력이로군.'

동굴 아래에는 칼 맥의 말대로 커다란 샘이 하나 있었고 그 주위로 크고 작은 건물들이 요새처럼 둘러 있었다.

"자네 행보는 이따금 소식으로 들었네. 칼이 자네와 함께 돌아온다면 그날이 공국의 주인이 바뀌는 날이라던데……. 처음에는 우스갯소리라고 생각했는데 진짜일 줄이야."

칼립손은 타투르의 암시장에서 만났을 때와 별반 다르지 않은 모습이었다. 깊은 주름은 여전했고 작은 가게 안에서 보석을 만지던 그 모습 그대로 그는 의자에 앉아 있었다.

"터를 잡은 걸 봐서는 노움국의 혈통을 찾았나 보군."

"모두 자네 덕분이지. 화이트 벙커에 살아 있던 루벨을 찾을 수 있었으니 말이야."

"루벨?"

"만나본 적은 없나? 뜬구름 같은 이야기를 내게 말한 것인가 보군. 자네가 말한 노움국의 마지막 핏줄이지."

"뜬구름이라니. 찾았잖아. 확실하게."

"크큭……."

칼립손의 말에 카릴은 능청스럽게 대답했다. 전생에 칼립손이 했던 말로 그들이 살아 있을 것이라는 확신은 있었지만 직접 보지는 못했으니까.

"다시 보니 반갑군."

"나 역시."

카릴은 그의 말에 쓴웃음을 지었다. 자신이 기억하는 전생의 칼립손은 그저 우울하고 복수심에 찬 모습뿐이었으니까.

'당연한 일이다. 올리번은 이곳을 전쟁터로 사용했었으니까. 남아 있던 노움이 전멸하는 것은 어쩔 수 없는 일이지.'

그 당시에만 하더라도 그저 타락이라는 존재만을 적으로 여겼다.

'하지만 이곳에 노움들이 살아 있었다는 것을 전생의 올리번이 알고서도 일부러 그들을 돕지 않았을 수도 있다.'

어째서일까. 노움의 기술력은 분명 도움이 될 것인데도 올리번은 그들을 죽게 놔두었다.

'그 녀석도 몰랐던 걸까?'

그럴 가능성은 희박했다. 애초에 노움국과 가장 먼저 연결고리를 만든 인간이 바로 우든 클라우드였으니까.

또 다른 가능성.

'어떤 이유에서든 놈들이 하고자 하는 것에 노움들이 방해가 될 수 있기 때문에 죽였다.'

남아 있던 일족마저 멸족시키려던 그들이었으니 이제 노움이 하나의 세력을 구축했다는 것을 알게 되었으니 가만히 두진 않을 것이 분명했다.

'우든 클라우드는 녀석들은 비록 패배했더라 하더라도 노움들을 제거하려고 할 것이다.'

카릴은 이것이 좋은 조건이 될 것임을 직감했다.

"노움국과 거래를 하고 싶다."

"자네와 또 거래를? 아서라, 아서. 자네와 거래를 했다가는 본전도 못 찾고 내가 가진 것을 모두 빼앗길걸."

칼립손은 타투르의 암시장에서의 일을 꺼내며 그의 손가락에 있는 반지를 가리켰다.

"송곳니는 아직 한 번도 쓰지 않았나 보군."

그가 만든 역작이자 강력한 보호의 세공 마법이 새겨진 무구를 그는 감회가 새롭다는 듯 말했다.

"아아…… 그렇지. 운이 좋았다랄까."

"잠시 보여주겠나?"

진홍빛으로 충만한 보석은 카릴의 마력을 가득 머금고 영롱하게 빛나고 있었다.

"대단하군. 네 개의 송곳니에 마력이 더 이상 찰 수 없을 정도로 가득 채워지다니 말이야. 게다가 자네의 손목에 있는 팔찌 역시 마력을 흡수하는 것 같은데……."

"맞아."

"마력 흡수 장비를 두 개나 착용하고서도 마력이 고갈되지 않은 것도 모자라 멀쩡하다니……. 운이 좋은 게 아니라 그만큼 자네가 괴물이 된 게로군."

카릴은 그의 말에 어깨를 가볍게 들썩였다.

"하지만 건틀렛은 좀 손을 봐야겠군. 이리 줘보게."

찰칵- 다그락-

미스릴 건틀렛을 살피며 공구를 만지는 소리만이 조용히 건물 안에 들렸다. 한동안 두 사람 사이에는 침묵이 흘렀다.

치이이익……!!

칼립손은 부서진 미스릴을 녹여 에메랄드빛을 띠는 물에 담갔다. 새하얀 김이 뿜어져 나오면서 신기하게도 달콤한 향이 났다.

"저 물은 뭐지? 이 동굴 안에 칼에게 듣자 하니 마력을 띠는 샘물이 있다던데."

"맞아. 거기서 떠 온 물이지. 운이 좋았어. 엘프의 영혼샘이 사라진 이후로 이렇게 마력을 가진 물을 더 이상 볼 수 없을 것이라 생각했는데 말이야."

"흐음……."

카릴은 칼립손의 말에 살짝 눈을 흘겼다.

"그래, 내게 원하는 게 뭐지?"

그런 그의 눈빛을 아는지 모르는지 칼립손은 건틀렛에서 눈을 떼지 않고 물었다.

"전에 유적에서 마도 시대의 골렘인 아스칼론의 설계도를 얻었다. 나머지를 구하기는 해야겠지만 그건 어려운 일이 아니야."

"골렘이라……."

"믿을 만한 공학자에게 설계를 부탁했지. 하지만 그 혼자서는 힘들 거야. 시동석을 세공하려면 당신 같은 장인이 필요하거든."

"그건 노움국과 거래를 하는 것이 아니라 나와 거래를 하는 것이 아닌가?"

"아니지. 당신의 기술을 사고 나는 대신 노움국을 지켜줄 것이니까. 충분히 거래라 할 수 있지. 하지만 지금 생각해 보니 이왕이면 동맹이라는 좋은 단어로 포장하고 싶군."

"동맹? 누구로부터 우릴 지켜준다는 말이지?"

"인간으로부터. 정확히는 우든 클라우드 놈들이지. 그들은 너희들을 가만두지 않을 거야."

칼립손은 카릴의 말에 코웃음을 쳤다.

"우리가 그들에게 피해를 준 것도 없는데 어째서?"

"싸움에 이유가 있던가?"

"같잖은 협박은 그만두게. 분란을 만들 생각이라면 가게."

"가능성이 없는 일이 아니야. 우든 클라우드는 분명 노움국과 접촉을 했다. 그렇다면 저 샘의 존재도 알고 있겠지. 그럼에도 불구하고 왜 그냥 너희를 뒀을 것 같아?"

카릴은 목소리에 힘을 주었다.

"아직은 이 샘을 제대로 쓰지 못하기 때문이지. 하지만 녀석들은 곧 너희들에게서 이걸 빼앗을 거야."

"무슨 근거로?"

"마력이 담긴 샘은 지금까지 두 가지였다. 하나는 마도 시대에 알른 자비우스가 만든 비전의 샘이고 나머지 하나는 신화 시대부터 존재한 엘프의 영혼샘."

카릴은 펼친 두 개의 손가락 중 하나를 접으며 말했다.
"하나 비전의 샘은 비전력이 없으면 무의미하지. 그러나 영혼샘은 다르다. 우든 클라우드에는 엘프와 네피림의 혼혈인 아이가 있다. 무슨 짓을 하려는 것인지는 모르지만 냄새가 난다고 생각하지 않아?"
[능청스럽게 잘도 얘기하는군.]
카릴은 라미느의 목소리에 살짝 입꼬리를 올렸다.
'거짓말은 아니니까.'
[동감이야. 그의 혀는 내 것보다 더 독할지도 모른다는 생각이 든다니까.]
마엘이 기다렸다는 듯 말했다.
'넌 조용히 해. 아그넬의 의혹이 풀리기 전까지는 여전히 주시하고 있으니까.'
둘의 핀잔을 일축시키고는 카릴이 칼립손을 바라봤다.
"그 정도로는 내게 협박이 되지 않네. 좀 더 노움국과 동맹을 하고자 한다면 우리의 관심을 끌 뭔가를 가지고 오게. 그렇다면 나 역시 나의 왕을 자네에게 보여주지."
확실히 연륜이 있는 늙은 노움은 쉽사리 넘어가지 않았다. 카릴은 살짝 아쉬운 듯 입맛을 다셨다.
"그런가……. 어쩔 수 없지."
카릴은 일단 한 발 뒤로 물러서기로 했다. 노움의 기술력은 앞으로 오랫동안 필요한 것이었다. 지금까지의 방법처럼 단순히 힘으로 굴복시켜서 될 일이 아니었다.

"하지만 한 가지 조언해 주지. 화이트 벙커에서 인간이 만든 골렘을 봤다. 드워프의 왕가인 뮤르가(家)의 엔더러스를 기반으로 해서 만들었더군. 제법 뛰어나지만 부족해."

"알아. 앞으로 더 보완해 나갈 거야."

카릴의 대답에 칼립손은 고개를 저었다.

"외장이나 무장을 보완한다고 해서 본질적인 성능이 향상되는 것이 아냐. 그 정도는 기껏해야 치장에 불과하니까."

"그럼?"

"부족한 성능 때문에 조종석을 만들고 그 안에 인간이 직접 탑승해서 조종하는 형식으로 변형시켰더군. 지금으로써는 최선이겠지만 엔더러스에는 조종석이 없었다."

"……."

"시동석이란 단순히 골렘의 가동을 위한 연료가 아니야. 속성석을 응축하고 세공하는 것으로 만들 수 있는 것이 아니란 말이지. 인간이 실패하고 드워프가 성공한 이유가 바로 그 때문이지."

"무슨 말인지 제대로 설명해 봐."

칼립손은 수리를 끝낸 건틀렛을 카릴에게 건네며 말했다.

"엔더러스라는 골렘에 사용된 시동석은 대지의 정령왕인 거암 군주 막툰의 의지가 담겨 있는 정령석이다. 드워프는 막툰의 축복을 받은 종족이니까."

"정령왕의 힘이 단긴 심장이라……."

"그래, 그 의지가 담겨 있기 때문에 조종석이 없어도 골렘이 모든 성능을 낼 수 있는 일이지. 마도 시대의 아스칼론? 설계도를 보지 않아도 뻔해. 시동석을 만들 수 없는 이유는 바로 정령석을 구할 수 없어 속성석으로 만들려다가 실패한 것이셨지."

카릴은 그의 말에 놀란 표정을 감출 수 없었다. 골렘은 단순히 조종사의 명령에 따라 움직이는 병기라 생각했을 뿐 그 자체에 의지를 준다고 생각한 적이 없기 때문이었다.

"만약 정령왕의 힘을 빌릴 수 있다면 시동석을 만들 수 있을까?"

"불가능하다."

"어째서?"

"너희가 인간이기 때문이지. 나 역시 불가능하다. 정령석은 오직 그 축복을 받은 자만이 가능하다. 드워프 중에서도 뮤르가(家)만이 대지의 정령석을 다룰 수 있다는 말이지."

"시동석을 만들 방법이 없다는 말인가……."

카릴은 살짝 입술을 깨물었다. 이번 생에도 아스칼론을 재현해 내는 것은 실패일지 모른다는 생각이 들었다.

"하지만 골렘에 의지를 담을 방법이 있긴 하다."

"그게 뭐지?"

"한때 유명하지만 이제는 사라진 방법이기도 하지. 혹시 들어본 적이 있으려나 모르겠군. 과거에 영혼을 부활시켜 골렘 안으로 넣는 술법이 존재했지. 물론, 공국의 골렘처럼 거대한 것이 아니라 사람의 크기였지만 말이야."

칼립손의 말에 카릴이 살짝 인상을 찡그렸다.

"로스차일드가(家)의 인형술(人形術)."

그의 대답에 칼립손이 놀란 듯 눈을 동그랗게 떴다.

"맞아. 클클…… 설마 했는데 그것마저 알고 있는가. 마도 시대에 잊혀진 술법마저 알고 있다니……. 정말 드래곤으로 의심되는군. 만약 정말이라면 미리 말해주게. 백금룡에게 보내려 했던 물건을 자네에게 주었어도 충분한 핑계가 생기는 거니까 말이야."

"실없는 소리."

카릴의 말에 그는 피식 웃었다.

"인형술의 골렘과는 조금 다르지만 사실 크기는 중요하지 않지. 핵심은 바로 그 시동석에 영혼을 담는 것이니까."

그는 말을 이었다.

"자네는 운이 좋아. 그 방법을 아는 자가 로스차일드 가문이고 그들이 공국의 영토에 살고 있으니 말이지. 영혼을 다루는 기술만큼은 드워프, 노움 심지어 엘프들도 그들에게 한 수 접을 정도니 말이야."

그는 나지막하게 말했다.

"내가 소개장을 써줌세."

"그렇다면 고맙지. 위치라면 알고 있으니."

칼립손은 그 말을 듣자마자 자신도 모르게 입꼬리를 씰룩이며 피식 웃었다.

"해답을 이미 찾은 게로군."

"하지만 당신 덕분이야. 두 가지 일을 한꺼번에 해결할 수 있을 거라고는 생각 못 했었거든."

"음? 시동석 말고 또 인형술이 필요한 일이 있는가?"

그러고는 자신의 허리에 달려 있는 얼음 발톱을 바라봤다.

우우우웅-

그의 말이 끝나자 어쩐지 얼음 발톱 안에 잠들어 있는 자르카 호치의 영혼이 대답하는 것처럼 검날이 가볍게 떨었다.

"그런데 가기 전에 잠깐 샘을 구경해도 될까?"

카릴은 입꼬리를 올리며 낮은 목소리로 말했다.

"샘은 왜?"

"그냥. 확인할 것이 있어서 말이야."

"……말려도 볼 생각이겠지?"

"물론."

칼립손은 그럴 줄 알았다는 표정으로 낮게 웃었다.

"알겠다."

"여기다."

동굴 깊숙한 곳에 이질적인 거대한 문이 있었다.

"하나 지금은 들어갈 수 없어. 문을 여는 순간 복도를 삽시간에 얼어붙게 만들 냉기가 쏟아질 거야."

"그럼 물은 언제 뜨지?"

"밤이 지나고 난 뒤에 해가 있는 시간 동안에는 샘의 얼음이 녹는다. 요동치듯 물살이 거세지기는 하지만 말이야."

카릴은 그의 말에 고개를 끄덕였다.

그러고는 문 위에 손을 얹자 그의 말대로 확연한 냉기가 느껴졌다.

"확실히 그렇군."

그는 노크하듯 문을 두들기고는 말했다.

"안을 좀 보고 싶긴 한데."

"그럼 아침까지 기다리겠나? 뭐, 그때는 물살이 거세져서 보이지 않기는 매한가지겠지만."

칼립손의 말에 카릴은 말했다.

"아니, 지금 볼 거야."

"……뭐?"

그의 물음에 대답 대신 카릴은 있는 힘껏 문을 발로 찼다.

콰앙-!!

거친 소리와 함께 바위로 되어 있는 두꺼운 문이 그대로 박살이 났다.

"이, 이게 무슨……!!"

칼립손은 그 광경에 놀란 듯 황급히 머리를 숙이며 바닥에 주저앉았다.

"……어?"

하지만 그가 생각했던 냉기는 느껴지지 않았다.

츠즈즈즈즉……! 츠즉……!

치이익-!!

숙였던 머리를 들자 놀랍게도 부서진 문을 가로막고 있는 붉은색의 장벽이 보였다. 샘에서 쏟아지는 냉기가 화염의 장막에 닿자 요란한 소리가 나며 새하얀 증기가 솟구쳐 홀 안을 가득 채웠다.

"조심해. 뜨거우니까."

"……저, 정령?"

칼립손은 장막 앞에 붉은 화염 인간의 모습을 보며 믿을 수 없다는 표정을 지었다.

퉁, 퉁-

카릴은 단단하게 얼어붙은 샘을 두들겼다. 칼립손의 말대로 샘의 물은 완전히 얼어붙어 그 안을 볼 수가 없었다.

"자, 잠깐! 샘을 부수면 동굴이 무너질지도 모른다네!! 부디……."

장막 밖에서 들어오지 못한 채 칼립손이 걱정스러운 목소리로 소리쳤다.

"걱정 마. 대신 확인해 줄 녀석이 있지."

"……뭐?"

칼립손은 무슨 소리냐는 듯 그를 바라봤다.

"좀 아플 거다."

그러고는 마지막 말이 자신을 향한 것이 아님을 깨달았다.

스르릉-

카릴은 얼음 발톱을 뽑아서는 의미심장한 표정으로 웃었다. 그러고는 망설임 없이 얼어붙은 샘 안으로 찔러 넣었다.

쩌저적! 부글부글……!!

얼어붙었던 샘의 표면이 검에 닿는 순간 마치 유리가 깨지는 것처럼 산산조각이 나며 부서졌다.

[크아아아아아아악-!!]

그와 동시에 고통에 찬 비명이 동굴 안을 가득 채웠다. 요동치던 샘 위로 얼음 발톱이 다시 솟구쳐 올랐고 그 위로 검은 연기가 피어올랐다.

화르르르륵-!!

연기는 광풍처럼 몰아치더니 하나의 형상을 만들어냈다.

[……날 죽일 셈이야!!]

"어차피 죽은 녀석이 새삼스레."

[이 악마 같은 놈…….]

일갈을 내뱉는 그와 달리 카릴은 오랜만에 반가운 얼굴을 보는 것처럼 웃으며 말했다.

"자르카."

카릴은 샘 위로 피어오르는 영혼의 이름을 불렀다.

"안에 뭐가 있는지나 말해."

# ▶Chapter 2◀

“얼음 발톱에서 쫓겨난 걸 보니 내가 생각했던 존재가 이 안에 있는 건가?”

[……궁금하면 직접 봐라.]

기대에 찬 목소리로 묻는 카릴과 달리 자르카는 떨떠름한 표정을 지었다. 그의 전신은 얼음 창고에 들어갔다 나온 것처럼 새하얀 서리가 끼어 있었다. 사자임에도 불구하고 뼛속까지 시린 냉기에 그의 목소리는 떨렸다.

“흐음.”

자르카 호치가 가리키는 손가락을 따라 고개를 돌리자 조금 전까지만 하더라도 미칠 듯이 냉기를 뿜어내던 샘이 잠잠히 변해 있었다.

“어떻게 된 일이지?”

[잠깐이지만 샘 안의 냉기를 영혼력으로 바꿔 샘의 폭주를 멈춘 것이다. 곧 다시 요동치겠지.]

"샘의 마력을 죽음의 기운으로 바꿨단 말이야? 두아트의 암흑력도 아닌데 정령력이 영혼력으로 변할 수 있나?"

카릴이 자르카를 바라봤다. 사령술에 쓰이는 영혼력과 두아트의 정령력의 속성인 암흑력은 분명 같은 흑마법의 계열이지만 다른 것이었다. 게다가 이 샘 안에 있을 것이라 예상되는 존재는 비록 시체보다 더한 냉기를 가진 존재였지만 분명 얼음과 죽음의 차가움은 본질적으로 다른 것이었다.

[그러니 직접 보라는 말이다.]

쿠드드드드드득…….

당장에라도 폭발할 것 같은 샘이 요란한 소리를 내며 떨렸다.

자르카의 말대로 샘의 아래를 바라봤다.

"이건……."

그 순간 그의 눈빛이 가볍게 떨렸다.

[내가 얼음 발톱에서 나올 수 있었던 건 이 검의 주인인 해일의 여왕이 잠들어 있어서가 아니다. 오히려 그 반대지.]

자르카 호치의 투명한 몸이 마치 육체를 가진 것처럼 서서히 짙어지더니 망령의 성에서 그를 처음 봤을 때처럼 완벽한 엘프의 형태를 갖추었다.

[이 짙은 마력은 해일의 여왕의 것이 아니다.]

첨벙-

카릴은 그의 말이 들리지 않는 듯 뭔가에 홀린 듯 샘의 물 안으로 손을 집어넣었다.

[무, 무슨……!!]

그 모습에 자르카 호치는 깜짝 놀란 듯 소리쳤다. 샘의 냉기가 얼마나 강렬한지 누구보다 잘 알고 있었기 때문이다.

츠즈즈즈즈즈……!!

하지만 카릴의 손이 들어가자 샘 안에서 열기가 뿜어져 나오더니 오히려 부글부글 물이 끓어오르기 시작했다.

카릴은 고통이 느껴지지 않는 듯 담담한 표정으로 샘 안에 잠겨 있는 뭔가를 꺼냈다. 하지만 라미느의 열기가 그의 팔을 감쌌음에도 불구하고 샘에서 꺼낸 그의 팔은 파랗다 못해 검붉게 변해 있었다. 샘의 물이 독기를 머금기라도 한 것처럼 그의 살점들이 녹아 떨어졌고 산을 뿌린 듯 매캐한 냄새와 함께 새하얀 증기가 그의 팔에서 흘러내렸다.

[하여간 괴물 같은 녀석이라니까…….]

자르카 호치는 그 모습을 고개를 저으며 낮은 목소리로 중얼거렸다.

"……이게 왜 여기에 있는 거지?"

샘 안에 있는 물건을 꺼낸 카릴은 고통보다 당혹감이 가득 찬 얼굴로 물었다.

[설마 너…… 그게 뭔지 알고 있는 건가. 그건 신화 시대에는 존재하지 않았고 마도 시대에 만들어진 물건이니 나를 제

외하고 아는 자가 없을 텐데.]

자르카는 카릴을 바라보며 살짝 놀란 표정으로 말했다.

"이게 마도 시대에 만들어진 거라고? 고작 그것밖에 되지 않은 거라고?"

[마도 시대라 해도 천 년이나 지난 세월이다. 고작이라니……. 뭐야, 그런데 뭔지도 모르면서 아는 척한 거냐?]

"무슨 소리야. 이건 신타…… ㄱ."

카릴은 자르카의 말에 대답을 하려다 입을 다물었다. 샘 안에서 찾은 목걸이가 전생에 그가 받았던 3개의 신탁 중에 찾아야 할 하나의 유물이라는 것을 말할 순 없었다.

아직 일어나지도 않은 신탁에 대하여 설명을 할 것도 없거니와 애초에 이 목걸이를 찾기 위해 신탁이 내려진 장소는 여기가 아니었기 때문이었다.

그는 살짝 입술을 깨물며 자르카 호치에게 물었다.

"설명을 해줄 수 있나?"

[크큭. 잘난 척하던 표정과 사뭇 다른걸.]

자르카는 의기양양한 얼굴로 웃으며 카릴에게 말했다.

"맞아. 그러니 네가 알고 있는 것을 좀 말해주면 좋겠는데. 소멸시켜 버리기 전에."

[……]

카릴은 한숨을 내쉬며 샘에서 꺼냈던 얼음 발톱을 다시 던지려 했다.

[자, 잠깐!! 젠장, 농담도 살벌하게 하는군.]

"내가 농담하는 걸 본 적 있어?"

[……지금부터 말을 하려고 했거든? 그러니 제발 진정하고 검을 좀 내려봐.]

하지만 그의 말에도 불구하고 카릴은 어서 얘기나 하라는 듯 검을 세워 두고는 고개를 까딱거렸다.

[묵시(默示)의 목걸이.]

자르카는 카릴의 손에 들려 있는 녹이 슨 낡은 물건을 가리키며 말했다.

[그것의 이름이다.]

"그리고?"

[과거 에리얼 우드의 수장이자 엘프 장인(匠人) 나르한 티누비엘은 3개의 피스로 이루어진 하나의 무구를 만들었다.]

카릴은 그의 말을 듣는 순간 자신도 모르게 심장이 쿵- 하고 내려앉는 기분이었다.

3개의 유물. 전생의 10인에게 내려졌던 3개의 신탁. 단순한 우연일까?

"계속해."

그는 자신도 모르게 목걸이를 쥔 손에 힘을 주며 자르카에게 말했다.

[그는 마도 시대의 블레이더 중 한 명이다. 블레이더에 대해선 너도 알잖아? 어쩌면 네 옆에 있던 늙은 사령이 안면이 있

을지도 모르지. 신화 시대를 살았던 최초의 블레이더가 아니라 순수하게 강력한 무구를 만들고자 모인 괴짜들이니까.]

"쓸데없는 소리 하지 말고 이 목걸이에 대해서나 말해."

[일단 엘프가 왜 이런 무구를 만들었는지는 묻지 마라. 그리고 왜 여기에 있는지도. 모르거든, 알고 싶지도 않고.]

"그래서?"

[애초에 엘프가 인간과 드워프까지 한데 섞여 있다는 것 자체가 이해되지 않는 일이니까. 나르한 타누비엘은 엘프의 왕가에서 태어난 자임에도 불구하고 상식으로 이해할 수 없는 자거든.]

자르카 호치는 카릴에게 말했다.

[왜냐면 이건 마계의 힘을 가진 물건이거든.]

"……뭐?"

[내가 지금 모습을 갖출 수 있는 이유이기도 하지. 너도 알다시피 마계는 사령과 영혼이 집약된 세계. 묵시의 목걸이 속에 내재되어 있는 흑요석은 오직 마계에서만 존재하는 광물이기에 그 힘을 가지고 있지.]

"그 말은 이게 마계의 물건이라는 소리야?"

지금까지 담담한 표정을 짓고 있던 카릴이 처음으로 놀람을 감추지 못했다.

[아니, 정확히는 마계의 힘이 담긴 물건이라고 해야지. 그래서 먼저 말한 거다. 엘프가 불경스러운 마계의 힘에 손을 댄 이유는 나 역시 이해 못 할 것이니까.]

리치의 모습을 하고 있는 자르카였지만 그는 단 한 번도 엘프라는 자각을 잃지 않았다. 그렇기 때문에 엘프의 땅이라 불리던 에리얼 우드를 지키고 엘븐하임의 여왕이었던 퀴렐의 사진을 가지고 있었던 것일지 모른다.

[엘프의 힘만으로는 부족했던 것이지. 애초에 마도 시대의 블레이더들은 타종족의 힘을 빌려서라도 강한 무구를 만들고 싶어 했으니까.]

"그런데 왜 하필 마계의 힘이지?"

[그 이유라면 알 수 있지. 오직 엘프만이 다른 차원의 문을 열 수 있는 영혼샘을 가지고 있기 때문이다.]

카릴은 설명을 바라는 눈빛으로 자르카를 쳐다봤다.

[너와 함께 있는 정령왕도 같은 소리를 했던 것 같은데. 보고(寶庫)에서 영혼샘의 정수를 얻었을 때 말이야.]

카릴은 고개를 끄덕였다. 라미느는 영혼샘을 가리켜 일종의 차원문이라 말했다. 그리고 그 샘을 통해 정령계의 문을 열 수 있을 것이라 했다.

"설마……."

[그래. 엘프와 마족은 정말 상반된 존재이지만 엘프의 영혼샘을 통해 마계의 문도 열 수 있다는 말이지.]

콰득……!!

그 순간 카릴의 발아래가 금이 가며 부서졌다.

자르카는 순간 입을 다물었다. 굳이 말하지 않아도 그에게서 느껴지는 묵직한 기운은 분명 분노였기 때문이다.

[하지만 말했다시피 마계의 문을 여는 것은 극히 위험한 일이다. 그들도 그걸 알겠지. 그래서 3개의 조각으로 나누어 만든 걸 테고. 3개의 조각이 모이지 않으면 불가능하다.]

"반대로 이 3개를 모으면 마족들이 이 대륙으로 나올 수도 있다는 뜻이겠네?"

[맞아. 다만 마력이 살아 있는 영혼샘이 존재해야겠지만…….]

자르카 호치는 눈앞에 있는 거대한 샘을 가리키며 말했다.

[굳이 그걸 찾을 필요는 없겠군. 여기 있으니까.]

그의 말에 카릴은 자신도 모르게 피식 웃고 말았다.

[하지만 누가 그런 귀찮은 짓을 하겠어. 굳이 마계의 문을 열 이유도 없는데.]

"크…… 크큭."

자르카의 말이 끝남과 동시에 웃음소리는 점차 커졌고 이내 곧 그의 고개가 뒤로 젖혀지며 더욱 커졌다.

[무, 무슨…….]

갑작스러운 그의 모습에 자르카는 당황한 듯 뒤로 물러섰다.

"그 귀찮은 짓을 누가 했거든."

[……뭐?]

그 웃음이 사라지는 순간 카릴은 차갑게 말했다. 흘러나오는 강한 마력에 샘 안의 동굴이 무너질 듯 흔들렸다.

신탁이 내려지고 세상에 파렐이 나타났을 때. 거대한 탑에서 쏟아지는 타락이라는 괴물과 함께 엎친 데 덮친 격으로 인류는 마족과 싸워야 했다. 신탁이라는 위업 아래 뽑힌 10명은 인류의 미래를 위해 내려진 3번의 신탁을 이행했다.

그런데…….

'감히…… 우릴 이용해?'

그게 오히려 마계의 문을 여는 열쇠를 모으는 것이었을 줄이야. 자신들의 손으로 오히려 인류를 죽일 또 다른 괴물들을 풀어놓은 꼴이 되어버린 것이다.

카릴은 자르카를 바라봤다.

"이걸 알고 있는 자들이 또 있을까?"

[글쎄…….]

자르카 호치는 살짝 어깨를 으쓱하며 말했다.

[인간은 모르겠지. 하지만 엘프의 피를 이어받은 자라면 본능적으로 알 수 있을 것이다. 타누비엘 가문의 힘은 마치 족쇄 같아 모든 엘프에게 그 의지가 전해지니까.]

그 순간 카릴의 얼굴이 차갑게 굳어졌다.

"혼종이라도?"

[엘프의 피가 조금이라도 섞여 있다면 물론. 그만큼 타누비엘의 피는 진하니까. 우리들은 인간들처럼 왕가가 뒤집히거나 반역으로 새로이 바뀌는 일 따윈 없거든. 신화 시대부터 오직 단 한 가문의 전승으로 이어졌으니까.]

자르카는 이미 죽었음에도 엘프인 것을 자랑스럽게 말했다.

하지만 카릴은 그의 말이 귀에 들리지도 않았다.

"라엘……."

그의 머릿속에 새겨진 이름. 우든 클라우드의 수장이자 엘프와 네피림의 피를 이어받은 한 명.

카릴은 그들을 그저 삐뚤어진 생각을 가진 광신도들이라고 생각했었다. 그리고 그다음에는 우든 클라우드가 마계의 식물을 기르고 있다는 것을 알게 되었을 때 그들이 마족을 끌어들인 장본인이라 생각했다.

당연한 일이었다. 우든 클라우드로부터 만들어진 블루 로어 광신교들은 타락을 숭배하고 인류가 멸하길 바랐으니까.

'그게 아니었어.'

파고들면 들수록 끝없이 나타나는 비밀들. 전생의 자신은 영혼샘이 남아 있다는 것을 알지 못했다. 올리번은 공국의 경보 시스템이 구축되어 있다는 이유로 타락과의 격전지를 이곳으로 정했기에 공국에 대한 조사는 따로 없었다.

'설마 그마저 모두 계획된 것이 더냐.'

누구 하나가 적이 아니다. 타락을 숭배한 우든 클라우드 놈들도 신탁 전쟁의 끝자락에서 자신들을 죽이려 했던 올리번까지……. 그리고 마계의 열쇠를 찾게 신탁을 내린 빌어먹을 신까지.

'모두가 한패였어.'

카릴은 차가운 눈으로 위를 바라봤다.

보이는 것은 그저 어둠뿐. 하지만 그 어둠이 그의 마음을 대변해 주는 것 같았다.

'신은 처음부터 인류를 살려둘 생각을 하지 않았던 것이다.'

콰앙-!!

놀아난 기분을 벗을 수 없다. 아니, 실제로 그렇게 이용당했던 것이니까. 실낱같았던 믿음의 희망마저 이제 완전히 사라져 버리자 카릴은 들고 있던 목걸이를 있는 힘껏 바닥에 던졌다. 요란한 소리가 났지만 블레이더의 무구답게 목걸이는 흠집 하나 나지 않았다.

'너희들 중 누군가는 분명 이곳에 이 목걸이가 있다는 것을 알고 우리들이 찾기 전에 다른 장소로 옮겼겠지. 지금 내가 이걸 부숴 버리면 마계는 열리지 않을 터.'

신탁 전쟁에 대적해야 할 큰 적 중 하나를 처음부터 막을 수 있었다. 그렇기에 카릴은 발을 들어 당장에라도 그것을 밟아 부수려 했다.

하지만 그 순간 그는 들어 올렸던 발을 멈추고서 목걸이를 바라봤다.

"아니지."

콰드드득-

그러고는 천천히 발을 내려놓고는 바닥에 떨어진 목걸이를 지그시 밟았다.

"이걸 그냥 부수면 재미없지."

“칼립손.”

“말하게나.”

조금 전 얼음샘에서 일어난 일을 떠올리며 칼립손은 카릴을 대하는 태도를 달리했다.

‘정령왕이라니…….’

샘의 냉기조차 막을 정도의 강렬한 화염 그리고 의지를 가진 자아. 확인할 필요도 없이 불의 정령왕인 라미느였다.

칼립손은 이따금 카릴의 행보를 듣기는 했지만 그가 폭염왕의 힘을 가진 것까지는 몰랐다. 드워프처럼 땅과 불에 민감한 노움에게 라미느란 존재는 신과 같은 것이다. 그러니 그가 카릴을 대하는 태도가 조심스러워진 것도 당연했다.

“이것과 똑같은 걸 만들 수 있을까?”

카릴은 묵시의 목걸이를 보이며 말했다.

“드래곤도 속을 만큼 정교하게.”

“으음…….”

칼립손은 안에 박혀 있는 보석을 살피며 말했다.

“외관상으로는 불가능한 것이 아니지만 이 안에서 흘러나오는 특유의 마력까지 똑같게 할 수는 없을 걸세.”

“그건 내가 알아서 하지. 마계의 마력은 사령술과 비슷하니까. 곧 구할 수 있어."

카릴은 그의 말에 고개를 끄덕였다. 그는 자신의 뒤에 서 있는 자르카 호치를 가리켰다. 다음 행선지가 그를 부활시킬 인형술이 있는 곳이란 의미였다.

"겉모습만 따진다면 방법이 없진 않네. 대신 담금질을 하기 위한 강한 불이 필요하지. 섬세한 작업이니까. 마치 자네의 화염 같은……."

칼립손은 입맛을 다시며 조심스럽게 물었다.

"별로 어려운 일은 아니군."

"……저, 정말인가?"

"예전에 내가 알던 어떤 노움도 항상 불이 약해서 좋은 무구를 만들지 못한다고 투덜거렸거든."

"음?"

카릴은 묘한 미소를 지었다.

"내게 노움국의 생존자들에 대한 소식을 알려줬을 때도 그렇고……. 그때는 반신반의했는데 정말로 노움과 친분이 있나 보군. 그자가 누구인지 고맙다고 전해 주겠나. 언제든 환영한다고 말이야."

칼립손에 말에 카릴은 고개를 끄덕였다.

"그러도록 하지. 아마 앞으로 그는 많은 사람에게 그런 말을 들을 테니까."

카릴은 그 전과 마찬가지로 자신이 알고 있던 유일한 노움이 바로 미래의 그라는 것을 말할 수 없었다. 하지만 적어도 앞으로 그의 미래가 자신이 알고 있는 것보다 암울하지 않게 만들 것을 다짐했다.

'신탁 전쟁이 일어나면 당신이 만든 무구가 세상을 구하는 데 큰 도움이 될 테니 말이야.'

그는 칼립손에게 말했다.

"이번 일이 끝나면 타투르로 돌아갈 예정이야. 그럼 두샬라에게 말해서 7각 적명석 몇 개를 구해서 라미느의 힘을 넣어 보내주지. 최상급이 아니면 폭염왕의 힘을 일부라도 담을 수 없을 테니까."

"7…… 7각?!"

"뭘 놀래고 있어. 당신은 몇 년 전에 이미 타투르에서 그것들을 봤으면서."

카릴은 그를 바라보며 피식 웃었다.

"그때야…… 얼마 되지 않았잖은가. 몇 개라니……. 어디서 그런 걸 구했지?"

"이스트리아 삼국 쪽에 마광산이 있다. 아마 노움국의 힘이 많이 필요할 거야. 시동석을 만드는 데 필요한 영혼석은 내가 따로 구하겠지만 현존하는 일반 골렘에 들어갈 속성석들의 세공을 자네들에게 맡기고 싶거든."

"허……. 설마 거기서 7각석이 채취된다는 말인가?"

"물론."

칼립손의 눈동자가 떨렸다.

드워프는 광물을 다루는 기술이 뛰어나지만 보석의 세공에 대해서는 노움을 따를 자가 없었다. 단순히 반짝이는 것을 좋아하는 것을 넘어 자신의 기술에 대한 도전에 대한 열망. 그건 한마디로 장인의 영역이었다.

'물었군.'

카릴은 노움국의 동맹의 조건으로 목숨을 지켜준다고 했을 때보다 더 관심을 보이는 칼립손의 모습에 입꼬리를 올렸다.

"당신네가 우리와 동맹을 맺는다면 그뿐만 아니라 더 많은 것을 지원할 생각이야. 아마 목걸이의 보석을 만들 때도 필요할 테니……. 밀리아나에게 미리 말해둬야겠군."

"7각석 말고도 또 뭐가 있는 겐가?"

"남부 일대에 있는 마굴에 자라는 삼방석영이라는 광물이 있다. 들어는 봤겠지?"

칼립손은 그의 말에 고개를 끄덕였다.

"귀족들의 세공품에 많이 들어가지 않는가. 타투르에 있을 때도 몇 번 의뢰를 받은 적이 있어서 잘 알지. 유리처럼 투명한데 쉽게 깨지지 않아서 귀부인들에게 인기가 높았지."

카릴은 그의 말에 코웃음을 쳤다.

"겉멋만 든 귀족들의 사치품으로 쓰기엔 아까운 물건이지. 만져봤다면서 광물의 가치를 찾지 못했나 보지? 속성석은 고유의 속성을 가지고 있지만 석영은 일종의 무속성의 광물이니까. 그 안에 마력을 담을 수 있지."

"마력을 담는다, 라……."

"연금술로 만들 수 있는 회복약은 상처를 치유하는 것뿐이지. 하지만 석영에 마력을 넣어 가루를 내면 마력을 회복하는 물약도 만들 수 있다. 하지만 진짜 중요한 것은 다른 데에 있지."

신탁 전쟁에서의 무구. 무심코 지나가듯 내렸던 명령이지만 그는 결코 잊지 않았다.

"마력으로만 타격을 줄 수 있는 사령체와 같은 언데드에게 효과적이고 말이야."

타락에 대한 것을 미리 언급할 수는 없지만 그것만으로도 충분했다.

'뿐만 아니라 빌어먹을 마족들에게도 치명적이지.'

마지막 말도 덧붙이지는 않았다. 하지만 몇 번이나 되뇌었다.

마계의 문을 열어 대륙을 유린했던 마족들을 불러들인 것이 자신의 실책이라는 것을 알게 된 이후 분노를 쉽사리 잠재울 수 없었기 때문이다.

"마력을 담는다…… 마력을 담는다, 라……."

그러나 어쩐 일인지 칼립손은 카릴의 설명보다 뭔가에 꽂힌 듯 몇 번이나 같은 말을 되풀이했다.

"혹시……. 마광산에 속성석이 많은가?"

"적어도 당신이 쓰고 싶은 만큼은 구할 수 있지."

"부서져서 못쓰게 되도 될 만큼?"

"얼마든지."

시원시원한 카릴의 대답에 칼립손은 지금까지와는 달리 눈을 반짝이며 물었다.

"왜? 해보고 싶은 게 있나?"

"말도 안 되는 일이라고 생각될 수도 있겠지만 말이야……. 저 안의 샘물의 냉기와 자네의 화염. 극상성의 두 힘으로 담금질을 한다면 어쩌면 가능할지도 모른다는 생각이 들어서 말이지."

"무엇이?"

"속성석의 합성."

"……."

카릴은 담담한 표정을 지었지만 칼립손의 말에 짐짓 놀라지 않을 수 없었다.

"그냥 한다면 불가능하지. 하지만 마력을 담을 수 있는 석영을 매개체로 한다면 다르지. 물론…… 아직은 이론에 불과하지만 말이야."

"아니, 아주 훌륭해."

"뭐?"

"원하는 만큼 지원해 주겠다. 얼마든지 써도 좋아. 이게 동맹의 조건은 아니니니 걱정 말고. 대신 무속성의 속성석을 당신이 만든다면 가장 먼저 내가 쓸 수 있게 해주겠나?"

허무맹랑한 소리라고 할 줄 알았던 칼립손은 오히려 반색을 하는 그를 놀란 눈으로 쳐다봤다.

"내가 성공을 할지 안 할지 어찌 알고?"

"그런 발상을 하는 사람이 있다는 것만으로도 놀랄 일이야. 실력이 없으면 그것도 불가능하니까."

카릴은 칼립손의 말에 피식 웃었다.

"성공만 한다면 역사적인 위업이 될 것이다. 수백, 수천의 사람들에게 날개를 달아줄 수 있게 될 일이니까."

"날개?"

칼립손이 고개를 갸웃거리며 물었다.

'또한 당신 덕분에 내가 했던 약속을 지킬 수 있게 될 것이고.'

교도 용병단의 비공정. 그 안에 들어갈 시동석을 칼립손에 의해 탄생할 것이라는 생각에 카릴은 만족스러운 표정으로 고개를 끄덕였다.

'크로멘의 장례식에 얼굴을 비칠 것이라고 생각했는데 나타나지 않았었지. 이유 없이 오지 않을 사람은 아닐 텐데……. 뭘 하고 있을까.'

카릴은 고든 파비안을 떠올렸다. 지병으로 인해 죽을 운명에서 이제 그의 미래 역시 바뀌었으니 앞으로 그가 무엇을 할지는 예측 불가였다. 하지만 비공정의 시동석이 칼립손으로부터 완성된다면 그것을 빌미로 다시 만날 수 있으리라.

"사용할 곳을 벌써 점찍어둔 게로군?"

눈치 빠른 칼립손이 카릴에게 물었다.

"북부의 이민족 중에 쓸 만한 자들을 노움국의 호위로 두도록 하지. 작업은 아무래도 샘이 있는 곳에서 해야 하니까."

"고맙군."

카릴은 그런 그에게 말했다.

"고맙다면 한 가지 부탁을 좀 해도 될까?"

"음?"

"별로 어려운 일은 아닐 거야."

그는 의미심장한 웃음을 지었다.

"미끼가 되어주겠어?"

"제길……!! 어떻게 이런 일이……!"

"쉿! 빨리 여길 떠야 한다고!"

"나도 알아! 하지만 방법이 없잖아. 코브의 항구는 봉쇄되었고 북쪽으로 가는 길도 없어."

어두운 골목길. 인적이 없는 그 길을 따라 달리는 두 사람의 다급한 대화가 이어졌다.

"어쩔 수 없이 그들에게 의탁할 수밖에……. 계약이 아직 유지 되고 있으니 잠잠해질 때까지 숨어 있어야지."

"빌어먹을……."

주고받는 목소리는 둘 다 남자였다.

"퓰리가 패할 줄이야."

한 사람은 차분한 어조였고 다른 한쪽은 조금 거칠었지만 그보다 더 명확히 다른 점은 한쪽은 공국 특유의 억양이었고 다른 한쪽은 제국의 황도에서 쓰는 말투였다는 것이다.

"서두르자고."

"그러지."

어둠을 틈타 이동하는 둘의 움직임은 제법 기척을 숨기는 모습이 익숙했다. 하지만 그래 봐야 평범한 수준에서 훌륭하다는 것일 뿐 그들을 주시하고 있는 존재의 영역에서는 한참 우스운 실력일 뿐이었다.

'칼의 말대로군.'

조금 전 어둠 속에서 도망치던 두 사람을 주시하며 카릴은 입꼬리를 올렸다.

그들은 다름 아닌 카릴이 아조르에서부터 찾았던 우든 클라우드의 일원인 레디오스와 더글라스였다. 당초의 계획대로 그들은 당연히 튤리의 승리가 확정적이라 생각했다. 하지만 갑작스럽게 내전의 전황이 뒤바뀌면서 도망치지 못한 채 화이트 벙커에 숨어 있었던 것이다.

그런 두 사람이 말한 '그들'이란 다름 아닌 노움들이었다. 전전긍긍하던 차에 칼립손이 손을 내미니 그들로서는 그의 제안을 단번에 수락하지 않을 수 없었다.

하지만 두 사람은 절대 모를 것이다. 내민 그 손이 사실은 칼립손의 것이 아닌 카릴의 손이라는 것을 말이다.

"지그라."

어둠 속에서 번뜩이는 눈빛이 처음에 하나였다가 두 개가 되었다. 언제부터 그곳에 있었는지 알 수 없지만 새로이 나타난 인영에도 숨소리 하나 들리지 않았다.

"네, 주군."

"조용히 뒤를 밟아라. 녀석들이 갈 곳은 노움국일 테니까. 그들에겐 미리 언질해 두었다. 배후의 인물이 있다면 확인하고 그렇지 않다면 처리해도 좋아."

"따르겠습니다."

"그리고 이 일을 처리하고 나면 타투르로 가는 동안 내 호위를 맡도록 해주지."

지그라는 카릴의 말에 옅은 미소를 지었다.

검은 눈 일족의 규율. 수장을 만나기 위해서는 그에 상응하는 대가를 치러야 하지만 아쉽게도 튤리의 목을 베는 것을 놓치고 말았다. 카릴은 북부로 가기 전에 이번 임무를 통해 그가 공을 세울 기회를 다시 한번 주려는 것이었다.

"너는 충분히 몫을 다했다."

카릴이 호위를 둔다는 것은 그의 실력을 알고 있는 사람들이라면 헛웃음을 지을 일이었지만 단순히 그 자리가 보호를 위한 것이 아님을 알았다.

그의 가장 옆에 있을 수 있는 자리. 즉, 카릴은 지그라에게 타투르로 가는 여정 동안 대화를 나눌 수 있는 자리를 내어

주겠다는 의미였다.

지그라는 천천히 고개를 끄덕이고는 어둠 속으로 사라졌다.

"저들이 우든 클라우드일 줄은 몰랐습니다. 그들 역시 공국의 귀족일 터인데……."

그가 사라짐과 동시에 약간의 탄식 섞인 목소리가 들렸다.

"놈들은 그저 수많은 가지 중 하나에 불과해. 공국의 공작가의 실세인 튤리와 프란이 이미 우든 클라우드였다는 것 생각하면 저런 녀석들은 놀랄 일도 아니지."

"으음……."

"뿐만 아니라 놈들은 우리의 생각보다 대륙에 깊게 자리를 잡고 있다. 이미 제국에도 관계되어 있으며 또 모르지. 타투르나 이스트리아 삼국에도 놈들의 끄나풀들이 있을 수도 있고. 녀석들을 모두 제거하려면 쉽지 않을 거야."

골목에 있던 사람들이 모두 사라지고 나자 카릴은 뒤를 돌아봤다.

"하지만 씨를 뽑아야지."

그의 말을 들으며 앤섬 하워드는 고개를 끄덕였다.

"대장정이 되겠군요."

"대륙통일보다 어쩌면 더 오래 걸릴지도 모르는 숙원일 수도 있겠지만 꼭 해야 할 일이야."

앤섬 하워드는 아무렇지 않게 대륙통일이라는 말을 할 수 있는 카릴의 대범함에 혀를 내두를 수밖에 없었다. 하지만 이미 제국을 제외한 나머지가 그의 손아래 놓여 있다는 것을 봤을 때 그것이 절대 허풍이 아니라는 것을 알았다.

"그런데 저를 부르신 이유가……."

눈치 빠른 앤섬은 카릴이 단순히 우든 클라우드의 저 둘을 알리기 위해 이 야심한 시각에 자신을 거리로 부른 것은 아니라 생각했다.

"혹시 미로 좋아하나?"

"……네?"

"자네와 갈 곳이 있거든. 지금부터 출발해서 가도 아침에나 도착할 테니까. 서둘러야겠군."

"아, 아침이라니요? 어딜 가시려고 그러시는 겁니까?"

"서리고원."

카릴의 대답에 앤섬은 놀라지 않을 수 없었다. 공국의 북쪽에 위치한 여명회의 성지인 상아탑 그리고 그보다 더 위쪽에 염룡인 리세리아의 레어가 있었다. 화룡의 둥지에서 다시 서쪽으로 가면 펼쳐진 드넓은 이 고원은 대륙에서 가장 해가 늦게 뜨고 늦게 지는 곳이기도 했다.

언제나 어두운 그늘 아래 잠들어 있는 고원은 단순히 살인적인 추위만큼이나 살고 있는 몬스터들 역시 범상치 않아 S급 위험지역으로 분류된 곳이었다.

"사람의 발길이 닿지 않는 곳인데……. 무슨 연유로……? 아니, 그보다 지금 출발한다 하더라도 고원에 아침에 당도할 수는 없을 겁니다."

수백 킬로미터나 떨어진 북쪽의 땅이었다. 앤섬의 머리로는 아무리 생각해도 그 먼 거리를 고작 몇 시간 안에 갈 방도가 떠오르지 않았다.

삐이이익-!!

카릴은 답을 구하는 그의 눈빛을 보며 아무렇지 않게 두 손가락을 모아 호각을 불었다.

"드레이크 타본 적 있나?"

"……네?"

앤섬은 당혹스러운 듯 그를 바라봤다.

[크르르르르……!!]

저 멀리서 자신을 향해 거대한 날개를 펄럭이는 붉은 비룡을 바라보며 앤섬은 낯빛이 하얘졌다.

"이참에 한번 타봐."

"우웁……!! 우우웁……!!"

앤섬은 눈보라가 거세게 몰아치는 고원의 추위 따윈 느낄 새도 없는 듯 눈 바닥에 엎드려서 헛구역질을 해댔다.

"좀 괜찮나?"

"……네, 출발 전에 뭘 먹지 않은 게 다행입니다. 안 그랬으면 하늘 위에서 못 볼 꼴을 보여 드릴 뻔했네요."

카릴은 그의 말에 피식 웃었다.

'오랜만이군.'

추스르는 앤섬을 뒤로하고 그는 감회가 새로운 듯 인적이라고는 찾아볼 수 없는 드넓은 고원을 바라보며 생각했다.

저 멀리 우뚝 솟아 있는 두 개의 기둥. 초승달이 거꾸로 되어 있는 것처럼 솟구쳐 서로 교차되어 있는 기묘한 바위기둥은 한편으로는 늑대의 이빨처럼 보이기도 했다.

'랑아(狼牙)의 보루.'

지금은 사라진 과거 3대 위상이라 불리던 3마리의 신수 중 하나인 거대한 흰 늑대. 혼백랑(魂白狼)이라 불리는 로어브로크가 살던 둥지였다. 물론 전생에도 카릴이 사라져 버린 신수를 만났을 리는 없었다. 다만 다른 의미로 그에게 있어 이 장소는 특별했다.

'이곳에서 참 많이도 피를 흘렸지.'

아니, 피를 흘렸다기보다는 피를 보았다고 해야 맞는 말일 것이다. 자신의 피가 아닌 타락과 몬스터의 피가 고원의 대지를 붉게 물들었으니까.

3개의 신탁. 그것은 신탁의 10인이 수행해야 할 고난. 그중의 마지막 유물이 바로 이곳에 잠들어 있었다. 시련의 장소가 서리고원이라는 것을 들었을 때 모두가 앤섬의 반응처럼 놀라지 않을 수 없었다. 이곳은 오랜 세월 동안 사람의 발길이 닿지 않는 곳이었으니까. 하지만 그들이 놀란 이유는 앤섬과는 다른 이유였다.

"내가 앞장서지."

신탁이 내려지고 빛이 사그라진 뒤 제단에 서 있는 일행은 한 여인을 바라봤다. 스스로 유물의 안내자가 되겠다고 말한 그녀는 다름 아닌 인형술사, 케이 로스차일드였다.

"네 목소리를 들은 게 첫 만남 이후 처음이로군. 우리는 그동안 네가 벙어리가 되어버린 게 아닌가 걱정했는데 말이야."

밀리아나가 의외라는 듯 말했다.

"크큭……."

"어쩐 일이지? 너는 그런 성격은 좀 아니잖아?"

"그러게. 자진해서 안내자가 되겠다고 하다니. 놀라운걸."

여기저기에서 신기한 듯 그녀의 반응을 보며 웃었다. 기분 나쁠 수도 있는데도 케이는 그저 얼굴을 가리는 검은 로브를 조금 더 앞으로 당길 뿐이었다.

그녀도 알고 있었기 때문이다. 자신을 놀리려는 것이 아니라 마지막 신탁에 대한 떨림을 떨쳐내기 위한 너스레라는 것을.

"서리고원의 길은 알고서 말하는 건가. 그곳은 지도에도 나와 있지 않은데."

카릴의 목소리가 들린 순간 홀 안에 긴장감이 감돌았다. 하지만 케이 로스차일드는 예의 그 차가운 성격대로 그의 물음에도 아무런 말을 하지 않았다. 단지 10인이 이곳에 도착해 추위에 소란스러울 때 카릴만이 감회가 새롭듯 나지막하게 중얼거리던 그녀의 말 한마디를 기억할 뿐이었다.

"돌아왔어……."

휘이이이익-!!

세찬 눈보라를 맞으며 고원을 걷던 카릴은 그녀의 말을 되짚었다.

'돌아왔다라……. 그 의미를 이제는 알 수 있겠군. 지도에도 나와 있지 않은 이곳의 지리를 그녀가 아는 것은, 이곳이 바로 그녀의 가문이 있는 곳이기 때문이니까.'

로스차일드가(家). 올리번에게 듣기로 마도 시대에 꽤 위세가 있던 가문 중 하나였다고 했었다.

그저 거기까지였다. 신탁의 10인은 서로의 과거에 대해 그다지 관심이 없었으니까. 카릴 역시 그녀의 혼잣말을 그다지 귀담아 두지 않았다.

하지만 지금은 다르다.

'전생의 우리는 3개의 신탁 중 마지막 유물을 찾기 위해 서리고원의 전역을 뒤졌다.'

케이의 안내 덕분에 유적을 찾는 것은 성공했지만 이렇다

할 저택의 흔적은 볼 수가 없었다.

'그럼 하나뿐이겠지.'

그 당시에는 생각해 보지 못했던 일이지만 카릴은 이제 와 한 가지 가능성을 더 떠올릴 수 있었다. 바로 유물이 있던 유적지가 로스차일드 가문의 터라는 것이다. 그리고 그 예상은 칼립손이 건네준 소개장에 적힌 위치를 확인한 순간 확신이 들었다.

"와아……."

앤섬 하워드는 오랫동안 다물었던 입술을 떼며 낮은 탄성을 지었다.

얼마를 걸었을까. 길은커녕 아무것도 없는 것처럼 보이는 고원을 익숙한 듯 가로지르며 올라서는 카릴의 뒤를 따라 앤섬은 몇 번이나 바들바들 떨면서도 악착같이 올라섰다.

"정말 대단하군요……."

앤섬은 대륙에서 가장 늦게 해가 뜨지만 가장 황홀한 빛으로 가득 찬 고원을 바라보며 경이로운 듯 눈을 떼지 못했다.

"그렇지?"

"그냥 올라오는 곳도 힘든 이런 곳에까지 유적을 세우다니 말이야."

카릴은 풍경 따위에는 관심 없다는 듯 어딘가를 가리켰다. 허허벌판에 엉뚱하게 하나의 비석이 있었다.

"……네?"

하지만 유적의 흔적은 찾을 수 없었다.

"한번 봐봐."

카릴이 비석을 향해 고개를 까닥거리더니 앤섬에게 말했다. 머뭇거리던 그가 눈보라를 뚫고 낡은 비석에 다가갔다.

그 안에는 빼곡하게 뭔가가 적혀 있었고 그 밑에 알 수 없는 그림이 그려져 있었다. 하지만 놀랍게도 앤섬 하워드는 그것을 보자마자 마치 뭔가에 홀린 듯 눈밭을 헤치고 성큼성큼 걸어갔다.

"이건……."

그의 반응을 예상한 듯 카릴은 팔짱을 끼고서 바라봤다.

"이런 게 왜 여기에 있을까요?"

"알 것 같아?"

"으음, 천문진(天文進)이라 불리는 동방의 비술과 비슷하네요. 뭔가 수식과 배열이 조금 다르긴 한데……."

비석을 살피던 그가 살짝 인상을 찡그리며 대답을 했다.

"풀 수 있겠어?"

"잠시만……. 해보겠습니다."

앤섬이 손바닥을 펼쳐 마력을 집중하자 그의 손목에 있는 팔찌에서 마치 투명한 유리 같은 창이 허공에 생성되었다. 양손으로 창을 비비듯 비틀자 투명한 창이 여러 겹으로 복제되면서 허공에 나뉘어졌다.

"흐음."

카릴은 신기한 듯 그를 바라봤다. 마치 공국 함대의 조종실에 있는 기판을 축소해 놓은 것 같은 모습이었는데 팔찌에서 생성되는 홀로그램은 마도공학의 산물 중 하나였다.

그러고는 마치 필기를 하듯 투명한 창 위에 빼곡하게 비석의 조합들을 적어 내려가기 시작했다.

"동방국의 천문진은 천체의 배열과 운행에 대한 것을 수에 대입하여 배열을 한 것입니다. 그리하여 나온 108가지의 진(進)을 통해 진법(陣法)으로 발전시킨 비술이 수장인 사이몬 코덴만이 쓸 수 있는 사둔진(蛇屯陳)입니다."

"으흠."

카릴은 그의 말에 고개를 끄덕였다.

사둔진에 대해서는 그 역시 잘 알고 있었다. 전생의 제국은 공국을 통일한 이후 동방국 정벌에 나섰다. 그 당시 동방국의 주인인 사이몬 코덴의 기묘한 전술에 제국군은 꽤나 애를 먹었다.

'결국 섬을 정복하는 것은 실패했지.'

포나인의 거센 강물도 쉽사리 거슬러 올랐던 수안 하자르의 특작군조차 동방국의 파도를 넘지 못했으니 말이다.

전쟁이 장기전으로 변할 수도 있었던 그 순간 신탁이 내려졌고 제국은 동방국과의 임시 동맹을 맺게 되면서 전쟁은 종결되었다.

'단순히 섬 주위의 파도가 이상하다 생각했었는데 어쩌면

그조차도 비술일지 모르겠군.'

하지만 이번은 다르다. 아무리 파도가 높다 한들 하늘 위까지 오르지는 못한다. 제국 때와는 달리 그에게는 비룡 부대가 있으니까 말이다.

"9를 가장 위에 두고 1을 아래에 두며 좌우로 나뉘는 3과 7을 사이에 중앙에는……."

카릴의 생각을 아는지 모르는지 앤섬은 어느새 추위도 잊은 채 매료된 듯, 퍼즐을 맞히듯 여러 가지 수합을 조합하며 이리저리 허공에 만든 창을 움직였다.

조금 전 힘듦도 잊은 채 비석의 진을 푸는 데 집중하고 있는 앤섬을 보며 카릴은 그를 두고서 능숙하게 자리를 만들고 불을 피우기 시작했다. 그러고는 품 안에 두었던 말린 고기를 꺼내 불에 익히기 시작했다.

얼마나 시간이 흘렀을까. 어쩌면 고원을 오르는 것보다 더 긴 시간이 흘렀을지도 모른다.

"아……!!"

찬란하게 떴던 해가 금세 져버리고 카릴이 피운 모닥불만이 빛을 발하고 있는 저녁이 되고 나서야 앤섬은 낮은 탄성을 지었다. 오래 걸릴 거라는 것을 예견하기라도 한 듯 카릴은 입에 물고 있던 말린 고기를 뜯어내며 그를 바라봤다.

"이…… 이건 엄청납니다."

"그래?"

"건방진 소리지만 지금까지 통용된 천재라는 단어의 의미를 재정립해야 할지도 모르겠습니다. 이 진을 만든 사람이야말로 가히 천재니까요!"

앤섬은 포기에 대한 아쉬움보다 오히려 깊은 감탄으로 목소리가 떨렸다.

"그 정도야?"

"네! 단순해 보이지만 이 진 안에는 수백, 수천의 변화가 내포되어 있습니다. 이건 마치…… 하늘과 땅의 변화가 아니라 마력과 생명의 영역까지 통달한 선지자가 만든 것 같습니다."

"만약 이걸 전술에 쓴다면, 어때?"

"엄청난 도움이 될 것입니다. 지금까지의 전술과 전략은 그저 열과 오를 바꾸고 부대의 수를 나누는 정도니까요. 이 진의 변화에 비한다면 그것들은 천편일률적인 것들뿐입니다. 하지만……."

앤섬은 어쩐지 신이 난 듯 소리쳤다가 이내 곧 침울한 목소리가 되었다.

그의 반응을 알겠다는 듯 카릴은 고개를 끄덕였다.

"그런데 보아하니 자네도 풀 수 없는 건가 보군."

카릴의 말에 앤섬은 주위를 훑었다.

"……제가 아니라 누가 와도 이대로는 절대로 풀지 못할 겁니다. 쐐기가 될 중심이 없습니다."

"중심?"

"네. 뭔가 예시가 될 만한 것이라도 있으면 좋겠지만……. 진법의 핵심 구절이 빠져 있습니다. 처음에는 동방국의 비술과 비슷하다 생각해서 천문진의 기본 수칙을 대입했었는데 그것과는 또 다릅니다. 이런 식의 진은 정말 처음입니다. 도대체 이걸 만든 사람이 누구입니까?"

앤섬은 아쉬운 듯 낮은 목소리로 대답했다. 하지만 그의 모습마저 카릴은 예상했다는 듯 고개를 끄덕였다.

"나도 몰라. 뭐, 궁금하면 들어가서 물어보면 되지."

"……네?"

"이번 기회에 자네도 좀 배우면 좋겠지. 그럼 우리의 전력이 올라갈 테니까. 그래서 데리고 온 거거든."

"그게 무슨……."

앤섬은 물음 가득한 눈빛으로 카릴을 바라봤지만 그는 설명 있는 힘껏 주먹을 날렸다.

콰아아아앙-!! 콰가강-!!

결계로 세워진 비석이 카릴의 주먹에 완전히 부서지고 말았다. 앤섬은 그 광경에 입을 다물지 못하고 그저 카릴과 가루가 되어버린 비석을 번갈아 쳐다볼 뿐이었다.

철컥…… 드르르르르……. 크가가각-!!

눈 아래에서 마치 기관이 작동하는 소리가 들리더니 조금 전 비석이 있던 바닥이 갈라지며 거대한 지하의 문이 나타났다.

"허……."

이런 무식한 방법으로 열 줄은 꿈에도 몰랐기에 앤섬은 황당한 표정으로 아래를 바라봤다. 카릴이 말한 유적이라는 것이 이 지하를 말하는 것이라는 걸 그는 알 수 있었다.

"풀진 못해도 문은 열 수 있지. 뒤로 물러나."

그러고는 앤섬에게 뒤로 물러서라는 손짓을 하며 말했다. 카릴은 익숙한 모습으로 주먹을 풀기 시작했다.

"몇 놈만 잡으면 끝나니까."

# ▸Chapter 3◂

"인간……? 아, 아냐! 도대체 저게 뭐죠?"

앤섬 하워드는 자신도 모르게 소리쳤다. 바닥 아래에서 열린 문 안쪽의 계단을 서서히 걸어 올라오는 그림자들을 바라보며 그는 믿을 수 없다는 표정을 지었다.

철컥- 끼리릭-

계단에 발을 내려놓는 순간 기계가 작동하는 소리와 함께 그들이 두 사람을 바라봤다. 크기는 성인 남자와 비슷했으며 다부진 체구에는 처음 보는 장치들이 달려 있었다. 얼굴은 마치 목각 인형처럼 눈동자가 없었다.

놀랍게도 골렘이었다.

"골렘은 조종사가 없으면 작동이 불가능할 텐데……. 저 안에 사람이 들어갈 수가 있습니까?"

“없지.”

“그, 그럼…….”

“놈들은 부여받은 명령을 수행하는 파수꾼들이야. 마도 시대의 유물이지. 알겠지만 마도 시대에는 조종사가 없어도 움직이는 골렘들이 있잖아.”

이따금 유적을 발굴하는 과정에서 조우하는 파수꾼들을 앤섬 역시 알고 있었다.

특히나 드워프 왕가인 뮤르가의 골렘인 엔더러스를 발견했던 바위굴 유적지에서는 수많은 파수꾼으로 인해 공국이 큰 피해를 입기도 했었으니 공국 사람이라면 모두 알고 있는 사실이었다.

비단 유적이 아니더라도 비전의 샘을 지키던 알른 자비우스가 만든 파수병을 보더라도 마도 시대에 스스로 움직이는 골렘은 흔했다는 걸 알 수 있다.

“하지만 대부분 간단한 명령을 부여받는 수준이지. 저놈들 역시 유적을 지키는 것뿐이야.”

카릴은 눈앞의 골렘들을 바라보며 별거 아니라는 듯 말했지만 앤섬의 놀람은 다른 의미에서였다.

“그, 그래도 저렇게 소형의 골렘은 처음 봅니다. 저 정도 크기의 기계적인 골렘을 만들려면 그 안에 들어가는 부속품 역시 축소시켜야 하는데…….”

레볼과 같은 대형 골렘을 만드는 것은 분명 어려운 일이지만 불가능한 것은 아니었다. 균형을 맞출 수만 있다면 부품의 크기를 키우는 것은 충분히 가능한 일이기 때문.

"맞아. 그래서 처음에는 윈겔 하르트도 데려올까 싶었지만 참았지. 난리가 날 것 같아서 말이야."

카릴은 피식 웃었다. 앤섬의 말처럼 골렘 안의 부품을 축소시킨다는 것은 기술적인 능력을 요구하는 영역이었다. 마도공학의 천재라 불리는 윈겔 하르트조차도 마이스터 부대의 소형 골렘들이 현재 만들 수 있는 최소의 크기라 했다. 하지만 그 크기는 인간의 최소 수 배.

아마도 윈겔 하르트가 봤다면 놀라 까무러치거나 반대로 당장에라도 해부를 하고 싶어 안달이 났을 것이다.

"하나, 둘, 셋, 넷……."

카릴은 골렘의 숫자를 세더니 살짝 고개를 갸웃거렸다.

"모두 아홉이라……. 수가 늘었네? 아니지, 그때가 줄어든 건가. 셋뿐이었는데."

"네?"

"아무것도 아냐."

그의 혼잣말을 알아들을 리가 없는 앤섬은 그저 눈앞의 적을 바라보며 걱정 어린 눈빛일 뿐이었다.

'흐음, 무슨 일이 있었던 거지. 우리가 케이의 안내를 받아 신탁 때문에 서리고원에 왔을 때는 이미 골렘의 수가 줄어든 뒤. 그 말은 그 전에 뭔가 사건이 있었다는 건데…….'

카릴은 골렘들을 바라보며 눈을 흘겼다.

'내가 알고 있는 전생에서 올리번이 케이를 데려오기 전까지 서리고원에 대한 이렇다 할 사건은 없었다.'

"뭐, 일단은 처리해야겠지. 앤섬, 뒤로 물러나 있어."

고민은 일단 접었다. 골렘의 숫자가 셋이든 그 3배인 아홉이든 일단은 파훼해야 그 안으로 들어갈 수 있다는 사실은 변하지 않으니까.

철컥-!! 촤르르륵-!!

그가 검을 뽑는 순간 거의 동시에 골렘들이 팔을 교차하자 손등에서 날카로운 니들이 튀어나왔다.

파앗……!!

다시 카릴의 인영이 사라짐과 동시에 여섯 마리의 골렘 역시 바닥에 눈보라를 일으키며 사라졌다.

엄청난 속도의 격돌. 자칫 그 폭풍에 휩쓸리기라도 한다면 그대로 사지가 잘려 나갈 것 같아 앤섬은 다급히 뒤로 물러났다. 카릴이 만들어놓은 자리에 숨듯 허리를 굽히고 그들의 모습을 살폈다. 뒤에 피어놓은 모닥불에 고기가 타고 있었지만 그런 걸 신경 쓸 여력 따윈 없었다.

꿀꺽-

쉴 새 없이 펼쳐지는 검세에도 불구하고 앤섬은 위험하다는 것을 잊은 채 마치 빨려 들어가듯 카릴의 모습을 바라봤다.

"흡……!!"

카릴이 자신의 옆구리를 노리는 골렘의 칼날은 얼음 발톱을 꺾어 쥐며 막았다.

그가 마력을 끌어 올렸다. 탐욕의 팔찌가 그의 마력을 흡수하는 것이 버거운 듯 파르르 떨렸다.

지직…… 지지직……!!

골렘의 손등에 달린 칼날을 타고 카릴이 아케인 블레이드를 있는 힘껏 그었다. 녀석이 그의 힘을 버티지 못하고 튕겨 나가며 얼음 발톱이 허공을 베었다.

부웅-!!

날카로운 풍압과 함께 골렘의 머리를 아슬아슬하게 지나며 녀석의 뿔을 얼음 발톱이 베었다. 뒤로 밀리는 녀석을 나머지 골렘 중 두 마리가 녀석의 등을 받치고 나머지 여섯이 그를 향해 달려들었다.

콰앙!! 콰가가강!!

마치 분신이라도 되는 것처럼 순간이동을 하듯 사방으로 정신없이 쏟아지는 골렘의 공격. 한 몸인 것처럼 이어지는 연쇄 공격에 카릴은 두 손으로 검을 움켜쥐었다.

콰즈즉-!!

공기를 가르는 날카로운 소리. 하지만 그의 검이 날카로운 검기를 뿜어내며 지면을 가를 땐 그를 덮치려던 골렘들이 어느새 이미 사방으로 흩어진 뒤였다. 인간이라고 해도 믿을 정도로 완벽한 움직임을 보여주는 골렘의 성능도 놀랍지만, 그보다 더 놀라운 것은 그들의 연계였다.

카릴은 지끈거리는 손목을 풀었다. 예상보다 훨씬 상회하는 골렘들의 위력에 조금 놀랍다는 표정이었다.

"후읍."

하지만 그다지 상관하지 않는 듯 그는 다시 한번 숨을 참으며 마력을 끌어올렸다.

'시간을 끌면 안 되겠군.'

파앗-

마력이 폭발함과 동시에 그의 몸이 빠르게 질주했다. 골렘들의 진(陣) 안으로 들어간 그가 몸을 틀며 검을 그었다. 카릴의 공격을 피하며 흩어진 골렘들이 다시 모이며 그를 둘러쌌다.

'사방으로 정신없이 움직이는 듯 보이지만 골렘들은 일정한 규칙이 있다. 양쪽 날개는 시야를 방해하고 두 팔은 공격을 방어하며 두 다리는 길을 막는다.'

육안으로 좇을 수 없는 속도임에도 불구하고 앤섬은 마치 골렘을 바라보는 것처럼 고개를 돌렸다.

'왼쪽 아래는 세 번째. 상단에 네 번째 머리에는 아홉이니 이번 공격은 첫 번째가 올 것이다.'

콰아아앙-!!

카릴이 검을 들어 골렘의 공격을 막자 앤섬은 자신의 예상이 적중했다는 것을 알았다. 그의 눈으로는 골렘의 속도를 좇을 수 없지만 그는 녀석들의 공격을 알 수 있었다.

보기 전에 예측하는 것.

'아홉의 중앙인 다섯 번째에서 모든 흐름이 일어나며 가장 강력한 힘이 된다. 그리고 그 파동을 일으키는 중심은…….'

앤섬의 눈빛이 번뜩였다.

"그, 그래!! 그거다!!"

바닥에서 고개만을 빼꼼히 내밀고 있던 앤섬이 위험도 무릅쓰고 카릴을 향해 소리쳤다.

"주군, 오른쪽 상단에 있는 골렘입니다!! 조금 전 저기 뿔이 부러진 골렘!! 녀석만을 노리십시오!"

앤섬의 외침과 동시에 카릴의 몸이 움직였다.

"세 번째입니다!! 세 번의 공격을 흘리면 녀석이 알아서 중앙으로 올 겁니다!"

콰앙-!!

카릴이 골렘의 검날을 튕겨 냈다. 양쪽에 서 있던 골렘이 카릴의 뒤를 노렸다. 왼팔로 두 개의 주먹을 튕겨 내며 골렘의 안면을 그대로 밀었다. 호흡을 뱉어내며 그는 골렘의 머리를 쥔 상태에서 그것을 지면 삼아 다리를 뒤로 휘둘렀다.

콰가가각……!!

골렘들이 공격을 피함과 동시에 녀석들의 가슴에 카릴의 발이 적중했다.

휘청거리며 튕겨 나가는 녀석들.

카릴은 움켜쥐고 있던 골렘의 머리를 밀며 상공에서 공중제

비를 하며 뒤로 뛰어올랐다.

철컥-! 촤자자작-!!

뿔이 부서진 골렘을 보호하기라도 하려는 듯 나머지 두 마리의 골렘이 공중에 있는 카릴을 향해 달려들었다.

하지만 아홉 골렘의 공세도 막았던 그였다. 고작 둘로 카릴을 막을 수 있을 리가 없었다. 카릴은 한 치의 망설임도 없이 얼음 발톱을 횡으로 그었다.

콰가가가강-!!

카릴의 아케인 블레이드가 골렘의 머리통을 완전히 박살 내며 요란한 굉음을 터뜨렸다. 그의 양쪽에서 피어오르는 시커먼 연기를 뚫으며 카릴이 마지막 골렘의 가슴을 있는 힘껏 발로 밟았다.

콰직!!

그는 멈추지 않고 그대로 얼음 발톱을 바닥에 쓰러진 녀석을 향해 찔러 넣었다.

츠즈즈즈즈…….

마지막 골렘이 부들부들 몸을 떨더니 카릴이 박힌 검을 뽑아내자 스파크가 일며 축 늘어졌다.

"후우……."

그제야 그는 참았던 숨을 토해냈다.

"어떻게 알아낸 거야?"

"골렘의 움직임이 조금 전 비석의 쓰인 진과 같았습니다. 진법도 진법이지만 이런 골렘을 만들 수 있다니……."
"그걸 알아차리고 해법을 찾아낸 네가 대단한 거지."
카릴은 부서진 골렘의 머리를 밟으며 만족스러운 듯 고개를 끄덕였다.
"과, 과찬이십니다."
그런 그의 말에 앤섬은 민망하다는 듯 머리를 긁적이며 머쓱하게 대답했다.
"저 진을 만든 자가 천재라고 했지만 그걸 푼 너도 결코 그에 못지않다는 의미 아니겠어?"
"그전에 중심이 되던 골렘이 주군께 피해를 입어 여덟의 속도를 따라가지 못해 빈틈이 생겼기 때문입니다. 아마 제가 없어도 주군께서는 놈들을 잡았을 겁니다."
앤섬의 말은 진심이었다.
"전술이 아니라 무력만으로 말이죠."
"비석을 부숴 버린 것처럼?
"실제로 전쟁에서 가장 많은 쓰는 전술은 압도적인 힘의 차이를 보여주는 것이니까요."
카릴은 그의 말에 고개를 끄덕이며 바닥에 너부러진 골렘들을 바라봤다.
'하지만 골렘의 아홉이 펼치는 전술이 내 예상을 뛰어넘었어. 패배하지는 않았겠지만 꽤나 고전을 했을지도 모른다.'
골렘 하나하나의 위력은 소드 마스터보다 부족할지 모르지만 아홉의 연계가 합쳐졌을 때 카릴은 전생의 기억만으로 산정했던 파수병의 위력과는 전혀 다름에 놀라지 않을 수 없었다.

'현재 최강이라 할 수 있는 대륙 10강 중 골렘의 속도를 쫓을 수 있는 자는 결국 5대 소드 마스터뿐일 것이다.'

카릴은 이제 그 다섯 중 둘과 검을 섞었다. 그뿐만 아니라 이미 최강이라 하는 크웰의 실력 역시 전생에 알고 있었기에 사실상 강함에 있어 나머지 둘의 격(格)은 굳이 구분하지 않아도 되었다. 아니, 그들의 실력을 떠나 지금의 카릴이라면 5대 소드 마스터들보다 이미 상위에 있었다. 소드 마스터 한 명으로는 골렘을 상대할 수 없다고 확신할 수 있었다.

'하지만 전생에 이 골렘들이 부서져 있었다.'

과연 누가?

굳이 가능성을 꼽자면 5대 소드 마스터가 혼자가 아니라 둘 이상의 연계가 필요할 것이다. 하지만 신탁이 내려진 시점에서 살아 있던 소드 마스터는 권왕 발본트와 가네스뿐이었다.

'내가 왔을 땐 기관 장치가 부서진 흔적도 없었어.'

그 말은 앤섬 하워드도 풀지 못한 진의 비밀을 이 전에 온 자가 풀었다는 것을 의미한다.

'진의 비밀을 풀고 그 안에 있던 골렘을 부쉈다라……. 그것은 인간의 영역을 뛰어넘는 지식을 가지고 있지 않으면 불가능하다.'

알른 자비우스가 부활하지 않고서야 그런 지식을 가진 가능성은 하나뿐이다.

'드래곤.'

그리고 그 당시 대륙에 영향력을 끼친 드래곤은 당연한 소리지만 단 한 명뿐이었다. 백금룡(白金龍), 나르 디 마우그.

카릴은 입술을 살짝 깨물면서 생각했다.

'녀석은 분명 신탁이 내려지고 난 뒤에 제국을 위해 모습을 드러냈다. 하지만 그 말이 거짓이었다면…….'

올리번과 나르 디 마우그와의 관계. 그리고 더 나아가 올리번과 우든 클라우드까지 확장해서 생각한다면…….

'나르 디 마우그와 우든 클라우드를 연결해 볼 수도 있다는 말인가.'

그는 지하 계단을 바라보며 생각했다. 지금까지 단 한 번도 그 연결 고리를 의심해 본 적은 없었다. 그도 그럴 것이 올리번과 우든 클라우드가 엮였을 것이라고도 지금껏 상상하지 못했으니까.

'전생에 분명 녀석은 우든 클라우드의 잔당들이 만든 블루로어를 척결하고자 노력했었다.'

하지만 그것이 모두 거짓이었다면…… 그리고 거기서 더 나아가 나르 디 마우그 마저 엮인 상황이라면 카릴은 이제 자신이 알고 있던 전생의 진실마저 모호해졌다.

그는 아래를 향해 발걸음을 옮겼다.

'올리번 그놈은 이미 내 명단의 첫 줄에 적힌 녀석이었어. 하

지만 나르 디 마우그, 갈수록 너에 대한 의심이 짙어진다.'

카릴은 검을 쥔 손에 힘을 주었다.

'하지만 내가 회귀를 할 수 있었던 것은 네 덕분이다. 그러나 이 의심이 확신이 된 순간 억겁의 시간 동안 깊게 새겨졌던 내 명단의 첫 줄이 처음으로 바뀔 것이다.'

녀석이 무슨 이유로 이곳을 찾아 왔는지는 모른다. 하지만 적어도 이번 생에서만큼은 자신이 그들보다 먼저 선수를 칠 것이다.

저벅- 저벅- 저벅-

계단을 내려가는 발걸음 소리가 마치 심장의 울림처럼 울렸다.

로스차일드가(家). 마도 시대에 인형술이라는 특수한 사령술로 위세를 떨쳤던 가문이었으나 시대가 흐르며 어떤 이유에서인지 그들은 모습을 감추었다.

한때 사령술의 대가라 칭송받았던 7인의 원로회의 네크로맨서 웰 바하르조차 로스차일드 가문의 인형술은 재현하지 못했다. 이제는 그 명맥마저 사라졌다고 생각했던 지금 놀랍게도 천 년이 지난 지금도 이어지고 있었다.

"이건……. 조금 전, 진의 해법을 알 수 없다면 길을 찾을 수 없는 미로 같습니다."

"다행이로군."

카릴은 고개를 끄덕였다.

'그렇기 때문에 케이가 이 유적의 안내자가 된 것이겠지. 그 당시에 우리 중 비석의 진을 풀 수 있는 사람이 아무도 없었으니 몰랐지만 앤섬 덕분에 이곳이 로스차일드 가문의 터라는 것이 확인되는군.'

앤섬이 벽에 표식을 하며 조금씩 미로를 뚫기 시작했다. 그는 처음 힘을 문을 열었던 무식한 방법 대신 시간이 걸리더라도 안전한 방법을 택했다.

미로의 복잡성만 따진다면 어쩌면 미노타우르스의 마굴과 난이도가 크게 다르지 않을지도 모른다. 하지만 파렐이란 특수한 탑 안에서 몇 번씩이나 그 미궁을 뚫어 길을 외운 것과 달리 이곳을 와본 것은 단 한 번. 그것도 케이의 안내로 인한 것이었기에 내부의 어떤 기관과 함정이 있을지는 카릴도 알지 못하는 상황이었다.

그렇기 때문에 그는 생각을 정리할 시간과 함께 앤섬에게 로스차일드가의 비술진법을 익힐 기회를 주기 위해 그를 앞장세웠다.

'이곳이 로스차일드의 터였고 그녀가 신탁의 10인에 뽑혔다는 것은 우리가 이곳에 오기 전에 누군가 그녀를 부르러 갔었다는 이야기. 그 과정에서 골렘들이 부서졌겠지.'

카릴은 살짝 눈썹을 찡그렸다.

'그럼에도 불구하고 케이는 황도로 왔다. 과연 신탁이라는 신명(神命)을 위한 것인지…… 아니면 다른 이유가 있었던 것인

지 알 수 없는 일이지만.'

기껏해야 그녀의 목소리를 들어본 것도 몇 번 되지 않으니 과거를 안다는 것 자체가 불가능한 일이었다.

만약 다른 이유라면?

카릴의 머릿속에 떠오르는 경우의 수는 많았지만 대부분이 좋지 않은 쪽이라는 것을 부정할 수 없었다. 그것이 강압이든 어떠한 빌미로 인한 것인지는 알 수 없었지만 케이가 올리번에게 바라는 것이 무엇인지 알고 있었다.

로스차일드 가문의 부활.

카릴은 케이를 만나기 전 이미 가장 결정적인 카드를 쥐고 있다고 확신했다. 그리고 이미 자신들을 지켜보고 있다는 것도.

[르와의 진을 파훼한 게 둘 중 누구냐.]

미로를 따라 걷던 도중에 굵직한 목소리가 들렸다.

역시나 하는 생각과 함께 카릴은 그 목소리가 변조된 것임을 단번에 알아차렸다.

"궁금하면 직접 나와서 묻지?"

카릴은 기다렸다는 듯 대답했다.

[어떻게…… 그 진을 풀 수가 있지?]

여전히 목소리를 굵었지만 그와는 어울리지 않는 떨림이 느껴졌다.

'이건 또 무슨 말이지.'

카릴은 그 미세한 차이를 놓치지 않았다.

알 수 없는 위화감. 마치 자신도 풀지 못해 그 해답을 궁금해하는 것 같은 모습이었기 때문이었다.

'설마……. 위의 함정 때문에 밖으로 나가지 못하고 있는 상황이라는 뜻인가.'

그는 천장을 바라보며 대답했다.

"별로 어려운 것도 아니던걸."

목소리가 들리는 시점에서부터 벽에 어떤 장치가 있는지 카릴은 살피고 있었다.

"그냥 부쉈을 뿐이다."

틀린 말은 아니었기에 앤섬은 쓴웃음을 지으며 고개를 끄덕였다.

[그럼…… 밖으로 나갈 수 있다는 말인가?]

'흐음.'

그다음 물음에서 카릴은 확신을 할 수 있었다. 어떤 연유에서인지 모르지만 그녀가 이 오래된 유적지에 갇혀 있다는 것을.

'나르 디 마우그가 이곳에서 구한 것이로군. 그 때문에 녀석을 따르는 것이라면 그녀를 얻는 것이 더 쉬워지겠군.'

백금룡이 할 행위를 자신이 먼저 선수 쳤으니 말이다.

"나갈 수 있긴 한데……."

카릴은 지금까지와는 달리 벽에 박혀 있는 작은 수정을 바라보며 대답했다.

'저건가. 저걸 통해 우리를 보고 있는 거군.'

그는 마치 인사를 하듯 손을 흔들었다.

"우린 되도 너는 못 나가."

[……뭐?]

"내 허락이 없다면 말이지. 나가고 싶다면……."

카릴은 뭔가를 속삭이듯 입을 움직였다. 그러고는 그대로 수정을 향해 있는 힘껏 주먹을 박아 넣었다.

콰가각……!!

수정이 산산조각이 나는 소리가 미로 안에 울렸다.

츠즉…… 츠즈즈즉……!! 츠즈즈즉…….

어두운 방 안. 불꽃이 튀기며 산산조각이 난 거울이 흐릿하게 변하는 것을 바라보며 그녀는 말을 잇지 못했다.

'수정의 위치를 정확히 찾았어. 상급 마법사의 반열에 오르지 못하면 불가능한 일인 데다 소드 익스퍼트 이상의 완력이 없다면 금도 가지 않을 정도로 단단한데…….'

그 두 가지 일을 한 사람이 해냈다. 현실적으로 불가능한 존재가 지금 자신의 앞에 있는 것이다.

'설마……. 드래곤인가? 그것을 가지러 온 것은 아니겠지…….'

마경을 바라보는 눈빛이 떨렸다.

'아냐, 드래곤이라 할지라도 그곳을 알 리가 없어. 선조 대대

로 숨겨왔던 일이야.'

수정을 부수기 바로 직전에 그가 남긴 마지막 말이 그녀의 귓가에 맴돌았다.

-만약이 미궁을 탈출하고 싶다면 침전지(沈澱池)로 와라.

오직 자신만이 알고 있는 비밀 장소를 그가 말했다.

"주군, 주군!!"

앤섬의 다급한 목소리가 들렸다. 벽에 기대어 눈을 감고 있던 카릴이 천천히 고개를 돌렸다.

"정말 말씀대로 왔습니다."

"아아, 그러네."

나지막하게 그의 귓가에 대고 얘기하는 앤섬과 기다렸다는 듯 기지개를 켜고는 가볍게 손을 흔드는 카릴을 바라보며 검은 로브의 주인은 조금 어처구니가 없었다.

"……침전지로 오라고 했으면서 어째서 여기에 있는 거지?"

그녀는 카릴이 말한 장소에서 한참을 기다려도 두 사람이 오지 않아 결국 조금 전 카릴이 수정을 부순 장소로 직접 온 것이었다.

"반갑군, 케이 로스차일드."

카릴이 다짜고짜 그녀의 이름을 부르자 검은 로브 안에서 어깨가 가볍게 움찔거리는 것이 느껴졌다.

"미안. 사실 거기로 가는 길은 몰라. 간신히 미로의 진을 풀 수는 있었지만 어떤 길이 어디로 향하는지는 알 수 없으니까."

"……뭐, 뭐라고?"

"네가 우리를 찾길 기다렸지."

그는 입꼬리를 올리면서 그녀를 바라봤다. 그제야 케이는 카릴에게 완전히 속았다는 것을 깨달았다.

"내가 오지 않았으면?"

"왔을 거야."

"어떻게 확신하지?"

"봐, 왔잖아."

카릴이 고개를 까닥거리며 그녀를 가리키자 케이는 마치 놀림을 받는 기분에 살짝 그를 노려봤다. 그녀의 눈빛을 알아차린 듯 카릴은 피식 웃으며 말했다.

"침전지에 대해서 말하면 올 거라고 생각했기 때문이야. 그것은 로스차일드 가문의 비밀이니까. 안 그래?"

"당신이 침전지에 대해서는 어떻게 알고 있지?"

"잘 알지. 그리고 그 안에 무엇이 있는지도 말이야. 나는 로스차일드 가문의 비술을 얻기 위해 왔으니까."

너무나도 당당하게 말하자 어느새 그녀는 불쾌함보다 카릴의 정체에 대한 궁금함이 더 생긴 듯 그를 바라봤다.
“안티훔의 주인이자 불멸회의 수장인 나인 다르혼이 말하길 250년 전 카이에 에시르의 두 명의 동료 중 한 명이 바로 인형술이라는 사령술을 썼다고 하더군. 당연한 말이지만 그 술법을 쓰는 자는 대륙을 통틀어 너희뿐이지.”
“그게 침전지와 무슨 상관이 있지?”
“얄팍한 수로 날 떠보려 하지 마. 거기에 뭐가 있는지는 네가 더 잘 알 텐데.”
카릴은 그녀를 바라보며 말했다.
“카이에 에시르의 동료이자 너희 선조가 남긴 걸작이 그 안에 있잖아.”
케이 로스차일드가 나르 디 마우그로 인해 이 유적에서 탈출하여 황도로 왔을 때 그녀는 혼자가 아니었다. 그녀와 함께 있던 하나의 특수한 인형. 그 덕분에 케이 로스차일드라는 이름이 대륙 전역에 퍼지게 되었다.
때로는 신탁의 11인이라고 칭송하는 사람들이 있을 정도로 그 인형은 검성이라 불린 자신 못지않게 타락을 몰살시킨 영웅이었으니까.
“그걸 얻으러 온 건가?”
“그래.”
케이는 이해를 했다는 듯 고개를 끄덕였다.
“도굴꾼이라는 소리군.”

"……에?"

앤섬이 그녀의 대답에 당혹스러운 표정을 지었다.

"그럼 죽어야지."

콰아아아아앙-!!

그녀는 망설임 없이 팔을 있는 힘껏 들어 올렸다. 그러자 미로의 양쪽 벽면이 부서지면서 그 안으로 두 마리의 골렘이 튀어나왔다.

"머리 숙여!"

"으아악!!"

카릴이 앤섬의 뒤통수를 꾸욱 누르자 조금 전 그가 서 있던 자리에 날카로운 검날이 번뜩였다.

'드디어 나왔나.'

두 마리의 골렘은 조금 전과는 전혀 다른 모습이었다.

"사…… 사람?"

살아 있다고 해도 믿을 것 같은 생동감 넘치는 피부와 숨을 쉬는 것처럼 들썩이는 가슴까지. 앤섬의 놀람이 틀리진 않았다.

"아니, 저건 인형이다. 로스차일드 가문 고유의 비술이지."

카릴은 몸을 날렸다. 순식간에 인형과의 거리를 좁힌 인형의 얼굴을 움켜쥐고는 그대로 벽으로 밀었다.

콰가가강-!!

둔탁한 소리와 함께 인형 하나가 벽에 처박히면서 그대로 머리가 부서졌다.

"하나 약하군. 어이가 없을 정도로 말이야."

문 앞에서 만났던 골렘들과 달리 부서진 인형에서는 뇌수처럼 끈적끈적한 액이 흘러나왔다.

"우웁……."

앤섬은 그 광경을 지켜보며 헛구역질을 했다. 하지만 그것보다 더 놀라운 것은 고전을 면치 못했던 조금 전 전투와 달리 눈앞의 인형은 너무나도 쉽게 부서져 버렸다는 것이다.

"확실히 알겠다. 이 인형들, 네가 만든 거로군."

카릴은 그녀와 똑같이 얼굴을 검은 로브로 감추었던 인형의 후드를 벗겨 얼굴을 확인하고는 나머지 하나마저 부수려다 말고 더 이상 의미가 없다는 듯 말했다.

"저 밖의 골렘과 네가 만든 인형의 격차가 확연하게 느껴져……. 이런 걸로는 파수병들을 상대하지 못해. 그걸 너도 알기에 나가지 못한 것이겠지."

속마음을 들킨 듯 케이의 눈빛이 떨렸다.

"말했다시피 우리가 이 안에 들어왔다는 것은 문 앞의 골렘을 처리했다는 뜻이다. 그런 우리를 이런 인형으로 막을 수 있다고 생각했나?"

카릴이 인형의 얼굴을 확인한 이유는 전생에 그녀가 사용했던 인형술의 골렘이 지금의 것과 달랐기 때문이다.

'나르 디 마우그가 우든 클라우드와 연관이 있든 없든 그것을 떠나 그녀가 황도에 온 이유만큼은 알겠군.'

그는 케이를 바라봤다.

"우습지만 문 앞의 파수병을 너도 어찌하지 못해 갇혀 있었던 모양이로군. 어째서 가문의 후계자가 이런 꼴이 된 건지는 모르겠지만…… 이런 인형으로는 백년이 걸려도 나가는 건 불가능하겠군."

카릴은 부서진 인형을 들어 올리며 말했다.

"하지만 날 도와주면 네가 나갈 수 있도록 해주지."

전생의 백금룡이 그녀에게 했을 법한 제안을 이제 그는 선수를 쳐 그녀에게 먼저 제시했다.

"세상 밖을 보고 싶지 않아? 나를 도와준다면 네게 빛을 보여주지."

"누가? 내가 밖으로 나가고 싶은지 당신이 어떻게 알지?"

카릴은 그녀의 말에 웃었다. 전생에 이미 그 질문에 대한 답을 그녀가 행했다는 것을 알고 있었으니까.

"선택은 네 몫이야. 나는 침전지로 가고자 한다. 네가 그것을 도와준다면 나는 단순히 너를 밖으로 보내는 것에 그치지 않고 한 가지 더 네게 선물을 주지."

카릴은 묘한 웃음을 지으며 검을 뽑았다.

"침전지에 잠들어 있는 로스차일드 가문의 인형까지 깨워주겠다. 어차피 내게 필요한 것이거든."

"미친놈…… 그게 어떤 건지……."

케이는 그의 말에 뭐라 반박을 하려 했지만 그보다 먼저 카릴이 그 입을 막았다.

[한 가지 재밌는 이야기를 해주마.]

카릴은 아인헤리에서 용의 심장을 얻었을 때 카이에 에시르가 남긴 글귀를 떠올렸다.

[나와 같은 빌어먹을 '것들'이 두 명 더 있다. 역사엔 남아 있지 않겠지. 그놈들은 나보다 더 이상한 '것들'이었으니까. 그게 무엇을 뜻하는지 너라면 알겠지. 운이 좋으면 얻을지도 모른단 말이다. 네가 지금 내 힘을 얻었듯이 말이야.]

'운? 아니지.'

그는 목소리에 힘을 주었다.

"어떤 건지 잘 알아. 그러니 안내해. 카이에 에시르의 동료이자 너의 선조가 남긴 인형 안에 넣을 완벽한 영혼을 내가 가져왔거든."

우우우웅-

그 순간 얼음 발톱이 긴장한 듯 떨렸다.

"침전지 안에 있는 인형을 알고 있다고……?! 도대체 어떻게……."

"그다지 놀랄 일은 아니잖아? 대륙에 존재하는 많은 유적

중에 하나에 불과하니까. 게다가 천 년 전에 만들어진 유적도 있는데 그에 비하면 이곳은 고작 250년 전이지."

카릴은 품 안에서 작은 종이 한 장을 꺼냈다.

"노움국에 대해서 들어봤겠지? 마도 시대에 멸망했다고 알려졌지만 얼마 전 극적으로 왕의 후예를 찾았지."

"설마……."

"그래. 얼마 전에 그들은 다시 부활했다. 너희에 대한 정보를 알려준 것은 노움국의 장로인 칼립손이지."

그는 케이에게 소개장을 건넸다.

"예전부터 노움과 드워프의 손재주는 골렘을 만드는 데 일가견이 있었지. 너희 로스차일드 가문의 비기는 사령술이지만 골렘과 같은 인형을 쓰니까. 노움국과의 인연 역시 각별할 테지."

그녀는 소개장에 찍혀 있는 인장을 확인했다. 당연한 얘기겠지만 노움국의 것이 맞았다. 섬세하고 복잡한 문양의 인장은 인간의 손재주로는 결코 만들 수 없는 것이었으니까.

"또한 나는 운 좋게도 카이에 에시르가 남긴 유산을 구했다. 그 안에 유언도 있었지. 당연히 그 동료에 대한 것도."

"그럴 리가……. 갈드 로스차일드에 대한 이야기는 역사에서 지워졌다고 했는데……. 가문에도 남아 있는 것이 없어."

케이는 여전히 카릴의 말을 믿을 수 없다는 듯 대답했다.

'동료 중 한 명인 인형술사의 이름이 갈드로군.'

아인헤리에서 카이에 에시르가 남긴 말에 그에 대한 정보는 없었다. 카릴은 짐짓 아무렇지도 않은 척 이미 알고 있다는 듯 그 이름을 말했다.

"글쎄. 후손이 못 미덥거나 아니면 가족에게는 얘기할 수 없어도 동료에게만은 남길 수 있었나 보지. 침전지의 인형을 작동시키는 방법이라든지."

"저, 정말……. 네가 인형에 숨을 불어넣는 방법을 알고 있단 말이야?"

그녀는 지금까지와는 달리 카릴의 대답을 기대하는 눈빛으로 바라봤다.

'이렇게 말이 많은 모습을 보는 것도 제법 재밌는걸.'

카릴은 당혹스러워하는 그녀를 바라보며 피식 웃었다. 전생에서는 마지막 순간까지 그녀의 목소리를 들었던 것이 손가락에 꼽았는데 지금의 모습은 그의 말 한마디 한마디에 반응하는 어린 소녀였으니까.

"……."

앤섬은 자신의 목을 쓰윽 만지고는 카릴이 부쉈던 인형을 떠올리며 입맛을 다셨다. 아무런 망설임 없이 자신들을 덮치려 했던 인형술사의 모습과 소녀의 얼굴이 어울리지 않는다는 듯 말이다.

"그래서 온 것이라고 했잖아. 너희 가문은 역사 속에 자취를 감췄지만 에시르 가문은 제국에 여전히 존재하거든. 저택 안에 있는 아인헤리라 불리는 작은 창고에 그가 남긴 유언이 있었지. 거기서 갈드 로스차일드에 대한 정보를 발견했다."
카릴은 거침없이 말을 이어갔다.
"하지만 그의 유언에서는 그가 어떤 자인지 알 수 없었지. 그러던 중 좀 전에 말했던 불멸회의 수장인 나인 다르혼을 통해 그가 인형술사라는 것을 알게 되었고 마지막으로 노움국의 칼립손으로부터 너희의 위치를 알게 되었지."
"……."
"침전지는 그 과정에서 얻은 부산물에 불과해. 카이에 에시르의 유언 속에 자신이 남긴 보물만큼 가치 있는 것이 이 안에 있다고 했거든."
하지만 그것이 인형이라든지 유물이라든지 하는 말은 전혀 언급된 적이 없었다. 그러나 이미 카릴은 이 유적 가장 깊은 곳에 무엇이 있는지 알고 있었다.
전생의 기억과 현생에 얻은 정보. 그 둘을 꽤나 잘 버무리자 카릴의 이야기는 톱니바퀴가 맞게 굴러가듯 완벽하게 변모하였다.
앤선은 조금 이해가 가지 않았다. 어째서 카릴이 구구절절 소녀에게 이런 설명을 하는지 말이다.
신뢰(信賴).
하지만 이런 불필요해 보이는 과정은 단순히 자신을 믿게 하기 위한 수단이 아니었다. 카릴이 노린 것은 사람에 대한 신뢰가 아니라 정보에 대한 신뢰. 침전지 안으로 갈 수 있는 길을 아는 자는 오직 케이뿐이었으며 이제 한 번 본 사이에 신뢰가 쌓일 리 만무했으니까.

'나를 믿을 수는 없겠지만 내가 로스차일드 가문을 찾게 된 과정으로부터 그녀의 신뢰를 얻을 순 있다.'

그리고 카릴의 예상대로 그의 말을 듣던 케이는 마지막으로 칼립손의 소개장을 보고 마음을 굳혔다.

'불멸회의 수장에 사라진 노움국 그리고 카이에 에시르의 유언까지 닿은 자야. 어떤 녀석인지는 모르겠지만 적어도 거짓말을 하는 것은 아니겠지.'

그녀는 카릴을 힐끔 훑어봤다.

'게다가 문을 지키던 골렘까지 부쉈어. 강압적으로 대하지 않는 것을 봐서는 내 도움을 바라는 것도 맞다. 문제는…….'

침전지에 도착한 뒤였다.

"다 왔군."

카릴은 아직 입구가 보이지 않음에도 불구하고 알고 있다는 듯 말했다.

"괜한 길로 빠질 생각하지 마. 오른쪽으로 가야잖아. 안 그래?"

그의 말에 케이는 멈칫거리다가 발걸음을 돌렸다.

'신탁이 내려지고 유물을 찾으러 왔을 때 침전지를 지나갔었던 게 다행이로군. 길은 잘 기억나지 않지만 석영들이 자라나는 지대를 지났던 것만큼은 기억하니까.'

카릴은 미로 바닥에 돋아나 있는 작은 광물들을 바라봤다.

길의 끝이 벽으로 막힌 막다른 곳에서 케이는 더듬더듬 뭔가를 찾기 시작했다. 앤섬은 그런 그녀의 모습을 지켜봤고 카릴은 아무런 말도 하지 않고 기다렸다.

탈칵-

뭔가 눌리는 소리와 함께 아무것도 없는 것처럼 보였던 벽이 놀랍게도 좌우로 갈라지기 시작했다.

"와……."

앤섬은 눈 앞에 펼쳐지는 광경에 자신도 모르게 깊은 탄성을 질렀다. 거대한 기둥이 주위로 둘러쳐져 있었고 그 위로 뚫린 천장에 한줄기 새하얀 빛이 떨어지고 있었다.

"공기가…… 무겁네요."

"그럴 거야. 이 안에는 갖은 영혼들이 잠들어 있을 테니까. 인형이라는 매개체를 가지지만 결국 사령술. 영혼력의 농도는 흑마법이라 불리는 암흑력보다도 더 짙으니까."

카릴은 천장에서 쏟아지는 빛 아래에 놓여 있는 관을 바라보며 말했다.

차르릉-

발밑에 무언가가 걸렸다. 앤섬이 황급히 고개를 떨구자 강철이 바닥을 긁는 소리가 요란하게 났다.

천장에서 내려오는 빛은 홀 안을 모두 비추지 못해 몰랐는데 놀랍게도 그 안에는 여기저기 잘린 팔과 다리, 몸통과 머리가 가득 쌓여 있었다.

"시체는 아냐. 모두 인형의 잔해들이지. 이곳은 로스차일드 가문의 인형이 만들어진 곳이니까."

카릴의 말에 케이는 고개를 끄덕였다. 그러고는 빛이 내려지는 관을 향해 성큼성큼 걸어갔다.

"이곳은 선조의 공방이다. 우리는 인형의 무덤이라고 부르기도 하지. 외부인이 들어온 것은 아마 너희가 처음이겠지."

"집주인도 집에서 나가지 못하는 마당에 문을 열어준 것에 고마워해야지."

"……."

그녀는 표정을 감추기라도 하려는 듯 얼굴을 덮고 있는 로브를 조금 더 밑으로 잡아당겼다.

쿠그그그그그.

그러고는 있는 힘껏 관 뚜껑을 밀었다. 그 순간 카릴의 얼굴이 살짝 굳어졌다.

"이게 당신이 말한 인형이다. 하지만 작동법을 찾을 수가 없어 움직일 수 없다."

"하, 하하……."

그는 낮은 한숨을 내쉬었다.

카릴의 반응에 케이는 살짝 고개를 갸웃했다.

"당연하지. 이 인형은 네가 만든 마리오네트와는 전혀 다른 물건이니까. 인형을 움직이기 위해서는 영혼이 필요하다."

"영혼? 인형술에 영혼을 주입하는 것은 기본 중 기본이야.

내가 그것도 모를 거라……."

"인형에 맞는 영혼을 써야지."

"……뭐?"

스으으으으으…….

카릴은 인형 안의 심장을 꺼내어 움켜쥐었다. 그의 등 뒤로 하나의 영혼이 마치 연기처럼 피어오르자 그 연기는 기하급수적으로 늘어나기 시작했다.

"……!!"

사령술을 쓸 수 있는 케이는 그 연기 하나하나가 짊어지고 있는 죽음의 무게라는 것을 알 수 있었다.

"이, 이게 무슨……."

그 숫자는 가히 셀 수 없을 정도로 짙었고 가뜩이나 숨을 쉬기 힘든 침전지 안의 공기가 그 영혼들에 의해 더욱 무거워졌다.

[고작 이런 애송이에게 나를 맡길 생각인가?]

"그녀는 애송이지만 이 안에 놓여 있는 인형은 그렇지 않지. 너 역시 흥미가 있어 나타난 것 아니겠어? 아니, 흥미가 없을 수가 없지."

카릴은 고개를 돌리며 말했다.

"자르카 호치."

엘프의 영혼을 바라보며 굳은 케이를 가리키며 카릴이 말했다.

[그래. 이게 무슨 뭣 같은 경우인지 알아야겠으니까. 너는

이런 일이 벌어질 것을 알고 있었나?]

그는 심드렁한 목소리로 말했다.

"아니. 나 역시 몰랐다. 알았다면 널 당장에 이곳으로 데려왔겠지. 뭣 하러 불편하게 검 안에 넣어뒀겠어."

[흥…….]

"기분 나빠 하지 마. 나도 지금 어떻게 된 일인지 알고 싶으니까."

카릴은 그의 말을 이해한다는 듯 묘한 웃음과 함께 고개를 끄덕였다. 지금은 영체이기에 희뿌연 모습으로 자세한 얼굴을 볼 수 없었지만 카릴은 망령의 성에서 리치의 모습을 하고 있었던 자르카를 봤었다.

"너를 죽인 것은 나르 디 마우그라라고 했지만 너를 다시 부활시킨 자가 누구인지 모른다고 했었지. 하지만 나는 퀴니테에게 널 부활시킨 사령술사에 대한 얘기를 들었다."

[퀴니테……?! 설마 그 정령술사를 말하는 게냐? 숲의 언약자라 불리던……?]

자르카는 카릴의 말에 놀란 듯 되물었다.

"어차피 과거의 존재다. 그녀가 가진 이명 따위야 뭐였든 상관없지만 그녀가 내게 말하길 널 부활시킨 사령술사가 250년 전 카이에 에시르의 동료 중 한 명이라고 하더군."

[…….]

"나는 그 때문에 과거에 이름을 날렸던 사령술사를 찾으려 했지만 쉽지 않았지. 나인 다르혼 덕분에 알았지만 이제 보니 그럴 만해. 이미 마도 시대에 사라진 가문이니까."

카릴의 말에 자르카는 굳은 얼굴로 말했다.

[그렇다면 이곳에 나를 닮은 인형이 있다는 것도 말이 되는 얘기로군.]

"그래."

카릴은 말했다.

"카이에 에시르의 유언 속에 이런 말이 있었다. 나와 같은 빌어먹을 것들이 두 명 더 있다. 역사엔 남아 있지 않겠지. 그 놈들은 나보다 더 이상한 것들이라고 말이지. 그의 말대로야. 갈드 로스차일드도 그 못지않은 괴짜로군."

어째서 기억하지 못했을까.

당연한 일일지 모른다. 그 당시 전생에서 케이의 인형은 복면을 쓰고 있었으니 그 얼굴을 본 적은 없었으니까. 실제로 그녀와 대화를 나눈 것도 몇 없을 정도로 같은 신탁의 10인이라 해도 접점이 거의 없다 해도 무방할 일이었다.

"아무리 그래도 복면 안에 이런 얼굴이 있을 줄은 상상도 못 했지. 이건 단순히 우연일까. 아니면 네가 여길 찾아와 그녀와 함께하길 바라는 안배였을까."

[뭐가 되었든 놀아난 기분이야. 날 리치로 부활시킨 인간이 네가 찾으려던 인형술사였다는 것도 그렇지만 이따위 짓을 해 놓다니 말이다.]

“반대로 운이 좋은 걸지도 모르지. 과연 네 영혼과 이 인형이 만날 확률이 얼마나 되겠어. 어쩌면 넌 내게 고마워해야 할지도 모를걸?”

복면 안에 감춰져 있는 인형의 얼굴. 놀랍게도 그것은 자르카 호치의 것과 똑 닮아 있었다.

“케이.”

카릴은 그녀를 바라봤다.

“지금부터 우리는 나눠야 할 대화가 많을 것 같군. 하지만 그전에 한 가지 묻겠다. 제안이라고 봐도 좋아.”

“……무슨 말이지?”

“로스차일드 가문을 부활시키고 싶지 않아?”

그의 물음에 케이의 눈동자가 떨렸다.

“이왕이면 스케일을 크게. 고작 인형 하나로 장난치는 수준이 아닌 수백, 수천의 영혼을 다루는 존재가 되는 거지.”

그가 서서히 마력을 끌어 올리자 그의 뒤에 서 있는 엘프의 영혼이 점차 선명한 모습을 갖추기 시작했다.

“내가 그렇게 해주겠다.”

자르카 호치의 얼굴을 확인한 순간 그녀의 눈빛이 떨렸다.

“너, 사령(死靈)의 왕이 돼보지 않겠어?”

[사령의 왕? 저 꼬마 애가? 아서라, 아서. 너도 아직 나를 제대로 다루지 못하는데 저런 꼬마가 무슨……]

자르카 호치는 케이 로스차일드를 가리키며 코웃음 쳤다.

"얼음샘에서 도움을 준 것은 알겠는데. 자르카, 그 뒤로 자기 위치를 망각한 것 같아. 다시 알려줄까?"

[무, 무슨……]

카릴은 자신의 말에 케이보다 먼저 자르카가 대답하는 것에 있어서 살짝 인상을 찡그렸다.

"그렇게 따지면 나도 어리긴 마찬가지다. 그 꼬마에게 당한 녀석이 누구지? 막말로 내가 아니었다면 너는 그대로 소멸됐을걸."

카릴의 말에 자르카는 입맛을 다셨다.

"이건 너를 위한 것이기도 해. 고작 칼에 기생하는 영체(靈體)로 에리얼 우드를 그 꼴로 만든 범인을 찾아갈 수 있기나 할 것 같아? 백금룡의 콧바람 한 번으로도 너는 존재 자체가 날아가 버릴걸."

[……]

신랄하지만 그의 말에 자르카는 반박하지 못했다.

확실히 그의 말대로 망령의 성은 이제 사라졌다. 그 말은 곧 강한 힘이 있다 하더라도 그 힘을 발현할 수 있는 마력의 근원이 사라져 버린 것이었다.

"너를 부활시킨 자의 피를 가지고 있는 사람이야. 물론 피가 이어진다고 해서 재능까지 이어진다고 볼 수는 없지만 내 눈엔 보여. 조금 전 인형을 다루는 것만으로도 충분하지."

[말은 잘하는군……]

하지만 여전히 자르카는 미심쩍다는 듯 말했다.

'오히려 차고 넘치지. 전생에 그녀는 이 안에 다른 영혼을 집어넣어 사용했었다.'

사람들이 열한 번째 영웅이라 부를 정도였으니 그때의 위용은 굳이 설명할 필요가 없었다.

'하지만 이제 알겠어. 누가 봐도 이건 널 염두에 두고 갈드로스차일드가 만든 인형이라는 걸, 네 영혼이야말로 이 인형의 온전한 힘을 발휘할 수 있다는 것을 말이야.'

하지만 이런 사실을 자르카가 알 리 없었다. 그저 눈앞에 누워 있는 자신을 똑같이 닮은 인형 안에 들어간다는 것이 썩 마음에 들지 않는 눈치였다.

그도 그럴 것이 지금까지 그는 망령의 성을 관장하던 성주(城主). 그러나 인형 안에 들어가는 순간 그는 케이 로스차일드라는 술사의 제약을 받게 될 수밖에 없었다.

오랜 세월을 살아온 그가 고작 어린 인간의 명령을 따라야 할지 모른다는 생각에 그는 거부감이 들 수밖에 없었다.

"네가 지금도 그때와 같은 리치라고 생각하지 마. 내 곁에 있어봐야 너는 영원히 얼음 발톱에 붙어 있을 뿐이니까. 나는 나인 다르혼에게 로스차일드 가문에 대해 듣고 난 뒤에 사령술을 배울 필요가 없다 생각했거든."

[어째서?]

"시간 낭비니까. 그보다는 나보다 더 잘 다룰 수 있는 자를 내 편으로 삼는 게 더 낫지. 바로 그녀처럼.”

카릴은 말을 이었다.

“그리고 알른 자비우스가 했던 말에 너도 공감하지 않아? 복수를 위해서라면 완벽하게. 비수를 꽂으려면 확실하게 해야 한다고 말이지. 내게 있어봐야 네가 망령의 성에서 보였던 힘을 되찾긴 어려울 거야.”

자르카의 생각을 눈치챈 듯 카릴은 말했다.

“그리고 솔직히 말해서 나보다 그녀에게 속하는 게 네게도 더 낫지 않을까? 내가 널 어떻게 굴릴지 상상이나 할 수 있겠어? 편할 대로 해. 선택은 네가 하는 것이니 말이야.”

농담일 텐데 결코 농담처럼 들리지 않았다. 자르카는 떨떠름한 얼굴로 대답했다.

[선택의 여지도 없는 물음이면서 그건 제안이라고 말하는 거냐? 너란 녀석은…….]

그렇게 말하지만 자르카 자신도 카릴의 제안이 최선이라는 것을 잘 알았다. 인형술은 그 어떤 사령술과도 다른 차이점을 가지고 있었다.

바로 육체라는 이점. 사령술로 인해 부활을 해봐야 결국은 영체에 불과하다. 리치(Lich)의 몸을 구성하는 뼈 역시 그저 영체를 구축하는 부품으로 사용되는 것일 뿐 그것이 어떠한 힘을 발휘하는 것이 아니었으니까. 하지만 인형술로 부활을 하게 되면 리치로서의 강점과 더불어서 물리력까지 행사할 수 있게 된다.

"나쁜 제안은 아니잖아? 안 그래?"

자르카는 이미 알른 자비우스라는 예시를 봤다. 그가 어둠의 정령왕인 두아트와 계약을 하며 특수한 육체를 가지게 된 것을 말이다.

하지만 알른의 경우 역시 정령력이라는 마력으로 만들어진 육체. 어쩌면 자신은 그보다 더 완벽한 육체를 가지게 되는 것일지 모른다.

[좋다.]

자르카 호치는 카릴의 말에 고개를 끄덕였다.

[이봐, 꼬마.]

그는 케이 로스차일드를 바라보며 말했다.

[나와 계약하자. 그럼 내가 천 년의 역사가 담긴 엘프의 지식을 네게 전해주겠다.]

위엄 있는 그의 목소리가 침전지를 가득 채웠다. 피부가 따끔거릴 정도로 강렬한 마력이 휘몰아쳤다. 긴장 가득한 얼굴로 앤섬이 그 모습을 바라봤다.

"싫어."

[……뭐?]

촛불이 사그라지듯 자르카에게서 뿜어져 나오던 마력이 맥이 빠지듯 흩어졌다.

[아니 왜?! 지금 네가 거절할 위치라고 생각하느냐!]

오히려 자르카 호치가 카릴의 눈치를 보는 듯 당황한 기색이 역력한 모습으로 소리쳤다.

"아니, 못 한다는 게 맞는 말이겠지."

[못 한다고? 지금 하고 못 하고를 따질 일이냐! 어떻게든 해내야지!! 저 사악한 녀석이 마음이 바뀌어서 입구라도 막아버리면 넌 이대로 갇혀 죽는 거라고!]

"……나도 나가고 싶어."

[그런데 왜?!]

케이는 낮은 한숨을 내쉬었다.

"인형의 봉인을 내가 깨울 수 없기 때문이야. 상황을 모르는 건 내가 아니라 너희들이라고."

"무슨 문제라도 있는 건가?"

카릴은 전생의 그녀가 분명 인형을 가지고 황도로 왔던 것을 기억하고 있다.

"인형을 만져봐."

케이는 인형을 가리켰다.

파슥-

그녀의 말에 카릴이 손을 가져가자 조금 전 인형과 닿은 부분에서 옅은 파동이 일어나며 그의 손을 밀어냈다. 아찔한 통증과 함께 그의 팔이 튕겨 나가듯 뒤로 확 밀렸다.

"흠……?"

"강한 힘일수록 봉인에 필요한 힘도 강해지지. 언제부터인지는 모르지만 로스차일드 가문의 역작이라 불리는 이 인형은 봉인되어 있어."

"그래 봐야 250년 전에 만들어진 인형일 뿐이잖아."

"누가 그래?"

"……뭐?"

카릴의 말에 케이 로스차일드는 반문했다.

"너희가 생각하는 것이 옳다고 일반화시키지 마. 세상엔 더 이상한 일들이 있으니까. 로스차일드 가문은 마도 시대 이전부터 존재했다. 이 인형이 만들어진 것은 천년도 넘었어."

"마도 시대 이전……?"

[그럴 리가 없어. 저 인형은 누가 봐도 내 얼굴을 가지고 있잖느냐. 그 말은 날 리치로 만든 그 녀석의 괴팍한 짓이라는 뜻이지.]

"그 이유까지는 나도 모르지. 하지만 선대의 선대부터 그리고 선대의 선대까지도 분명 이 인형은 존재했다. 단 한 번 눈을 뜬 이후로 쭉 봉인이 되어 있었지만."

[나와 똑같이 생긴 자가 과거에도 있었단 말인가……? 말도 안 돼.]

자르카 호치는 믿을 수 없다는 듯 혼잣말을 중얼거렸다.

"딱 한 번 눈을 떴다고? 그게 언제인데?"

"신화 시대. 대격변(大激變)이라 불렸던 신과 인간의 전쟁이 있었다. 너희들은 모르겠지만."

"그렇군."

카릴이 이제 이해가 간다는 듯 고개를 끄덕이자 오히려 말을 꺼낸 케이가 당황스러운 듯 그를 바라봤다.

"네 설명을 들으니 더더욱 너는 나와 함께해야겠다. 이 인형이 어째서 자르카와 똑같은 모습을 하고 있는지는 모르겠지만 적어도 로스차일드 가문이 무엇을 했는지는 알겠으니까."

"가문의 의의가 너와 무슨 상관이지?"

"그게 너희가 갇히게 된 이유이자 나와 함께해야 할 이유이거든. 케이, 네가 블레이더의 후예일 줄이야. 운명이란 말을 싫어하지만 이거야말로 운명이라 할 수 있겠어."

"……블레이더? 그게 뭐지?"

케이 로스차일드는 카릴의 말에 이해가 안 되냐는 듯한 눈빛으로 그를 바라봤다.

"설명은 나중에 해주마. 그보다 라미느. 이곳에 그녀 말고도 한 명이 더 봉인이 되어 있는 것 같군. 인형 속에 있는 것의 정체가 뭔지 너는 알고 있겠지?"

[……]

"천년빙동에서 내가 본 선조부터 너, 마엘, 아그넬의 검집 그리고 로스차일드 가문까지. 이들은 모두 과거 전쟁에 패한 대가로 봉인당했다."

카릴은 인형을 훑었다.

"네가 처음 언급했을 때 나는 얼음샘이 그녀의 봉인이라 생각했는데 아니었어. 신의 악취미일지 모르겠지만 이걸 보니 알겠군. 케이, 네게 묻지. 로스차일드 가문의 인형술이 혹시 사령술과 함께 정령술을 사용하는 것이지 않아?"

그의 물음에 케이는 놀란 듯 되물었다.

"……그걸 어떻게 알지?"

카릴은 쓴웃음을 지었다.

"로스차일드 가문의 사령술에 들은 바가 있어서 알고 있다. 그들의 사령술은 단순히 영혼을 끄집어내는 것이 아닌 시체 자체를 인형으로 만들기 때문에 특유의 시체 보존술이 있단 말이지."

당연한 이야기겠지만 가문 자체가 베일에 감춰져 있는 그들의 비법이 알려질 리가 없었다.

카릴은 전생에 그녀가 언데드를 소환하는 것을 본 적이 있었을 뿐이다.

유적지에 갇혀 있는 그녀는 세상 밖의 일을 알지 못했기에 그런 그의 말을 의심하지 못했다.

"그 보존술에 가장 좋은 것은 시체 그 자체를 얼리는 것. 로스차일드 가문이야말로 누구보다 물의 정령과 연관이 깊지. 신령 전쟁 이후 패배자는 승자가 만든 패배의 규율을 따라야 한다고 한다. 그리고 신이 그녀에게 내린 형벌이 뭔지 알겠어."

카릴은 말을 끝냄과 동시에 천천히 누워 있는 인형의 이마에 손을 얹었다.

"이 인형뿐만 아니라 천년빙동의 블레이더와 아그넬의 검집까지 그녀의 힘으로 봉인된 것이라면…… 신은 누구보다 해일의 여왕에게 최악의 형벌을 준 셈이로군. 자신의 힘으로 함께한 동료를 가두는 끔찍한 짓을 말이야."

파즈즉……!! 콰즉……!!

그러자 마치 메마른 땅이 갈라지듯 인형의 껍데기에 거미줄처럼 금이 가기 시작했다.

"무, 무슨……?!"

케이 로스차일드는 그 모습에 깜짝 놀라며 소리쳤다. 하지만 카릴은 더욱더 힘을 주었다.

'전생에 그녀가 나르 디 마우그를 따르는 이유가 단순히 골렘들을 부숴 그녀에게 자유를 준 것에 그친 것이 아니다. 그때 분명 녀석과 함께 올 때 이 인형을 가지고 왔으니까.'

빠득-

카릴은 이를 갈았다.

'그녀의 봉인 된 이 인형을 풀려났다는 것은 결국 이 봉인이 해제되었다는 것.'

카릴은 계단 아래로 내려왔을 때 들었던 처음의 의심이 깊이 내려올수록 더욱더 확신으로 돌아서는 순간이었다.

이곳에 가장 먼저 발을 들여놓았던 존재. 백금룡(白金龍).

'녀석이 인형의 봉인을 푼 게 틀림없다.'

그가 마력을 더욱 집중하자 인형의 이마가 붉게 달아오르기 시작했다. 봉인이 풀렸다는 것은 곧 해일의 여왕의 족쇄 역시 파괴되었다는 것을 뜻할 터.

'회색교장에서 상자를 숨긴 이유부터 모든 것이 이제 확실해지는군. 놈이 물의 정령왕을 우리에게서 숨겼다는 것.'

배신감이라든지 분노보다 이제 카릴은 올리번과 나르 디 마우그의 관계에 대한 궁금증이 더 깊게 일었다.

'나르 디 마우그. 너는 정말 인간을 위해 싸웠던 것이 아닌 거냐.'

어째서일까. 카릴은 그 순간 알른 자비우스를 처음 만났을 때 자신에게 백금룡을 믿느냐는 물음이 다시금 떠올랐다.

"멈춰!!"

케이 로스차일드가 위태롭게 떨리는 인형을 바라보며 불안한 듯 소리쳤다. 하지만 카릴에게서 뿜어져 나오는 열기에 가까이 다가갈 엄두를 내지 못했다. 그의 몸에서 휘몰아치는 화염은 폭염왕의 것보다 더 찐득하고 무거웠다.

[이건…….]

라미느는 익숙한 그 화염이 오랜 세월 동안 자신을 봉인시켰던 또 다른 불꽃이라는 것을 잘 알았다.

[염룡의 불꽃…….]

그는 진심으로 감탄스러운 목소리로 카릴의 전신을 휘감고 있는 폭열의 소용돌이를 바라보며 낮은 목소리로 중얼거렸다.

"이 봉인을 드래곤이 풀 수 있는 것이라면 내가 못 할 것도 없지."

콰득…… 콰드드드득……!!

껍질이 깨지듯 인형을 감싸고 있던 서리가 얼음처럼 단단하게 변하더니 다시 물처럼 녹아내리며 흐물거렸다가 또다시 부글거리며 끓기 시작했다.

"그리고 그녀 역시 내게 굴복한 다른 정령왕들과 마찬가지로 무릎을 꿇게 되겠지. 안 그래? 라미느."

[크아아아아아아아아-!!]

그때였다. 인형 안에 마치 혼백이 들어 있는 것처럼 새하얀 연기가 피어오르며 귀곡성이 울려 퍼졌다.

# ▶Chapter 4◀

[크아아아아아아아아-!!]

인형의 몸이 들썩였다. 자르카와 똑같은 남자 엘프의 모습을 하고 있는 인형이지만 그 안에서 들려오는 비명은 날카로운 여자의 것이었다.

침전지의 벽이 흔들렸다. 앤섬과 케이는 무너질 것처럼 흔들리는 방 안의 모습을 불안한 듯 바라봤다.

파직……!! 파즈즈즉……!! 콰앙!!

폭발이 일어나듯 유리 조각처럼 산산이 부서지는 얼음 파편이 날카로운 비수처럼 여기저기 흩뿌려졌다.

"큭?!"

케이와 앤섬은 황급히 고개를 돌리며 고개를 숙였다.

하지만 카릴은 눈을 떼지 않고 그저 인형에서 빠져나온 새하얀 서리를 주시했다. 구름처럼 흩어지던 연기가 다시금 뭉쳐지기 시작했다. 조금 전 날아들었던 파편들은 그의 몸에 닿지도 못하고 녹아 물이 되었다가 그의 전신에서 흘러나오는 뜨거운 염룡의 기운에 순식간에 증발해 버렸다.

츠즈즈즈…….

[하아…… 하아…….]

뭉쳐진 서리는 한 사람의 모습으로 변했다. 물에 빠진 듯 축축하게 젖은 머리카락과 거친 숨을 몰아쉬며 쓰러진 여인이 카릴의 눈에 들어왔다.

"말도 안 돼……."

케이 로스차일드는 믿을 수 없다는 듯 그 광경에 혼잣말을 중얼거렸다.

"봉인은 풀린 듯싶군. 이제 더 이상 군소리할 필요 없이 이제 인형 안에 영혼을 담을 수 있겠지?"

그녀는 카릴의 말에 눈빛이 흔들렸다.

"물의 정령왕을 이렇게 보는군."

카릴은 그녀의 뺨을 가볍게 쓸어 올리며 고개를 들어 자신을 바라보게 했다.

"에테랄."

[신의 봉인은 그편에 선 드래곤만이 풀 수 있다. 그런데…….
어째서 인간이 저주받은 염룡의 힘을 가지고 있을 수가 있지?]

지친 기색이 역력한 그녀는 믿을 수 없다는 얼굴로 카릴을 바라봤다.

"저주받을 염룡이라……. 그 염룡과 계약을 해서 안식을 찾은 녀석도 있는데 별로 놀라운 일도 아니지."

카릴은 자신의 손등을 보였다.

[라미느……. 신의 편을 든 그들의 힘을 빌려 인간계에 존재했었나? 그러고도 네가 신령대전을 이끈 정령이라 할 수 있는가!!]

에테랄의 외침과 동시에 차가운 서리가 순식간에 침전지 주위를 뒤덮었다.

[그렇게 쉽게 단정 짓지 마라. 나 역시 이유가 있었기에 리세리아와 계약을 한 것일 뿐.]

[이유? 소멸되고 싶지 않아 빌붙은 것이겠지. 다른 동료들은 모두 자신의 존재조차 느낄 수 없이 끝도 없는 나락에 갇혀 있었다. 그런데 너는……!!]

얼어붙었던 서리가 뭉쳐지며 날카로운 바늘이 되어 라미느를 향해 쏟아졌다.

쾅……! 콰가강……!!

수십 다발의 얼음송곳이 라미느의 몸을 꿰뚫었다.

[진정해.]

그는 부서진 신체를 복원할 생각도 없이 씁쓸한 얼굴로 그녀에게 말했다.

[진정? 차라리 여기서 널 죽이는 것이 내 분노를 사그라들게 하는 것이겠지.]

[리세리아의 마력이 아니었다면 정령계는 완전히 사라졌을 것이었어!]

라미느의 화염이 결국 폭발하듯 피어올랐고 그녀를 향해 지친 기색으로 소리쳤다.

[그렇기 때문에 나는 그와 계약을 했다. 소멸해 가는 정령계에서 나에게 안식을 주는 대신 그는 자신의 마력으로 정령계를 유지하기로. 그리고 그 대가로 나는 오직 드래곤에게만 내 힘을 빌려주기로 하였지.]

[그게 복종이자 종속이란 말을 에둘러서 표현한 것이지. 안 그래?]

그는 그녀의 대답에 이를 바득 갈았다.

[다른 방도가 없었다. 정령계를 유지할 수 있는 유일한 방법이었으니까. 정령계에 남아 있는 정령왕들이 있었으니까. 고집스럽게 남아 있던 그들을 죽게 놔둘 수 없었어.]

[변명은 필요 없다. 나는 변절자와 더 이상 말을 섞고 싶지 않으니까.]

[에테랄……!!]

라미느는 답답한 듯 다시 한번 소리쳤다.

[네가 그토록 저주하는 리세리아는 죽었다. 인간의 손에 말이지. 그리고 그 심장을 지금 카릴이 가지고 있다. 뿐만 아니라…… 두아트도 깨어났다. 그에 의해서.]

[뭐……?]

그의 말에 에테랄이 처음으로 카릴을 바라봤다.

[듣고 놀라지 마라. 네 앞에 있는 인간은 7명의 정령왕 모두를 깨우겠다고 하더군.]

[말도 안 되는 소리.]

[그래. 말도 안 되는 소리라고 생각했지. 그런데 네가 세 번째다. 일곱 중에 이제 절반에 도달한 셈이지. 그 누구도 풀지 못한 봉인을 혼자서 말이야.]

[……]

[나를 믿지 못한다 하더라도 누구보다 드래곤을 저주했던 두아트는 믿을 수 있겠지. 안 그래?]

카릴은 어깨를 으쓱하며 말했다.

"수다는 끝났나? 무슨 일이 있었는지 수천 년의 간극을 모두 설명해 줄 만큼 여유롭지 않아. 나머지 얘기는 나중에 알아서 하도록 해. 내 밑에 들어와서 말이지."

거침없는 그의 모습에 라미느는 역시나 하는 표정으로 쓴웃음을 지었다.

"그리고 믿을 상대는 두아트가 아니라 나를 믿어야지. 에테랄, 네가 쏟아내야 할 분노의 대상은 라미느가 아니라 신이어야 하고."

[잘도 그런 소리를 하는군. 신령대전을 부활시키기라도 하겠다는 뜻인가?]

"못할 것도 없지."

그 말에 케이와 앤섬은 놀란 나머지 눈을 동그랗게 떴다.
"지금은 아니야. 그러나 한 가지는 약속하지."
카릴은 에테랄을 바라보며 나지막하게 말했다.
"전쟁은 아직 끝나지 않았다."
[…….]
그는 떨리는 그녀의 얼굴을 바라보며 피식 웃었다.
"그리고 순서가 잘못되었지. 녀석에게 화를 내기보다 일단은 고마워해야 하지 않아? 봉인에서 풀어줬는데 말이야."
[……무슨 뜻이지?]
에테랄이 살짝 고개를 갸웃거리며 물었다.
"무슨 뜻이긴."
그러자 카릴은 손가락을 뻗어 바닥을 가리켰다. 예의 그 미소의 뜻을 알고 있는 다른 이들은 그 뒤에 나올 말이 무엇인지 단번에 알아차렸다.
"머리 숙이란 말이지. 이제부터 너 역시 내게 충성하라는 뜻이야."
[뭐……?]
그녀는 어이가 없다는 듯 그를 바라봤다.
저벅-
하지만 그가 발을 떼어 바닥을 밟자 그녀의 주위를 감싸던 냉기가 순식간에 사라졌다.
"시간 낭비는 하지 말자. 라미느와 두아트가 왜 내 밑에 있는지 꼭 보여줄 필요는 없겠지."

카릴은 그녀를 향해 손을 내밀었다. 피어오른 불꽃 안에 번쩍이는 비전력이 응축되며 맹렬하게 회전하기 시작했다.

[…….]

그의 말대로였다. 그것만으로도 설명은 충분했다.

"로스차일드 가문의 인형술을 부활시키기 위해서 필요한 재료가 모두 모였다. 술사, 영체 그리고 그 힘을 집어넣을 수 있는 빙결의 힘까지."

카릴은 케이와 자르카 그리고 에테랄을 번갈아 가면서 바라보며 말했다.

[한 가지가 빠졌어. 인형 역시 골렘의 일종. 모든 골렘이 그러하듯 내 힘으로 영체를 응축시켜 봉인한다 하더라도 그것을 유지하려면 영체를 담을 그릇이 필요하다. 일종의 심장이라 할 수 있겠지.]

"흐음."

[그게 없다면 인형 안에 영체를 넣는다 하더라도 제대로 움직일 수 없어.]

"잘됐군. 이걸 어떻게 해야 할까 싶었는데 마침 딱 맞는 게 있거든."

[뭐?]

카릴은 입꼬리를 올리며 품 안에서 목걸이를 꺼내어 그녀의 앞에 흔들었다.

[……!!]

"이거면 심장으로 쓰기에 충분하겠지. 사령술은 그 어떤 마법보다 마계의 마법과 비슷한 속성을 가지니까 말이야."

에테랄은 묵시의 목걸이를 바라보며 믿을 수 없다는 표정을 지었다.

[너란 인간은 도대체……. 이 짧은 만남 속에서도 경악을 금치 못하게 만드는군.]

카릴은 그런 그녀에게 말했다.

"앞으로 더한 일들도 많을 거니까 이 정도로 놀라면 곤란하지. 안 그래?"

그러고는 목걸이의 끈을 끊고 팬던트를 인형의 가슴팍에 박아 넣었다.

우우우우웅…….

안에 박힌 보석이 마치 심장이 뛰는 것처럼 붉게 반짝이기 시작했다. 그는 인형을 바라보며 나지막하게 말했다.

"시작해."

"앤섬."

서리고원에서 화이트 벙커로 돌아온 카릴은 피곤한 듯 의자에 기대며 함께 돌아온 그의 이름을 불렀다.

"네, 말씀하십시오."

고원을 향했을 때처럼 안색이 새하얗게 질린 그는 다행히 저번처럼 게워내지는 않았지만 다시는 비룡을 타지 않겠다고 다짐하고 또 다짐하는 중이었다.

"고원에서 본 것들은 비밀에 부쳐야 한다. 그럼에도 내가 자네를 그곳에 데려간 이유는 믿는 것도 있지만 케이도 풀지 못한 르와의 진을 유일하게 이해한 사람이라는 것이 크지."

"감사합니다."

툭-

"하지만 네가 본 것은 일부에 불과해. 이건 로스차일드 가문의 비술이 집약된 르와의 진, 전문이다. 앞으로 가장 우선적으로 이걸 분석하도록 해. 곧 케이를 데려가야 하니 짧은 시간 동안 최대한 많은 것을 배우도록 해."

"알겠습니다."

"그리고 또 하나. 남부의 5대 일가 중 하나인 창 일가의 사람을 이곳으로 보낼 테니 너는 그녀에게 그들의 진법을 익히도록 해."

"창 일가의 진법이라면…… 혹시 맹화진(猛火陣)을 말씀하시는 겁니까?"

앤섬은 카릴의 말에 단번에 알아차린 듯 말했다. 창 일가의 17대 가주인 오르도 창이 창안한 전투 진법은 바다를 건너 공국에까지 이름이 알려질 정도로 유명했다.

"맞아. 야만족들 중에 가장 특별한 진법을 쓰는 자들이지. 다른 것은 몰라도 창 일가의 전술만큼은 배워둘 만해."

"물론입니다. 야만족을 인정하지 않는 제국인들조차도 맹화진만큼은 이견이 없을 정도니까요. 그 진법을 볼 수 있다니……. 즐거운 일투성이입니다. 모든 게 주군 덕분이군요."

카릴은 진심으로 들뜬 목소리로 대답하는 앤섬을 바라보며 피식 웃었다.

"그렇게 좋아할 필요 없어. 네게 과제를 주는 것이니까. 너는 르와의 진과 맹화진 그리고 현존하는 공국의 전술들을 조합해서 그 누구도 깰 수 없는 진법을 만들도록 해."

앤섬은 그의 말에 고개를 끄덕였다.

"명심하겠습니다. 신이라 할지라도 깰 수 없는 최고의 진법을 만들겠습니다."

"신도 깨지 못할 진법이라……."

카릴은 그를 바라보며 묘한 웃음을 지었다.

"그 말 기대하지."

우습지만 정말로 그랬으면 좋겠다는 생각이 들었다. 앤섬은 모르겠지만 신과 싸울 미래가 기다리고 있으니 말이다.

"한데……. 이 연구에 동참을 시키고 싶은 사람이 있는데 허락을 해주시겠습니까?"

지금까지와 달리 앤섬은 조심스럽게 카릴의 안색을 살피며 물었다.

"아마도 이 연구에 가장 적임자가 아닐까 싶습니다."

"그게 누군데?"

"주군께서도 아마 들어보셨을 겁니다. 공국에 마탄(魔彈)이라는 이명을 가진 마법사 말입니다."

"마탄이라면……."

"네. 데릴 하리안입니다."

앤섬의 말에 카릴의 얼굴이 살짝 굳어졌다.

"황금마법회?"

"그렇습니다."

카릴은 고개를 갸웃거렸다.

"전쟁에도 나서지 않은 그들이 이제 와서?"

자타공인 대륙의 마법회라면 역시나 상아탑의 여명회와 안티홈의 불멸회였다. 제국 궁정마법사인 카딘 루에르를 비롯해 황실의 막대한 지원을 받는 상아탑과 안티홈이라는 독립적으로 도시에 버금가는 거대한 영토와 대도서관을 보유하고 있는 불멸회. 그에 비해 공국의 마법회라 불리는 황금마법회는 그 입지가 확실히 약했다.

그뿐만 아니라 전생에 다른 마법회들과 마찬가지로 세속에 관심이 없는 그들은 신탁 전쟁이 일어난 그때에도 세상을 위해 싸우지 않았다.

"국가가 전쟁 중임에도 불구하고 나서지 않은 자들이야. 아무리 마법회가 왕국의 일에 관여하지 않는 것이 관례라 하더라도 내전 동안 입은 백성들의 피해마저 그들은 나 몰라라 했잖아. 그런 자들에게 나는 관심 없다.”

“그건 황금마법회의 창단 의의를 아시면 이해가 가실 수도 있으리라 생각합니다.”

“창단 이유?”

“그들은 비록 공국에 터를 잡고 있으나 공국의 일과는 무관한 자들이니까요. 그들은 마법의 지식을 공국에 제공할 뿐 공국에 충성하는 자들은 아닙니다.”

“흐음…….”

“과거 신화 시대라 불리는 먼 옛날에 존재했다는 마법서를 찾기 위해 만들어진 결사대였으니까요. 시대를 거듭하며 지금의 규모가 되어 마법회의 형태로 남아 있는 것입니다.”

“마법서……?”

앤섬은 고개를 끄덕이며 그에게 말했다.

“네. 대마법서라 불리는 폴세티아. 그 안에는 위대한 마법이라는 마법이 있다 합니다.”

그 순간 카릴의 눈썹이 씰룩였다.

‘위대한 마법……? 어디서 들어본 기억이 있는데…….’

낯익은 그 이름을 되뇌다 그는 그 이름을 라미느가 말했던 것을 기억해 냈다.

‘분명 용마력과 정령력을 동시에 쓸 수 있는 영역에 도달한 힘을 가리켜 그렇게 불렀다 했지.’

지금의 자신 역시 두 힘을 쓸 수 있다.

[너와는 다르다.]

생각을 읽은 듯 라미느는 단칼에 그의 생각을 잘라냈다.

[그 마법은 실로 신조차 죽일 수 있는 마법이니까.]

'하지만 그 유일무이한 영역에 도달한 자 역시 위대한 마법에 도달하지 못했다고 했잖아. 드래곤조차 도달하지 못한 영역이니 9클래스의 영역에 닿으면 실마리를 찾을 수 있을지 모른다 했지. 라미느, 혹시 폴세티아라 불리는 마법서가 네가 말한 그자가 남긴 마법서일까.'

[글쎄. 그것까지는 알 수 없군.]

라미느의 대답에 카릴은 고개를 천천히 끄덕였다.

"허황된 꿈만 꾸는 놈들이로군. 그런 자들 중에 대마법사의 반열에 오른 자가 나온 것만으로도 믿기지 않을 일이야."

그러고는 짐짓 아무렇지 않은 척 차갑게 대답했다.

"하지만 그는 대륙 10강이라 불릴 정도로 뛰어난 자입니다. 황금마법회는 그렇다 쳐도 그는 가치가 있습니다."

카릴은 앤섬의 말에 살짝 인상을 찡그렸다.

"일단 조금 생각해 보지. 하지만 마탄의 거처와 위치는 파악해 둘 필요가 있겠어. 조사하도록."

"네, 알겠습니다."

허락이 떨어지자 앤섬은 기쁜 듯 고개를 끄덕였다. 사실 위대한 마법이란 말을 듣는 순간 앤섬의 추천과 상관없이 카릴이 마음속으로 데릴 하리안을 만나야겠다는 생각을 굳혔다는 것을 그는 알지 못할 것이다.

“그리고 우타르라는 자를 찾아봐. 공국에서 오랫동안 대장간 일을 해온 가문이라던데.”

속내를 숨기고 카릴은 말을 이었다.

“우타르……. 바직 가문의 사람을 말씀하시는 듯싶습니다. 그자는 어째서?”

“속성석 안에 화염을 불어넣는 작업을 해야 하는데 그에게 시킬 일이 있거든. 그 사람만큼 불을 다루는 데 능통한 사람도 없으니까.”

잉걸불의 우타르. 전생에는 현재 란돌이 쓰고 있는 해방된 불꽃이란 검을 다뤘던 주인이자 공국에 남아 있는 인재. 그는 불 그 자체를 닮은 사내였다.

‘비록 전생과 다른 삶을 살게 되었지만 전생에 그가 수많은 타락을 태워 버린 업적을 아니까. 그냥 둘 수 없지.’

전사로서의 전생의 삶이 아니더라도 카릴은 그의 재능을 대장장이로서라도 놓치지 않으려 했다.

“알겠습니다. 수소문을 해두겠습니다.”

“그리고 마지막으로 윈겔 하르트에게 전하도록 해. 공국의 서리고원을 골렘의 개발지역으로 삼으라고. 이유는 네가 더 잘 알겠지?”

“네, 물론입니다.”

서리 고원에 있는 로스차일드 가문의 창고 안에 있는 수많은 골렘의 부품을 확인한 앤섬은 두말할 것 없이 고개를 끄덕였다.

"노움국의 위치를 알려주겠다. 위치는 극비이니 너를 제외하고 이곳의 사람들에게는 일단 비밀에 부쳐둬. 서리고원에서 멀지 않으니 노움과 윈겔 하르트를 통해 새롭게 완성된 골렘들은 최우선적으로 노움국 쪽으로 배치시키도록 해."

"네? 국경이 아니고 말입니까?"

"그래. 국경 쪽은 일단 크게 신경 쓸 필요 없어. 당분간 전쟁이 일어날 것도 아니고 제국과도 불씨를 지피기 위해서는 그 전에 해결해야 할 것이 있거든. 너희는 그동안 골렘을 준비하는 거다. 시간이 많지 않을 거야."

"박차를 가하겠습니다."

앤섬은 쉴 새 없이 몰려드는 업무에 어쩐지 지치기보다 기뻐하는 모습이었다. 이제 제대로 책사로서 본연의 임무를 충실하게 할 수 있게 된 환경이 갖추어진 것만으로도 그는 즐거울 따름이었다. 공국이 하나로 합쳐진 지금, 하고 싶었던 것과 해보고 싶었던 모든 것을 펼쳐 보일 수 있게 되었기 때문이다.

"언젠가 그곳을 찾아올 한 녀석에게 제대로 인사를 해주려면 단단히 준비해야 하거든."

카릴은 묘한 미소를 띠었다.

"……?"

앤섬은 그의 마지막 말이 무슨 뜻인지 이해가 가지 않았지만 묘한 미소를 지으며 입꼬리를 올리는 그를 보며 뭔가 단단히 계획을 세우는 것이라 여겼다.

"나머지 필요한 것들은 칼 맥에게 말해뒀다. 앞으로 그가 주요한 물자들을 옮기는 일을 맡게 될 거야."

지금까지 해협을 건너는 일은 수안이 담당했었지만 카릴은 타투르로 돌아가게 되면 그에게는 당분간 새로운 임무를 내려야겠다고 생각했다.

'이스라필이 선혈동굴에 대한 조사를 끝냈겠지. 우든 클라우드 놈들의 또 다른 실마리를 찾아야 하는 것도 있지만 트라멜에서 권왕을 발견하는 것도 주요한 일이다.'

대륙의 5대 소드 마스터. 창왕(槍王)을 직접 만나지는 않았지만 가네스로 인해서 그와의 인연은 연결되었다. 이제 남은 것은 권왕 발본트뿐.

카릴은 수안 하자르의 실력을 증강 시키는 것과 더불어서 세속에 관심이 없는 권왕을 다시 세상 밖으로 내보내기 위해서 수안이 필요하다 여겼다.

'녀석이 좋아하겠군.'

그는 타투르에서 헤어지기 전의 수안의 얼굴을 떠올리며 피식 웃었다.

[크르르르르……]

카릴이 비룡의 머리를 툭툭 치고는 앤섬을 바라봤다.

"나머지는 네게 맡기지."

화아아아아악-!!

앤섬은 하늘 위로 날아오르는 카릴을 바라보며 꽤 오랫동안이나 무릎을 꿇은 채로 그를 배웅했다.

"마스터!!"

"오셨습니까."

카릴의 소식을 미리 밀리아나에게 전해 들은 타투르의 사람들은 거대한 비룡을 타고 온 그를 반겼다.

"이게 그 비룡입니까?"

"와! 이런 게 공국에 몇 마리나 있다 이거지."

몇몇 사람들은 그가 타고 온 비룡에 눈을 떼지 못했고 몇몇은 그가 가져온 소식에 집중했다.

"말씀해 주신 대로 공국에 필요한 물자는 준비 되었습니다. 칼이 오는 대로 보낼 예정이구요. 책상에 그동안의 서류들을 정리해 뒀습니다."

두샬라는 비룡을 구경하는 수안과 캄마를 바라보며 고개를 젓고는 카릴에게 말했다.

"그래. 바로 확인하지. 마광산 쪽은?"

"전에 발견한 7각석이 매몰된 위치에서 극소수이기는 하지만 채취하고 있습니다. 그리고 드워프들이 8각석이 있을 수도 있다고 의심되는 장소들을 발견해서 조사 중입니다."

"좋아."

전생에 비한다면 엄청난 결과였다.

그 당시에는 8각석은커녕 이스트리아 삼국의 전쟁으로 그에 반도 안 되는 중급 속성석도 구하기 어려웠으니 말이다.

"드워프들 덕분에 채광은 가능하지만 손질을 할 수 없었는데…… 다행이네요. 칼립손 그 노인이 그런 일을 했을 줄이야. 노움국이라니 상상도 못 할 일이에요."

카릴은 두샬라의 말에 고개를 끄덕였다.

"일단 수집된 7각석은 모두 그들에게 보내주도록 해. 어차피 가지고 있어도 세공을 할 수 없으니까. 그리고 8각석 중에 화 속성의 적명석을 최우선으로 찾도록 해."

"그러겠습니다."

"안티홈으로 보내는 조암석의 수급은 어때?"

"그쪽이야 뭐……. 마광산 개발이 활성화되면서 버려지는 조암석들의 수도 증가했으니까요. 불만 없이 충분히 그들에게 수급 가능합니다. 마찬가지로 7각 조암석을 구하게 되면 그건 불멸회의 나인 다르혼에게 직접 보내고 있습니다."

확실히 두샬라는 암시장을 운영했던 타투르의 관리자답게 카릴이 말하지 않아도 그가 생각했던 계획들을 완벽하게 해내고 있었다.

"널 살려둔 게 참 잘한 일이로군."

두샬라는 그의 말에 피식 웃었다.

"제국 쪽은?"

"별다른 움직임은 없습니다. 3황자의 장례식 이후 공표해 놓았던 애도의 기간이 끝난 지 얼마 안 되었으니까요."

"흐음."

카릴은 고개를 끄덕였다.

'황제의 목숨을 담보로 해둔 게 효과가 있었나 보군. 대놓고 전쟁을 할 수는 없을 테니까. 지금으로써는 할 수 있는 것이라고는 뒷공작 정도겠지.'

그리고 이미 남부에서 란돌을 통해 그가 하려는 짓이 뭔지 알고 있었다. 다만 의외인 것은 자신이 공국으로 가 있는 몇 개월 동안 황제가 맥거번 가문에 이렇다 할 압박을 주지 않았다는 것이었다.

조급한 마음에 자신을 헤임으로 오게 만들 함정을 파놓은 것이라면 어떻게든 가문의 가족들을 이용해서 그의 귀에 들리게 만들었을 것이다.

'해독제를 찾았을 리는 없는데…….'

전생에도 찾지 못해 결국 죽음을 맞이했던 그였지 않은가.

카릴은 살짝 미심쩍은 기분을 놓치지 못했지만 이내 곧 고개를 돌렸다.

"그리고 이스라필이 긴히 드릴 말씀이 있다고 합니다. 마굴에 대한 조사 건인 듯싶습니다."

"흐음. 그는 지금 어디에 있지?"

"조금 전까지도 마굴을 조사하고 있어서 지금 집무실에서 기다리고 있습니다. 올라가시죠."

카릴은 고개를 끄덕였다.

"오셨습니까."

이스라필이 자리에서 일어나 카릴을 향해 허리를 숙이며 인사했다.

"오랜만이로군. 그사이 성취가 있었던 것 같은데?"

카릴은 단번에 이스라필의 변화를 알아봤다. 그리고 변화를 느낀 것은 이스라필 역시 마찬가지였다.

'이제 정말로 왕의 위엄이 느껴지시는구나.'

공국의 내전을 겪고 난 뒤 카릴 역시 또 다른 의미에서 성장한 것일지 모른다.

이스라필은 본능적으로 더 이상 존대를 받는 관계가 이뤄질 수 없음을 알았다.

결코 무례라 느껴지지 않고 당연하게 느껴지는 격차. 애초에 그런 대우를 받고자 원한 것도 아니었지만 타투르를 넘어 공국의 주인이 된 그에게서 그 전과 다른 기세가 느껴졌다.

"이게 모두 큰사부님 덕분입니다."

"큰사부?"

[당연히 나지. 잘 다녀왔느냐? 소식은 들었다.]

카릴은 이스라필의 뒤에 있는 검은 형체의 알른을 바라보며 반가운 듯 말했다.

"내가 없으니 새로운 제자를 들였나 보군. 어때? 쓸 만한가?"

[쓸 만하지. 하지만 재미로 따진다면 너만 하겠나. 녀석은 너무 고분고분해서 말이야.]

알른의 대답에 카릴은 피식 웃었다.

"내게 보고할 게 있다지?"

"네. 선혈동굴에 관련된 일입니다. 그 안에서 뭔가를 재배하는 것은 확실한 듯싶습니다. 하나 그 안을 드나드는 자들 중 몇몇을 심문하려 했지만 모두가 벙어리에 귀는 들리지 않는 자들이었습니다. 눈조차 그 안에서는 마법을 쓰는 것인지 보지 못한 채 그저 시키는 일만 한다고 하더군요."

"흐음……."

"잠입을 시도할까 싶었지만 일단 조사만 하라는 명령을 주셨기에 예상가는 곳들만 확인해 두었습니다."

카릴은 고개를 끄덕였다.

"잘했어. 녀석들은 섣불리 다가가서는 안 될 놈들이거든."

"그런데……. 주시를 하던 중에 그곳에서 생각지 못한 자를 봤습니다."

"그게 누군데?"

이스라필은 조심스럽게 말했다.

"제국의 2황자입니다."

잔뜩 긴장된 얼굴로 말했지만 그의 예상과는 달리 카릴의 표정은 담담했다.

"뭐, 놀랍지도 않은 일이야."

"……네?"

"그 녀석 말고 포착된 다른 자들은 없나?"

"아직은……."

시큰둥한 반응에 오히려 보고를 올린 이스라필이 당혹스러운 표정으로 그를 바라봤다.

"조금만 기다려 봐. 검은 눈이 뭔가 수확을 가져올 테니까. 선혈동굴의 조사는 그다음에 하면 되겠지."

카릴은 이스라필을 바라보며 날카롭게 말했다.

"놈은 그 후에 족칠 테니까."

"현재 공국의 상황을 빨리 파악하라!"

"내전 종결 이후 공국을 통치하는 자가 누구인지 아직도 알 수 없다니……."

"공작원들은 도대체 뭘 하는 게야!!"

제국의 회의실은 연일 불이 나게 사람들이 오가고 있었다. 튤리와 프란의 내전이 더 오래 이어질 것이라 예상했던 전문가

들의 생각과 달리 내전은 갑작스럽게 끝나고 말았다.

하지만 충격적인 것은 튤리의 죽음을 비롯하여 7공작 중에 살아남은 자가 단 한 명. 6공작인 보니토스뿐이라는 것이 제국에게 충격을 안겨준 일이었다. 유일한 계승자라 할 수 있는 보니토스 마저 얼마 지나지 않아 그 자리를 내어놓으면서 공국은 주인이 없는 나라가 되었다.

"생각보다 혼란은 없군요."

"그들의 내전에 이민족이 개입했다는 얘기가 있습니다. 프란이 정말 그들을 끌어들였을까요?"

"글쎄요……. 일전에 2공작을 만났던 적이 몇 번 있습니다. 그는 공작으로서의 자존심이 무척이나 강한 자였습니다. 이민족의 개입은…… 솔직히 상상하기 어려운 일이군요."

회의실에 소란과 달리 그 안쪽에 마련되어 있는 방은 조용한 대화가 오갔다. 그러나 연신 발로 뛰어다니는 그들보다 실질적으로 더 중요한 결정은 이곳에서 나온다는 것을 탁자에 앉아 있는 자들의 얼굴만 봐도 알 수 있었다.

재상 브린 이니크, 궁정마법사인 카딘 루에르 그리고 기사단장인 벨린 발렌티온까지. 당연한 말이겠지만 4명의 대제후 중 3명이 모인 자리는 황제에 버금가는 힘을 가지고 있었다.

"어떻게 생각하십니까."

그런 그들이 한 곳을 바라보고 있었다.

탁자의 끝. 놀랍게도 그 앞에는 한 소년이 앉아 있었다.

"내전의 내막에 대해서는 좀 더 조사할 필요가 있을 것 같군요. 화이트 벙커에서 치러진 장례식의 마지막 날 벌어졌던 연설. 그에 대한 보고는 귀공들도 잘 아시겠지요."

그는 다름 아닌 올리번 슈테안이었다. 너무나도 자연스럽게 상석에 앉아 있는 그 모습은 이미 그가 제국의 주인이라 해도 믿을 것 같았다.

"한시바삐 맥거번가에 대한 조사가 진행되어야 합니다."

재상인 브린 이니크가 먼저 말을 꺼냈다.

"이미 폐하께서 명령을 내리지 않았소이까. 맥거번가의 후계자들이 현재 교단의 성지 헤임에 있다는 걸 아시지 않소."

그리고 그 말에 궁정마법사인 카딘 루에르가 반박했다.

"모두는 아니지요. 자네 밑에도 맥거번가가 한 명이 있지 않소? 둘째인 티렌 맥거번 말이오. 꽤나 영특해서 아낀다는 얘기가 많던데……. 제자라 손이 안으로 굽는다 하더라도 공과 사는 구분을 해야 하오."

"무, 무슨……!!"

카딘 루에르는 재상의 말에 살짝 인상을 찡그리며 말했다.

"말이 과하시오, 재상."

"내가 틀린 말을 했소이까?"

그런 그를 말리는 벨린 발레티온은 불편한 기색을 감추지 못했다. 그들은 1황자인 루온을 지지했던 자들이었으니까.

남부 원정에 대한 실패에 대한 대가와 함께 3황자인 크로멘의 독살에 대한 죄를 뒤집어쓴 루온을 지지하던 세력은 애도의 기간 동안 마치 썰물처럼 빠져나갔다. 아직까지 희망의 끈을 놓지 않고 고군분투하는 사람은 황후뿐이었다.

그녀는 유일한 지원자라 할 수 있는 그녀의 오빠, 등(藤) 기사단의 베스탈 후작을 통해 재기를 노리고 있지만 이미 올리번에게 마음이 가 있는 기사들이 허수아비 단장인 그를 따를 리가 없었다. 결국 눈치를 볼 수밖에 없는 상황.

처음부터 올리번을 지지했던 카딘 루에르와 사이가 틀어지는 것은 확실히 껄끄러운 일이었다.

"같은 가문의 형제라 할지라도 걸어가는 길은 다를 수 있지 않소. 듣자 하니 요즘 하룬 자작의 조카인 브랜과 함께 유능한 자재들을 모아 토론회를 연다고 들었소이다. 이 얼마나 기특한 일입니까."

기사단장은 그답지 않게 궁정마법사를 치켜세워 주었다.

"흥……. 남의 사람을 칭찬하지 말고 자네의 수하나 간수 잘하시오. 남부에서 수개월 동안 소식이 끊어졌다 돌아와서는 바로 헤임으로 가지 않았소이까."

하지만 여전히 재상은 못마땅한 얼굴로 이번에는 단장마저 끄집어 내렸다.

'저, 미친놈……. 꼬리를 말 거면 확실히 말던가. 루온 황자는 이미 끝인 것을.'

재상을 흘겨보며 단장은 생각했다. 그런 그의 생각을 올리번은 읽었는지 옅은 미소와 함께 말했다.

"귀공들의 고견은 잘 알겠습니다. 하나 헤임은 제국이라 할지라도 함부로 대할 수 없는 곳. 게다가 폐하께서 친히 아끼시는 곳이니……. 그 부분은 두고 봐야 할 것이겠지요."

"하지만 가문은 그렇다 하더라도 크웰 맥거번에 대한 처분은 필요하다 생각합니다."

"무슨 명분이 있겠소. 그의 아들이 문제이지 그는 여전히 제국의 충신이지 않소이까. 대륙제일검이라는 명성에 걸맞게 행동을 할 것이지 어디서 아이들을 주워 와서는……."

올리번의 말에 대한 카딘 루에르의 대답에 재상은 중얼거리다 아차 싶었다. 조금 전 언급했던 카딘 루에르의 제자인 티렌 역시 크웰의 양자였으니까. 뼛속까지 귀족인 재상으로서는 도무지 적응이 안 되는 일이 아닐 수 없었다.

"크, 크흠……. 어찌하면 좋겠습니까."

"그의 입장을 확실히 해야겠지요. 애도의 기간이 끝났습니다. 타투르는 명실공히 이제 한 세력으로 인정해야 하며 그의 뒤에 이민족이 있다면 이것은 제국의 적이라 할 수 있습니다."

"그가 아들이라 할지라도 제국을 위해서 검을 뽑을 수 있는가를 봐야겠군요."

"반대로 그를 이용해서 타투르를 손에 넣는 것은 어떻습니까. 그곳은 포나인 강 가운데에 있는 요충지입니다. 거길 기점으로 이스트리아 삼국을 토벌하는 것이지요."

재상이 조금 전의 실수를 만회하려는 듯 번뜩이는 생각이 떠올랐다는 표정으로 말했다.

"이스트리아 삼국도 현재 전쟁 중입니다만 형세가 심상치 않습니다. 아니, 이제는 이스트리아 사국이라고 해야 하겠군요. 펜리아 왕국에서 독립한 비올라 왕녀의 군대가 나머지 삼국을 먹어치우고 있으니 말입니다."

"전쟁으로 인해 약화된 지금이 그들을 노릴 절호의 기회입니다. 차라리 그들을 회유해서……."

"그건 어려울 걸세. 폐하께서는 카릴, 그자의 목을 원하시니 말이야."

재상의 말에 벨린 발렌티온이 낮은 탄식과 함께 고개를 끄덕였다.

"우리가 아는 폐하는 분명 전쟁을 택하시겠지."

"그렇다면 당장에라도 출진 준비를 해야 합니다. 만약 카릴 그자가 북부와 남부 두 곳의 이단들을 발아래에 두고 있다면……."

세 명의 공작들은 살짝 굳은 얼굴이 되었다. 비록 이단섬멸령으로 인하여 북부의 이민족들이 타격을 입었다고는 해도 생각지 못한 크로멘의 죽음으로 인해 그 이후의 정벌이 늦어졌다. 여전히 생존자들은 많았으니까.

"그 전에 가문의 일은 가문 안에서 해결하라 명하셨지. 하나 불가능하다면 아마 직접 나서실지도 모르지만 말이야."

재상이 먼저 말을 꺼냈다.

"그가 배신할 가능성은 없겠소?"

궁정마법사가 살짝 걱정스러운 듯 물었다.

"소드 마스터라 하더라도 인간일세. 한계는 분명 존재하는 법이지. 경천동지할 만한 힘을 가지고 있긴 하나 수백, 수천…… 아니, 수만의 병사를 혼자 감당할 수는 없단 말일세. 설령 배신한다 하더라도 제국에 위협이 될 수 없네."

카딘 루에르의 말에 기사단장인 벨린 발렌티온은 자신감 넘치게 말했다.

"하지만 일단은 기회를 주는 게 맞겠지요. 폐하께서는 아마 가족의 사사로운 문제를 해결할 수 있도록 자리를 마련해 주신 것이라 생각합니다."

교단의 성지. 그곳은 오직 선택받은 자들만이 들어갈 수 있는 곳이니 그 안에서 무슨 일이 일어나도 알 수가 없었다.

"아뢰옵기 황송하오나 황자님께서는 앞으로 어찌하는 것이 좋으신지……."

공작들의 시선이 올리번에게 꽂혔다.

"저는……."

"이겁니다."

타투르로 돌아오자마자 이스라필은 우월한 눈에 기록되어

있는 장면 중 하나를 끄집어냈다. 카릴은 익숙한 풍경에 감회가 새로운 듯 선혈동굴을 훑었다.

"흐음. 이게 초대 마법이로군."

이스라필이 만들어낸 마경이 카릴의 눈으로 스며들 듯 사라지자 카릴은 마치 지금 자신이 선혈동굴에 있는 것 같은 생생한 기분이 들었다.

"네, 기록되어 있는 영상 안으로 흡수될 수 있습니다. 물질도 만질 수 있지만 기록된 영상이기 때문에 그들이 저희를 인지할 순 없습니다."

"그렇군. 첩보 활동에 정말 좋겠는걸. 좀 더 세밀하게 주위를 조사할 수 있으니 말이야."

"안 그래도 두샤라 님께서 제국과 이스트리아 삼국 쪽에도 우월한 눈 마법을 심어두라 하셨습니다."

카릴은 그의 대답에 역시나 하는 얼굴로 고개를 끄덕였다.

"지금입니다. 선혈동굴에 들어가는 세 사람……. 올리번 황자가 맞지 않습니까?"

이스라필의 말에 카릴은 고개를 돌렸다. 동굴 안쪽으로 들어가는 세 사람은 모두 새하얀 로브를 쓰고 얼굴을 가리고 있었는데 그중 한 명만은 그렇지 않았다. 로브의 의미는 굳이 설명하지 않아도 알 수 있었다.

우든 클라우드. 하지만 다른 의미에서 카릴의 얼굴이 마경 속에 보이는 소년을 바라보자 굳어졌다.

"올리번 황자도 방심한 걸까요. 동굴 앞에서 로브를 벗다니 말입니다."

'이 새끼…… 보게?'

이스라필의 말과 달리 카릴은 어이가 없다는 표정으로 마경 속의 올리번을 향해 코웃음을 쳤다.

"저거 일부러 보여준 거야."

"……네?!"

카릴의 말에 이스라필은 깜짝 놀란 얼굴로 되물었다.

"정확히 이쪽을 보고 있어. 어떻게 된 건지는 모르지만 감시를 한다는 것을 알았던 모양이다. 오히려 대놓고 자신의 정체를 알려준 거지."

"……이유가 뭘까요?"

"뻔하지."

-만나러 와라.

카릴은 올리번의 눈빛에서 뜻하는 바를 단번에 알아차릴 수 있었다. 우습지만 그 누구보다 오랜 세월을 함께해 온 자신이었으니까.

"하지만 양옆의 사람들은 누군지 모르겠네요. 두샬라 님께 부탁을 드려놓긴 했지만……."

"조사할 필요 없어."

"네?"

"누군지 알 것 같으니까. 한 명은 교단 사람이다. 일전에 만났던 적이 있어."

이스라필은 카릴의 말에 기가 막힌다는 표정을 지었다.

'조이 요한셀.'

로브로 얼굴을 가리고 있었지만 그 특유의 걸음걸이와 어깨의 움직임을 기억한다. 교단에서부터 화룡의 거처까지 함께 했던 시간 동안 그의 행동거지들을 봐놨기 때문이었다.

'하지만 어째서 저자가…….'

의외였다. 딱히 특이점이 있었던 자가 아니었으니까. 굳이 꼽자면 황제가 요양을 위해 교단에 몸을 의탁했을 때 그의 전임 치유사였던 것.

카릴은 이스트리아 삼국에서 베릴 남작이 연 연회에서 그를 처음 보고 그때의 일을 기억해서 접근했었다.

'녀석과 황제. 둘의 관계로부터 우든 클라우드를 의심하긴 했었는데…….'

아니었다.

'황제가 아니라 조이 요한셀 저놈이 올리번의 사람이었으니 둘 다 우든 클라우드라고 해도 이상할 게 아니지.'

튤리로부터 우든 클라우드가 황제를 죽이려고 했다는 것을 알게 되었다. 어쩌면 조이 요한셀은 황제의 치료를 위해 있었던 것이 아니라 완벽하게 그를 죽이기 위한 암살자였을지도 모른다.

'사람 좋은 얼굴을 하고서는 잘도…….'

하지만 그런 그의 계획도 카릴의 개입으로 인해 실패하고 오히려 황제의 치료약을 구하기 위해 자신과 함께 화룡의 거처로 가게 된 것이다.

'그 말은 황제는 반대로 우든 클라우드가 아닐 가능성이 높다는 거군.'

확실히 그렇다면 효용 가치가 떨어진 황제를 우든 클라우드 독살하려고 했던 이유도 맞아떨어졌다. 퍼즐이 하나하나 맞춰지는 기분이었다.

그리고 또 한 명.

"저자는 누구지……."

하지만 카릴조차도 그 옆에 있는 또 한 명의 사람은 감이 오지 않았다.

"어떻게 하실 생각이십니까?"

"오라고 했으면 가야지."

"네?"

"녀석이 즉위하고 난 뒤에 정리하려 했지만 이런 식으로 초대한다면 나 역시 피하지 않지. 제국 전쟁의 포문은 역시 여기에서 열겠다."

카릴은 마경 속에 비친 올리번의 얼굴을 바라보며 마치 그에게 말하는 듯 입을 열었다.

"헤임(Heim)으로."

"그래, 헤임으로."

올리번 그리고 카릴은 나지막한 목소리로 말했다.

"그곳으로 가겠습니다."

"그곳으로 가겠다."

서로 다른 장소에서 그들은 마치 약속이라도 한 것처럼 동시에 읊조렸다.

# ▸Chapter 5◂

아직 저녁임에도 불구하고 숲으로 둘러싸인 교단의 성지는 해가 저물고 얼마 되지 않아 한밤중처럼 까맣게 변했다.

"형님."

창밖을 바라보던 마르트 맥거번이 고개를 돌렸다.

"란돌."

그는 자신의 동생을 바라보며 고개를 끄덕였다.

"수련하고 온 거냐. 저택에 있을 때도 그렇지만 참으로 부지런하구나. 그러고 보니 이곳에 와서는 검을 잡은 지 오래된 것 같구나."

"저와 함께하시죠. 날이 있는 무구를 쓸 수는 없지만 목검을 잡는 것은 교단에서도 허가된 일입니다."

마르트는 란돌의 말에 쓴웃음을 지었다.

"너라도 많이 하려무나."

오랜만에 만난 마르트를 보며 란돌은 과거 저택에서의 예의 그 당당함과 날카로움이 그에게서 사라졌다고 느꼈다.

“이곳에서의 생활이 많이 힘드신 듯 보여 걱정입니다.”

뒤늦게 찾아온 란돌과 달리 제이크의 호위를 맡은 마르트는 이미 몇 달이나 계속 이 생활을 할 수밖에 없었다. 치료라는 핑계지만 결국 인질과 유배의 생활과 다름없었다.

하지만 몸을 뺄 수도 없었다. 황제와 함께 교단으로 온 제이크는 치료를 위해 헤임 가장 안쪽 건물에서 생활하고 있었고 전투 사제들이 있는 홀에 일주일에 한 번 정해진 시간에만 얼굴을 볼 수 있었으니까.

그러나 마르트의 고민은 단순히 지겨운 생활 때문이 아니었다. 이런 말을 한다면 동생인 제이크가 서운해할지도 모르겠지만 그의 머릿속엔 인질이 된 그가 아닌 다른 세 사람으로 가득했다.

황제와 카릴. 그리고 올리번 슈테안.

“후우.”

끝내 말하지 못했다. 타투르까지 가서 카릴을 만났음에도 불구하고 그는 크웰에게 진실을 고하지 못했으며 결국 제국과도 동떨어진 헤임에 갇히고 말았다.

"아버지."

"카릴을 만났느냐."

"네."

마르트는 타투르에서 돌아오자마자 크웰을 찾았다. 카릴이 했던 그 말 그대로 볼썽사납더라도 검을 뽑기 위해서였다.

"몸가짐을 조심하거라. 폐하뿐만 아니라 제국의 귀족들이 우리를 주목하고 있다. 지금이 중요한 시기야."

"네?"

"루온 황자께서 물러난 지금 올리번 저하가 유력하다는 것은 너도 알겠지. 하나 카릴 때문에 맥거번 가문에 대한 폐하의 평가가 많이 좋지 않은 상황이니 이제부터는 그 아이를 멀리하거라."

"하지만……."

"올리번 저하께 누가 되는 상황을 만들지 말아야 한다."

크웰의 말을 듣는 순간 마르트는 진실을 말할 수 없다는 것을 직감했다. 정확히는 말한다 하더라도 자신의 말을 믿지 않을 것임을 깨달았다.

크웰은 이미 올리번이 다음 왕이 될 것을 확신하고 있었으니까. 아니, 어째서인지 그가 그리 만들 것이라는 불안한 생각이 들었다.

"올리번 저하를 믿으십니까."

"무슨 말이지?"

"그분이 아버지께서 믿으시는 올곧은 왕이 되실 분이냐는 뜻입니다."

마르트는 잠시 숨을 고르며 말했다. 크웰에게서 느껴지는 무거운 기운에 호흡을 하기 어려웠기 때문이다.

"쓸데없는 물음이다. 네가 타투르에 다녀오더니 그 아이에게 물이 들었나 보구나."

하지만 마르트는 말을 그치지 않았다.

"아버지께서는 혹여 카릴이 적이 된다면…… 어쩌실 생각이십니까? 그 아이를 베시겠습니까? 티렌에게 들었습니다. 둘째가 낸 계획을 들으시고 그 아이의 뺨을 때리셨다죠."

"뭐?"

"아버지께서야말로 중심을 잡으셔야 합니다. 지금 가시는 길 앞에 분명 카릴은 적이 되어 기다릴 것이 분명하니까요. 그 아이를 감싸든 버리든 확실히 하십시오."

마르트의 물음에 크웰을 침묵했다.

"어째서 북부에서 그 아이를 데려오신 겁니까? 도대체 이민족과 아버지 사이에 어떤 일이 있어 제국의 충신인 아버지께서 황명조차 어기며 그 아이를 감싸는 것입니까."

"헤임으로 갈 준비를 하거라. 맥거번 가문의 장남으로서 동생들을 지키거라."

"동생들을 지켜라……. 그리 말씀하신다면 카릴 역시 제 동생입니다. 인정하고 싶지 않지만 아버지께서 데리고 온 그 날부터 말입니다."

끝내 헤임으로 올 때까지 마르트는 자신의 질문에 대한 대답을 듣지 못했다.

"후우……."

그는 회상을 끝내고 다시 한번 한숨을 토해냈다. 란돌은 그런 그를 물끄러미 바라봤다.

이곳으로 오기 전에 마르트는 크웰에게 한 가지 질문을 하지 못한 것이 너무나도 후회스러웠다.

'아버지…… 아버지께서는 올리번 저하와 카릴 중 누구를 선택하실 겁니까.'

이대로 눈을 감고 거짓 어짊의 옷을 두른 왕을 모실 것인가 아니면 진실에 다가갈 용기의 대가로 반역자가 될 것인가. 마르트는 자신이 더 이상 도망칠 수 없는 기로에 서 있음을 알았다.

'카릴, 네 말대로 나는 소인배보다도 못한 자로구나. 네가 부탁한 가문의 방패 역할도 제대로 하지 못하고 이곳에서 나가지도 못한 채 볼모로 잡힌 동생을 그저 바라보고만 있으니…….'

소인배의 검조차 뽑지 못한 자신의 무능함에 마르트는 몇 번이나 스스로를 자책했다. 하지만 그조차 핑계에 불과했다.

'내게 다시 한번 기회가 온다면…….'

마르트는 참으로 바보 같은 생각이라는 것을 알았다. 이미 몇 번이나 기회가 있었으니까.

그는 침울한 얼굴로 란돌을 바라보며 말했다.

"네가 고생이로구나. 너까지 볼모가 되어 이런 생활을 하게 되었으니 말이야."

"제가 택한 일입니다. 이 정도의 처분으로도 황공할 따름입니다. 임무를 실패하고 돌아오지 못했던 저를 폐하의 호위로 남게 해주셨으니 말입니다. 목이 떨어져도 이상할 게 없는 일인데 말이죠."

란돌의 말에 마르트는 쓴웃음을 지었다.

그도 그럴 것이 려 기사단이 전멸하고 난 이후 오랜 세월이 지나고서야 란돌이 다시 제국으로 돌아왔으니 말이다. 그 처분에 반발하는 귀족들도 많았다. 당장에라도 란돌을 교수형에 처하라는 탄원들이 빗발쳤지만, 황제는 그들의 의견을 묵살하고 란돌을 헤임에 두었다.

이유는 뻔했다. 한 명이라도 더 많은 인질을 자신의 곁에 두기 위함이었다.

'폐하의 수명이 그리 많이 남지 않았다.'

마르트와 달리 란돌은 그 비밀을 알고 있었기에 이대로 조금만 더 시간이 지나면 이 생활이 끝날 것을 알았다.

'그러면 올리번 저하께서 제국을 다스리게 되겠지.'

란돌은 자신의 신념이 무너지지 않을 것을 확신하며 그저 그날을 기다렸다. 하지만 이따금 남부에서 만났던 카릴의 자신감 넘치던 그 얼굴이 떠올랐다.

그들은 서로의 얼굴을 바라봤다. 침묵의 의미는 여러 가지가 있겠지만 그중에 가장 큰 이유는 결국 형제에게도 말하지 못할 비밀이었다.

란돌은 마르트만이 알고 있는 올리번의 독살에 대해 알지 못했으며 마르트는 반대로 그가 알고 있는 황제의 수명에 대한 비밀을 알지 못했다. 같은 장소에 있음에도 불구하고 서로 다른 비밀을 알고 있기에 두 형제가 바라는 미래도 고민하는 문제도 달랐다.

똑똑똑-

그때 노크 소리가 들리고 문을 열자 교단의 사제가 그들에게 인사를 했다. 마르트는 그가 누군지 알고 있는 듯 고개를 끄덕였다. 이따금 제국의 소식을 전하는 자였다.

"무슨 일입니까? 조이 요한셀 경."

사제는 사람 좋은 인상으로 가볍게 웃으며 마르트를 향해 인사했다.

"내일 교단으로 정식 보고가 오를 예정이오나 그전에 먼저 아시는 것이 좋을 듯하여 왔습니다."

"흐음?"

"올리번 저하께서 헤임으로 오실 예정이시라 합니다."

"저하께서…… 이곳으로 온다고?"

"네. 호위는 크웰 경께서 맡으신다고 하셨습니다."

"그렇군요."

놀랄 일은 아니었다. 황제가 회복을 위해 교단에 머문 지 어느새 몇 개월이 흘렀으니 제국의 운영에 대한 보고를 위해서라도 찾을 이유는 충분했다. 오히려 늦었다면 늦은 일.

"준비해야겠습니다. 얼마나 걸리실 듯하십니까?"

"이동 마법진을 통해 오실 예정이신 데다 비공식 방문이기 때문에 최소한의 인원으로 오실 거라 얼마 걸리지 않을 듯싶습니다. 아마 이틀 안에 당도할 듯싶다 하셨습니다."

"그럼 서둘러야 하겠군요."

"한데……."

조이 요한셀은 조심스럽게 말을 꺼냈다.

"헤임의 방문 요청 건이 또 하나 더 있습니다."

"으흠?"

"올리번 저하와는 달리 조금 전에 타투르에서 헤임의 방문을 정식 요청하였다 합니다."

두근- 두근-

마르트는 그 말을 듣는 순간 갑자기 미칠 듯이 뛰기 시작하는 자신의 심장을 주체할 수 없었다. 그리고 그건 란돌 역시 마찬가지였다.

황제, 올리번 그리고 카릴 맥거번. 마르트는 자신이 고민하던 세 사람이 한자리에 모인다는 상상조차 못 할 일이 벌어진다는 사실에 머릿속이 새하얗게 변하는 기분이었다.

그뿐인가. 그 폭풍 한가운데 논란의 중심이 되는 크웰 맥거번까지 이곳으로 온다 하니 이보다 더 놀랄 일은 어디에도 없을 것이다.

'신이시여……. 이건 제게 다시 한번 기회를 주시는 겁니까. 아니면 제 부족함에 이 일을 마무리 짓고 저를 질책할 감시자를 내리시는 겁니까.'

꽈악-

자신도 모르게 주먹을 쥔 손이 떨릴 만큼 힘을 주었다.

'스스로 오다니……. 약속한 반년의 시간이 다 되지 않았는데 어째서지. 그 사이에 무슨 일이 있었던 건가.'

마르트와 입장이 다른 란돌은 남부에서 카릴과 했던 약속을 떠올리며 알 수 없는 불안감이 전신을 휘감는 것을 느껴졌다. 그는 본능적으로 카릴이 온다는 것이 어쩐지 올리번의 방문과 연관성이 있는 게 아닐까 하는 생각이 들었다.

"형…… 님?"

보고를 받은 순간 얼굴이 굳어진 마르트를 바라보며 란돌이 물었다. 그는 뭔가 결심을 한 듯 방문을 열며 말했다.

"서둘러야겠다. 그들을 맞이할 준비를 해야 하니."

두 사람은 직감했다. 시대가 격변하는 순간이 아이러니하게도 세상과 가장 단절된 이곳에서 일어날 것을.

"흐음."

카릴은 마차 안에서 천천히 눈을 떴다.

"공기가 좋군."

그는 창문을 열고는 숨을 크게 들이마시며 말했다. 팔등 위에는 작은 새들이 몇 마리 있었는데 참새만큼 작았지만 짙은 검은 깃털은 무척이나 다부져 보였다. 다리에는 새끼손가락보다 작은 통이 달려 있었고 마차 안에서 뭔가를 적던 카릴은 쪽지를 그 안에 집어넣고는 새들을 창밖으로 뿌렸다.

녀석들은 남부의 야만족들이 기르는 전서구들이었다. 카릴은 소식을 전하거나 명령을 내릴 때 통신 마법 대신 이것을 이용했다. 대륙에서 제국을 포함해서 다른 나라들은 전서구를 쓰지는 않았다. 그 이유 역시 마법이 아닌 저급의 방법이라는 이유였지만 아이러니하게도 그렇기 때문에 오히려 전서구에 대한 주의가 부족해 은밀하게 명령을 내릴 수 있었다.

"확실히 성도라고 불릴 만큼 멋진 곳이야. 안 그래?"

카릴은 자신의 명령을 가지고 날아가는 전서구들을 바라보고는 손을 털며 말했다.

"저…… 그런데 제가 따라가도 될까요?"

나른한 모습의 그와는 달리 맞은 편에서 떨리는 목소리가 들렸다. 그의 앞에 앉아 있는 이스라필은 걱정이 가득한 얼굴로 카릴에게 물었다.

"그럼, 물론이지."

이스라필의 옆에는 또 한 사람이 있었다. 로브로 얼굴을 가리고 있었지만 이스라필의 옆에 있으니 더욱더 작고 가녀려 보이는 케이 로스차일드 역시 말은 하지 않았지만 앙다문 입술에서 긴장이 느껴졌다.

"사령술과 흑마법."

카릴은 맞은편에 앉아 있는 두 사람을 가리키며 말했다.

"리치와 어둠의 정령왕. 그리고 마도 시대를 살았던 영체까지. 나와 함께 교단의 성지로 갈 사람들 중에 너희들보다 더 완벽한 적임자가 있겠어? 절대로 없을 거라고 나는 확신하는데."

그는 상상만으로 흐뭇한 듯 만족스러운 표정으로 고개를 끄덕였다.

"난장을 피우기 최고의 조합이잖아?"

탈칵-

문이 열리고 교단의 사제가 카릴을 향해 고개를 숙이며 인사를 했다.

"타투르의 왕을 뵙니다. 교단을 찾아주셔서 감사드립니다. 송구하오나 주교님께서 현재 황제 폐하의 건강을 돌보시기에 잠시 자리를 비우셨습니다."

"대륙인들을 평등하게 사랑하는 것이 교단의 교리라 알고 있는데 교단의 최고 권위자이신 주교께서 한 사람을 위해서 자리를 비우시다니……. 교칙에 위반되는 것이 아닙니까?"

카릴의 말에 사제는 여전히 평온한 얼굴로 응대했다.

"신분의 고하를 떠나 만인을 위한 교단이기에 주교께서 직접 황제 폐하를 보살피는 것입니다. 전하께서 교단의 힘이 필요하시다 하신다면 주교께서는 기꺼이 응대하실 겁니다."

능글맞은 그의 대답에 카릴은 코웃음을 쳤다.

"황제의 병환을 고치는 데 주교의 성은보다 저와의 만남이 더 효과 좋을 것이라고 전해주십시오."

"그리하겠습니다. 처소를 마련해 두었으니 편히 쉬시기 바랍니다. 주교님을 뵙고자 하는 분들이 많아 조금 시간이 걸릴 듯싶습니다."

"우리 이외에 또 손님이 있단 말입니까."

"네. 제국의 2황자이신 올리번 님께서 찾아오셨습니다. 대륙에 내로라하는 분들께서 교단을 찾아오시다니 저희에게는 큰 기쁨입니다."

사제의 말과 달리 카릴은 올리번이라는 이름이 나오는 순간 얼굴이 굳어졌다.

'헤임으로 나를 부른 것은 황제의 덫이다. 올리번 녀석과는 관계가 없는 일인데……. 어째서 그놈이 여길 찾은 거지?'

카릴은 순간 올리번과 황제가 서로 협력하는 관계가 된 것은 아닐까 하고 생각했다.

하지만 그럴 가능성은 낮았다. 자신의 자리를 빼앗기고 싶지 않은 황제에게 올리번은 혈연을 떠나 적일 뿐이니까. 반대로 우든 클라우드인 올리번에게 황제는 치워야 할 존재에 불과했고 말이다.

'황제의 상태를 확인하러 온 건가.'

그는 살짝 눈을 흘기면서 사제에게 말했다.

"2황자께서 오셨다니……. 생각지도 못한 귀객이 오셨었군요. 그럼 당연히 기다려야겠군요. 그런데…… 황자께서는 혼자 이 먼 곳을 오신 겁니까."

"아닙니다. 그분의 호위로 대륙제일검이신 크웰 맥거번 경께서 수하들을 대동하여 함께 오셨습니다."

"크…… 웰 경?"

카릴의 목소리가 살짝 떨렸다. 오히려 올리번의 이름을 들었을 때보다 더 당혹스러워하는 얼굴이었기에 이스라필과 케이는 처음으로 그를 바라봤다.

"네. 하루 먼저 오셔서 안채에서 쉬고 계십니다. 그분들도 주교님을 뵙길 청하였으나……. 아시다시피 주교님께서 현재 부재중이시기 때문에 기다리고 계십니다."

사제는 마치 먼저 온 황자도 기다리고 있으니 불만을 가지지 말라는 듯한 태도로 말했다.

'마르트와 란돌도 이곳에 있다. 거기에 제이크 역시 교단에

있으니……. 맥거번 가문의 사람만 다섯이나 되는 건가.'

크웰이 올리번을 따라온 것은 굳이 이유를 찾지 않아도 알 수 있는 일이었다. 제이크의 치료를 위한다고는 하지만 결국 인질로 잡혀 있는 것. 그뿐만 아니라 마르트와 란돌까지 있으니 자식들의 안위를 살피기 위함이 틀림없었다.

'좋지 않아.'

오랜만에 재회하게 될 가족 상봉이라지만 카릴은 크웰과의 만남이 전혀 기쁘지 않았다.

'아버지는 제국 기사들의 중심이다. 황제가 자리를 비운 지금이야말로 제국을 안정화시키기 좋은 시기야. 그런데 이런 시기에 올리번과 함께 이곳에 왔다는 건…….'

이유는 하나다.

'귀족들은 나를 빌미로 맥거번 가문의 힘을 약화시키고 싶겠지. 그리고 그건 황제 역시 마찬가지일 것이다.'

그럼에도 불구하고 오히려 올리번이 크웰과 함께 이곳에 왔다는 것은 그만큼 그를 믿는다는 것.

'끝을 보기 위함이로군.'

자신의 입지를 굳건히 하기 위해서 올리번에게 황제는 결국 걸림돌이었다. 계획대로라면 이미 독살로 그의 자리는 자신의 것이 되었어야 하니까.

황제라는 존재가 걸림돌이라는 것은 크웰 역시 마찬가지였다. 볼모로 잡힌 아들들 때문에 자유롭게 행동할 수 없는 상황이니까.

'녀석은 황제를 죽이기 위해 온 것이야.'

혹시 모를 위험에 대한 대비와 동시에 황제의 죽음으로 맥거번 가문의 자유를 되찾게 해준다면 크웰은 더욱이 올리번에게 충성을 맹세할 것이다.

운명일까. 황제, 올리번, 크웰 그리고 자신까지. 전생의 과거에서부터 현생의 미래까지 이 네 명이 한자리에 모이는 순간이 있을 것이라고는 상상하지 못했으니 말이다.

"제국에서는 크웰 경만 오신 겁니까?"

"아닙니다. 저하의 수행기사로 크웰 경과 함께 세 명의 기사가 함께 오셨습니다."

"누구죠?"

"으음……. 두 분은 성함을 말씀하시지 않아 잘 모르겠습니다만 한 분은 엘란이라 하셨습니다."

카릴은 그의 말에 옅은 미소를 지었다.

'성은(聖銀)의 엘란. 그렇다면 나머지 둘이 누구인지는 보지 않아도 알 수 있겠군. 벌써 그들이 등장할 시기인가…….'

마치 읽었던 책을 다시 보며 등장인물을 되짚는 것처럼 카릴은 그 이름을 듣자마자 감회가 새로운 듯한 기분이었다.

성은(聖銀)의 엘란, 창귀(槍鬼) 파이만, 군도왕(群島王) 마그토. 모두가 신탁 전쟁이 시작됨과 동시에 두각을 나타난 영웅들이다. 제국 3신장(神將)이라 불리는 그들은 후에 크웰 맥거번이 죽고 난 뒤 빈자리를 채우며 구국의 영웅이라 칭송받는 자들이었다.

'모두가 아버지의 검술을 바탕으로 그가 직접 지도한 자들이다. 그 당시에는 다들 소드 마스터였는데 과연……. 지금은 어느 수준이려나.'

카릴은 기대가 되는 눈빛으로 말했다.

"올리번 저하께서도 저희 방문을 아십니까."

"네. 아마 지금쯤이면 교단에 도착하셨다는 소식이 전해지셨을 겁니다."

카릴은 고개를 끄덕였다.

"알겠습니다. 그럼 기다리도록 하죠."

의외로 순순히 수긍하는 카릴의 모습에 사제는 역시나 하는 거만한 표정으로 고개를 끄덕이고는 방을 나섰다.

"이스라필, 케이."

그가 방문을 닫자마자 카릴은 두 사람을 불렀다.

"가자."

"네? 하지만 사제님께서 여기에서……."

이스라필은 말을 하다 입을 다물고 말았다. 거대한 교단의 위용에 눌려 잠깐이지만 잊고 있었다. 카릴이란 사람은 고작 사제 따위의 말에 어찌 될 사람이 아니라는 것을 말이다.

[크크크……. 이놈아, 너도 저 배짱은 좀 배우거라.]

"큰사부님……."

검은 연기와 함께 알른이 튀어나오자 이스라필은 깜짝 놀란 듯 그를 바라봤다. 그도 그럴 것이 정화와 복마(伏魔)의 중심지 교단에서 버젓이 모습을 드러냈으니 말이다.

[이미 저들도 네가 흑마법사라는 것을 알고 있을 텐데 뭐. 교단은 신을 모시는 자이지 녀석들이 신은 아니다.]

드르륵- 드르륵-

케이는 아무런 말 없이 바닥에 세워놓았던 거대한 관과 같은 검은 상자를 끌고 오기 시작했다. 드워프들이 직접 제작한 상자에는 마력을 감추는 마법진이 새겨져 있었다.

그 안에 뭐가 담겨져 있는지는 뻔했다.

철컥- 크드드득-!!

그녀가 상자 옆면에 있는 레버를 돌리자 잠금장치가 풀리고 그 안에 인형이 모습을 드러냈다.

[후우…….]

케이가 열 손가락 끝에 반지처럼 생긴 고리에서 투명한 줄을 뽑아 인형에 연결하자 잠들어 있던 인형이 낮은 숨을 토해냈다. 카릴은 두 사람을 바라보며 만족스러운 표정으로 고개를 끄덕였다. 성스러운 교단 한복판에 사자(死者)와 리치(Lich)가 버젓이 서 있으니 말이다.

'올리번, 너도 지금쯤이면 당혹스럽겠지.'

황제 살해를 위한 교단행이었지만 그조차 예상치 못한 문제가 있었다.

바로 카릴이 이곳에 왔다는 것.

'아니지. 오히려 반대로 기다리고 있을지도 모르지. 선혈동굴에서 이미 녀석은 선전 포고를 했으니 말이야.'

"얼마 만이지……."

그는 낮은 목소리로 중얼거렸다. 제국 황도에서 올리번을 처음 만나고 난 뒤 많은 시간이 흘렀다. 그만큼 많은 일이 있었고 많은 변화가 있었다.

첫 만남은 크로멘의 죽음으로 인해 두 사람이 만나게 되었고 지금은 황제의 목숨이 걸린 자리에서 또다시 재회를 하게 되었다.

'우린 피를 흘리지 않고는 볼 수 없는 것일지도 모르지.'

그는 쓴웃음을 지었다.

'부디 네가 성장했길 바란다. 그렇지 않으면 걸린 것이 황제의 목숨이 아니라 네 목숨이 될지 모르니까.'

파즈즈즉-!!

걸음을 옮기는 카릴의 전신에서 휘감는 보랏빛 비전 마력이 강렬하게 뿜어져 나왔다.

"……!!"

"왜 그러십니까."

"자네들은 느껴지지 않던가."

"네?"

황급히 창밖을 바라보는 크웰의 모습에 그와 함께 있던 세 명의 기사가 그가 주시하는 방향으로 고개를 돌렸다.

"이질적인 마력의 기운이 느껴졌네."

"마력…… 입니까?"

세 명의 기사 중 머리를 뒤로 넘기고 깔끔한 미남자가 살짝 눈을 찡그리며 되물었다.

"교단의 결계가 있어 이 안에서 마력을 사용하는 것은 허가된 사제들이 아니고선 불가능할 텐데요. 혹여 주교의 치료 의식 때문은 아닐까요?"

"흐음……."

"요즘 들어 너무 예민하신 것 같습니다. 조금은 여유를 가지시면 좋겠습니다. 스승님. 안 그래? 엘란."

크웰의 머릿속에는 본능적으로 한 사람이 떠올랐다.

'카릴……'

엘란이라 불리는 미남자는 풍성한 그의 머리카락과 대조되는 깨끗하게 머리를 민 짙은 눈썹의 남자를 향해 고개를 끄덕였다.

"파이만, 스승님은 우리처럼 한가하신 분이 아니니까. 국정을 돌보시느라 바쁘셔서 그렇지. 지금까지 우리는 스승님 덕분에 편히 검의 저택에서 실력을 쌓을 수 있었잖아."

검의 저택. 크웰이 각지를 돌아다니며 재능 있는 이들을 모아 훈련을 시킨 양성소였다. 그중에 이번에 성취를 얻은 세 명을 꼽아 올리번의 호위를 위해 데리고 온 것이다.

"맞아. 하지만 세상과 단절되었지. 앞으로는 우리가 스승님의 힘이 되어드릴 차례야."

맥거번가의 저택 북부에 깊은 숲에 있는 검의 저택은 오로지 수련만을 위한 곳이었다. 엘란은 수년 만에 느끼는 바깥이 신기하면서도 긴장감을 끌어올리며 다짐하듯 말했다.

"우리가 좀 더 노력해야 해."

"고리타분한 소리. 그거야 모두가 알고 있는 이야기다. 하지만 소드 마스터의 경지는 노력만으로 되는 게 아니잖아."

맞은편에 있는 짧게 머리를 세운 근육질의 남자를 향해 파이만은 입술을 씰룩였다.

"마그토, 너희들은 충분히 노력하고 있다. 내가 봐온 자질 중에 너희들만큼 뛰어난 자들은 없어."

크웰은 피곤한 얼굴로 옅은 미소를 짓고는 세 명의 제자들을 바라보며 말했다.

한 명 한 명이 직접 뽑은 인재들이었다. 젊은 나이에 모두가 상급 소드 익스퍼트의 실력을 지닌 그들은 이미 소드 마스터를 목전에 두고 있었다.

'이들을 데리고 온 것이 다행이로군.'

크웰은 교단에 도착한 뒤 카릴이 이곳으로 온다는 소식에 불안감을 감출 수 없었다. 하지만 애초에 황제가 이곳을 카릴을 불러들이기 위한 장소로 정했다는 것을 알고 있었다. 그저 지금처럼 카릴이 모든 제안을 거절하고 독자적인 길을 걷길 바랐다.

'카릴, 넌 무슨 생각으로 이곳에 온 것이냐.'

"당연히."

그때였다.

탈칵-

"올리번을 만나러 왔습니다."

머릿속으로만 생각하던 물음의 대답이 육성으로 들리자 크웰은 황급히 고개를 돌렸다.

문이 열리며 들어오는 한 사람.

"오랜만입니다."

그는 떨리는 눈으로 카릴을 바라봤다.

"무례한 자로군. 감히 저하의 이름을 함부로 입에 담다니."

파이만이 황급히 일어나며 소리쳤다. 하지만 그 순간 카릴은 마치 반가운 사람들을 만난 것처럼 세 사람의 얼굴을 보며 피식 웃었다.

'이런 곳에서 저들을 보다니…….'

어수룩한 그들의 모습이 상상이 가지 않았다.

'그들이 없었다면 신탁 전쟁은 패배했겠지. 나는 너희들에게 감사한 마음을 가지고 있다. 하지만 그 고마움은 전생의 것이지 지금의 것이 아니니까.'

"무례는 그쪽이 하고 있지."

"……뭐?"

자신보다 한참이나 어려 보이는 카릴이 아무렇지 않게 도발적인 말을 하자 파이만은 어처구니가 없었다.

"앉아."

"……!!"

하지만 그 순간 그의 눈이 커졌다. 카릴에게서 쏟아지는 날카로운 기세가 닿는 순간 그는 마치 수백 개의 칼날에 베인 것 같은 고통에 그대로 의자에 주저앉았다.

"창을 쥘 생각은 안 하는 게 좋을 거야. 세상 밖에 나와 기쁜 건 알겠지만 실력 발휘를 하기 전에 실력을 가늠하는 눈부터 기르는 게 세상을 살아가는 방법일 거다. 다시는 창을 잡지 못하게 되기 싫으면 말이야."

꿀꺽-

마른침을 삼키는 소리가 방 안에 울렸다. 무례하기 짝이 없는 그 말에도 불구하고 아무도 반박하지 못했다. 엘란과 마그토는 그저 카릴에게서 눈을 떼지 못한 채 굳은 얼굴로 중얼거렸다.

"스승님."

"선부른 생각 하지 말거라."

"……아무래도 충분히 노력하고 있다는 말씀은 틀리신 것 같습니다."

한참이나 어린 나이로 보이는 소년에게서 풍기는 기세는 결코 자신이 어찌할 수 있는 것이 아니었다. 카릴이 기세를 뿜는 순간 세 사람은 가장 먼저 싸울 수 있을까가 아니라 살아남을 수 있을까 하는 의문이 들었기 때문이다.

그의 이마에서 땀방울이 흘러내렸다.

"조금 전 이질적인 마력이란 게 저자의 것인가 보군요. 저 사람……. 누굽니까?"

카릴을 본 순간 그들의 머릿속에 본능적으로 든 생각은 모두 같았다.

"……내 아들이다."

크웰은 무거운 목소리로 대답했다.

"네?"

"스승님의 아드님이시라고요?!"

정적을 깨는 경악에 가까운 비명 소리에 모두가 다시 한번 카릴을 바라봤다.

"아니."

그는 부정했다. 모두가 놀란 가운데 그들의 시선을 향해 카릴은 차갑게 대답했다.

"나는 타투르의 왕이다."

크웰은 카릴의 말에 굳은 얼굴로 그를 바라봤다.

"카릴."

"아버지, 오해하지 말아주시죠. 저는 맥거번의 사람이지만 지금은 타투르의 왕이자 남부의 주인으로서 이곳에 온 것입니다. 황제가 말한 집안 문제를 해결하기 위함이 아니라는 뜻입니다."

"……."

"마르트에게 이야기를 들었습니다. 이곳에 란돌과 제이크가 있다는 것도 알고 있습니다. 하나 아버지께서도 이제는 현실을 보셔야 할 겁니다. 혈연보다 더 중요한 것은 권위라는 것을. 권위가 달라지면 예우도 달라져야 하는 법이죠."

카릴은 목소리에 힘을 주었다.

"크웰 경."

"……무례한!!"

그의 말에 침묵하던 파이만이 주먹을 움켜쥐며 소리쳤다. 하지만 그의 정권은 카릴에게 닿지 않았다.

부웅-!!

카릴은 자신을 향해 다가오는 매서운 공세에도 불구하고 크웰에게서 시선을 떼지 않았다.

스으으으윽……!!

갑자기 피어난 검은 연기가 파이만의 전신을 휘감더니 마치 단단한 밧줄처럼 그의 두 팔을 옥죄었다. 그뿐만 아니라 그의 목과 허리 다리 할 것 없이 수십 개의 검은 연기 줄이 바닥에 꽂히며 그를 아래로 잡아당겼다.

"……크?!"

숨을 쉴 수 없어 붉으락푸르락 변한 얼굴로 파이만의 몸이 서서히 아래로 무너졌다.

쿵-

한쪽 무릎을 꿇은 채로 그는 자신의 목을 휘감은 검은 줄을 끊어 내기 위해 안간힘을 썼지만 그럴수록 더욱 거세게 조여올 뿐이었다.

"너는 너의 왕 앞에서도 무례라는 말을 쓰는가?"

카릴은 눈높이가 같아진 파이만을 바라보며 말했다.

"당연히 안 그러겠지? 내 수하들 역시 같은 생각인 모양이야. 네 행동이 무례로 보이니 조심하는 게 좋을 거야."

"크…… 크윽!!"

고통스러워하는 그를 보며 카릴이 고개를 끄덕이자 그를 감싸던 연기가 사라졌다. 대신 뒤에 서 있는 이스라필을 모두가 주목했다.

'처음 보는 마법이야. 저건 뭐지?'

'검은 연기라……. 설마 불멸회? 그들은 대륙의 정세에 관여하지 않는 자들인데……. 어떻게.'

의문 가득한 그들의 시선을 즐기듯 카릴이 손을 흔들자 이스라필은 조금 긴장한 듯 낮은 숨을 토해내며 고개를 숙였다. 초대 마법과 함께 알른 자비우스의 가르침을 받은 그는 아직 신탁의 10인 시절에 미치지는 못하지만 뚜렷한 존재감을 나타낼 마법사로 성장했다.

'전생에 비해 시간이 부족한 건 비단 그만의 문제가 아니니까.'

대마법사의 반열에 오를 재능을 가진 이스라필이 아직 5클래스에 불과한 것처럼 소드 마스터의 경지에 도달할 세 사람 역시 지금은 그저 익스퍼트에 불과했다. 오히려 전생에는 그들에 비해 뒤늦게 재능의 꽃을 피운 이스라필이었지만 현생에는 그들을 압도하고 있었다.

콰직-

카릴은 무릎을 꿇고 바닥을 짚고 있던 파이만의 손바닥을 지그시 밟으며 앞으로 걸어갔다.

"큭."

파이만은 얼굴을 찡그렸지만 더 이상 추태를 보일 수 없다는 듯 참았다.

"크웰 경."

"……카릴 전하. 타국의 왕이라 하더라도 제국의 황자가 머무는 처소에 이런 식으로 오는 것 역시 무례라 생각하지 않으십니까."

크웰은 차가운 목소리로 말했다. 대륙제일검이라는 칭호와 어울리지 않게 그건 마치 지금까지 카릴을 걱정했던 자신의 마음을 그가 몰라주는 것에 대한 상실감으로 보였다.

"알고 있습니다. 제가 이곳에 들른 이유는 황자를 만나기 위해서가 아니라 크웰 경에게 보여 드릴 것이 있기 때문입니다."

"……내게? 아니, 저에게 말입니까."

의아한 눈빛으로 자신을 바라보는 크웰을 향해 카릴은 가슴 편에 손을 집어넣었다. 세 명의 제자는 그 손에 무엇이 있는지 알지 못해 불안한 마음이었다. 하지만 예상과 달리 카릴의 손바닥엔 작은 단검이 하나 놓여 있을 뿐이었다.

"아그넬입니다. 얼마 전에 검집을 되찾게 되었죠."

그는 어째서 자신에게 이민족의 검을 보여주는지 이해가 가지 않는 얼굴로 카릴을 바라봤다.

"그런데 검집을 찾는 과정에서 이번에 북부에 있는 천년빙동에 뭔가가 있다는 보고를 받았습니다. 그 안에 천창초(天蒼草)라 불리는 극상의 빙속성을 지닌 약초가 자라고 있다고 합니다. 일전에 저지른 무례에 대한 사죄로 그것을 찾아 떠나기 전에 폐하께 이를 아뢰고자 온 것뿐입니다."

"처…… 천년빙동?"

"네. 일전에 폐하께 드렸던 서슬가시 잎이 너무 강해 일어난 부작용이라서 말입니다. 반대 속성으로 열기를 잡으면 다시금 건강해지실 겁니다. 다만 마법이나 비술로는 불가능한 일이라서 말이죠."

카릴은 그 말과 동시에 크웰의 안색을 살폈다. 천창초라든지 황제의 몸 안에 있는 열기를 잡아야 한다는 소리는 모두 거짓말이었다. 애초에 존재하지도 않는 풀이거니와 그의 죽음을 바라는 카릴이 다시금 황제를 살릴 리 만무했으니까.

중요한 것은 크웰이 그가 북부의 천년빙동에 간다는 말에 어찌 반응할지 확인하기 위함이었다.

'전생에 당신은 내게 천년빙동에 봉인된 이민족에 대하여 얘기했었지. 하지만 과연 그 봉인을 언제 찾은 것인지 확인할 필요가 있다.'

전생에 크웰이 북부에 발을 들여놓았던 것은 황제의 이단섬멸령이 있었던 당시. 만약 그때 신화 시대의 블레이더가 봉인되었던 것을 확인했던 것이라면…….

'이미 그는 이민족이 마력을 잃게 된 이유와 실제로 이 세계를 위해 싸운 자들이 누구인지 알고 있다 해도 과언이 아닐 터.'

혹여 그 진실을 알고 있는 상태라면 카릴은 지금 크로멘의 독살에 대한 의심을 품고 이곳에 있는 마르트를 이용해 크웰을 올리번과 멀어지게 만들 수 있는 절호의 기회라 생각했다.

"이민족들이 그리 이름을 붙인 것인지 아니면 원래 그렇게 전승되는 것인지 모르겠습니다만…… 오랜 세월 동안 녹지 않은 거대한 얼음 기둥이 있는 동굴이라 합니다."

"……."

그때였다. 표정의 변화는 없었지만 카릴은 크웰이 동요하고 있음을 느꼈다. 제자들이 제압당했을 때도 잔잔한 수면 같은 그의 오러가 미묘하지만 파문이 일듯 흔들렸기 때문이다.

'역시.'

자신의 예상대로였다.

'이미 그는 이민족이 진실된 신살자라는 것을 알고 있는 모

양이로군.'

카릴은 짐짓 아무것도 모르는 척 그 말을 끝으로 천년빙동에 대한 이야기를 마쳤다.

'이제 올리번의 귀에도 천창초에 대한 이야기가 들리겠지. 황제의 죽음을 바라는 녀석은 내가 황제에게 그 풀에 대해서 말하지 못하게 막을 터.'

그것으로 충분했다. 황제가 죽기를 바라지만 직접적으로 그를 죽일 수 없는 상황에서 과연 올리번이 어떻게 나올지 지켜보면 되는 일이었다.

"그럼, 이만."

크웰은 그를 붙잡으려던 손을 내려놓았다. 복잡 미묘한 표정으로 카릴의 뒤를 바라보며 그는 낮은 한숨을 내쉬었다.

똑- 똑-

늦은 밤. 방문을 두들기는 노크 소리에 기다렸다는 듯 카릴은 감았던 눈을 떴다. 야심한 이 시간에 자신을 방문할 사람이 누구인지 알고 있었으니까.

탁-

손가락을 튕기자 문이 저절로 열렸다.

"타투르의 왕을 뵙습니다."

청명한 목소리가 방 안에 울렸다. 크웰에게 이야기를 들은 것인지 아니면 눈치가 빠른 올리번의 재치인지 그는 방 안쪽에 앉아 있는 카릴을 향해 가볍게 고개를 꺾었다.

황도에서 만났을 때만 하더라도 그는 카릴을 하대했었다. 전생을 걸쳐 카릴은 처음으로 자신에게 존댓말을 쓰는 올리번을 보게 되었다는 사실에 묘한 미소를 지었다.

"앉으시지요."

카릴이 손짓을 하자 탁자에 놓여 있는 주전자가 떠오르며 올리번의 앞에 놓인 찻잔 아래로 뜨거운 김이 나는 물이 떨어졌다.

올리번이 그 모습을 보며 짐짓 놀란 표정을 감추며 말했다.

"마력의 컨트롤이 뛰어나시군요. 검사가 이 정도로 섬세한 조종을 할 수 있다니…… 놀랍습니다."

"별것 아닌 조잡한 능력입니다. 운 좋게 6클래스의 벽을 허물게 되어서 차를 마실 때 조금 더 편하게 되었습니다."

카릴의 말에 올리번은 그의 말이 진실인지 거짓인지 쉽사리 분간되지 않았다. 6클래스와 7클래스는 분명 큰 간극이 있긴 하지만 검사가 대마법사의 반열을 고작 1단계밖에 남지 않았다는 것은 쉽사리 믿을 수 있는 일이 아니었으니까.

'정말이라면 폭염왕의 힘에 이어서 마법의 성취까지 놀라울 정도로구나.'

올리번은 카릴을 바라봤다.

"드시지요. 아, 걱정 마십시오. 독은 없으니."

카릴은 보란 듯이 올리번 쪽에 놓인 찻잔을 가리키고는 자신의 것을 들어 마셨다. 보란 듯이 크로멘 때의 일을 언급하듯 말하는 카릴과 김이 나는 투명한 물을 번갈아 보며 그의 얼굴이 살짝 굳어졌다.

"황궁에서 뵈었을 때보다 얼굴색이 많이 좋지 않으신 듯 보입니다. 걱정이 많으신가요."

"국정을 돌보는 일이 어찌 쉽겠습니까. 폐하의 부재와 함께 형님께서도 그리되셨으니 말이죠. 재판의 중심에 카릴 님께서 계셨으니 잘 아시지 않습니까."

울컥한 듯 살짝 눈매를 치켜세우며 말하는 올리번의 모습에 카릴은 피식 웃었다.

"하긴 세상일이 어찌 다 생각대로 되겠습니까. 저희도 마찬가지지요. 그때만 하더라도 황자께서 제게 존대를 하리라 누가 상상이나 했겠습니까."

"일국의 왕께 당연한 대우입니다. 제가 황제가 아닌 이상 서로 존중을 해야지 않겠습니까."

올리번은 비록 자신이 황자이지만 타국의 왕에게 굽히지만은 않겠다는 말을 에둘러 얘기했다.

"제국의 황제가 되면 만인을 내려다볼 수 있다는 말로 들리는군요."

"그러고 보니 폐하의 건강을 호전시킬 방법을 알고 있다던데……?"

"실수를 만회하기 위함입니다. 폐하께 말씀을 드린 뒤 바로 북부로 향할 생각입니다. 이번 일이 잘 성사된다면 폐하의 건강이 다시 돌아올 겁니다."

카릴은 마치 황제의 권좌에 오르려면 아직도 멀었다는 말을 그에게 하는 것 같았다.

"단도직입적으로 물어보겠습니다. 정말로 폐하를 살리실 생각입니까. 당신이 가진 유일한 약점이 사라지는 순간 그분은 그 대가로 타투르를 쑥대밭으로 만들 텐데요."

올리번의 말에 카릴은 피식 웃었다.

"교단의 성지는 아무나 들어올 수 없는 곳인 성스러운 곳이지만 반대로 이보다 더 은밀한 곳도 없지요. 이렇게 눈앞에서 황자가 황제의 목숨을 가지고 저울을 재는 모습을 보다니 말입니다."

그는 살짝 어깨를 으쓱했다.

"크웰 경이 있기에 할 수 있는 이야기니까요. 맥거번가가 처한 상황에 대해서는 알고 있습니다. 당신의 도발이 폐하의 심기를 불쾌히 만든 것은 사실이나…… 황좌가 바뀐다면 그 불씨 역시 사라질 겁니다."

"흐음."

예상과 달리 올리번은 오히려 황제의 죽음에 대해 노골적으로 이야기했다.

"전에 봤을 때와는 꽤나 변한 느낌입니다. 확실히 국정을 보다 보니 눈이 달라지셨나 보군요."

"제국뿐만 아니라 대륙을 위해서 생각한 일입니다."

"대륙을 위해서라…… 제국이 이미 네 것 같지?"

"……네?"

올리번은 카릴의 말에 순간 잘못 들은 것이 아닌가 당황스러운 눈빛으로 되물었다.

"타투르가 불바다가 될 거라고? 누구 마음대로? 제국의 주인이라고 무엇이든지 할 수 있을 거라고 생각해?"

"무, 무슨……."

"얼마든지 덤비라고 해. 쑥대밭이 되는 게 누군지 보여줄 테니까. 황제를 믿느냐고 물었는데. 네 말이 맞아. 뱀과 같은 그를 어찌 믿을 수 있겠어."

카릴은 입꼬리를 올렸다.

"그런데."

올리번을 향해 나지막하게 말했다.

"나는 네놈도 안 믿어."

"지금 뭐라고 했지?"

올리번의 얼굴이 굳어지며 카릴을 노려봤다.

"나는 제국의 황자다. 일국의 왕이라 할지라도 내게 말을 놓을 수 있으리라 생각하는가?"

하지만 카릴은 오히려 콧방귀를 뀌며 말했다.

"제국? 그게 뭔데? 공국에서부터 이스트리아 삼국까지 그 어떤 나라도 왕이 아닌 고작 후계자 따위가 나와 맞먹으려 하지는 않아. 제국이란 허울 좋은 이름이 네 실력이라 생각하지 마라."

그는 마지막 말을 덧붙였다.

"제국은 네가 세운 게 아니다. 태어날 때부터 있었던 신대가 만들어놓은 기틀이 자신의 실력이라 착각하지 마. 네가 한 건 아무것도 없어."

"……."

"그리고 지금도 할 수 있는 것이라곤 별 볼 일 없지. 차라리 황제가 낫지. 그는 최소한 정복왕이라는 이명 아래 제국을 확장시켰으니까. 북부의 땅부터 남부의 경계까지. 너는 그가 뒤집어쓴 피의 땅을 그저 선한 정의를 내세워 거저 얻어먹으려는 거잖아. 착한 척은 집어치워. 안 그래?"

"말이 심하군……!!"

맞지 않는 예의를 벗어던지고 으르렁거리듯 말하는 올리번을 보며 카릴은 아이러니하게도 전생으로 돌아온 듯한 기분이었다.

친우(親友)였던 시절. 그때도 참으로 많이 다투고 서로 으르렁거리면서도 오직 뒤를 맡길 수 있는 유일한 자였다.

하지만 그렇기에 더더욱 놈의 목을 베고 싶다.

'지금은 아니지.'

자신과 동료들에게 오명을 뒤집어씌웠던 자다. 이곳에서 화를 풀기 위해 바로 해치워 버리면 그것은 그저 불의의 암살이 되어버린다. 올리번의 죽음을 비통하고 억울한 것으로 만들 순 없었다.

철저하게 외면받는 죽음이어야 한다. 만인의 앞에서 놈의 가면을 벗기고 그를 위한 완벽한 무대를 만들기 전의 이른 죽음은 오히려 배려일 뿐이니까.

"황제에 대해서 누구보다 네가 잘 알 거라 생각하는데? 그가 어떤 사람인지 몰라? 나는 이곳에 와서 내 마력을 썼다. 교단은 결계가 있어 사제들이 아닌 이상 마력을 쓰면 바로 경보가 울리고 전투 사제들이 출동하지. 그런데 아무런 일도 일어나지 않았어."

"……."

카릴은 올리번을 향해 말했다.

"내 마력 안에는 너도 알다시피 폭염왕의 힘이 있다. 정령의 힘은 교단의 마력의 굴레에서 벗어난 힘. 주교와 함께 있는 황제는 바로 알아차렸을 거다. 나 역시 내 존재를 알리기 위함이었고."

"……무슨 말을 하려는 거지?"

"황제가 나타나지 않는 이유."

카릴은 그를 바라봤다.

"지금쯤 너를 떼어놓고 나를 만날 궁리를 하고 있기 때문이겠지. 황제는 먼저 온 너보다 나를 만날 거다. 비록 자신에게 대들었던 건방진 놈이지만 적어도 아들보다 더 믿을 수 있거든."

올리번은 카릴의 말에 헛웃음을 쳤다.

"웃긴 소리. 아버지께서 내가 아니라 널 먼저 만나실 거라고? 태양홀에서 그런 소리를 했는데도?"

"물론."

너무나도 자신 있게 고개를 끄덕이는 카릴의 모습에 오히려 올리번이 당황한 듯 고개를 올렸다.

"황제는 대놓고 검을 뽑는 자는 적어도 뒤에서 수작을 부릴 거라고 생각하진 않으니까."

"수작?"

"예를 들어 독살이라든지."

카릴은 올리번을 바라보며 한쪽 입꼬리를 올리며 말했다.

"물론 나도 그런 일은 이제 일어나지 않으면 좋겠거든. 이제는 쏘아 올릴 화살이 아까워서 말이지. 그 화살을 다른데에 써야 하잖아. 가령……."

"네놈……."

으르렁거리듯 자신을 노려보는 올리번의 시선에도 불구하고 카릴은 말을 이었다.

"전쟁이라든지."

콰앙-!!

올리번은 탁자를 내려치며 소리쳤다.

"건방이 하늘을 찌르는군. 제국과 전쟁을 하고 싶다는 뜻인가?"

그가 내려친 탁자가 두 조각으로 갈라져 부서지며 놓여 있던 찻잔이 요란하게 떨어졌다. 제국의 황자였지만 다른 두 명의 형제와 달리 후궁의 아들인 그는 온실 속 화초가 아닌 잡초처럼 자라났다.

살아남기 위한 투쟁. 그것을 증명이라도 하듯 전생에 올리번은 황제의 자리에 오른 뒤에도 수련을 멈추지 않았다. 덕분에 소드 마스터까지는 아니더라도 상급 소드 익스퍼트의 경지까지 올랐다. 그것만으로도 대단한 자질이 아닐 수 없지만 카릴의 입장에선 고작 소드 익스퍼트에 불과했다.

카릴은 물끄러미 올리번을 바라봤다. 이미 마력을 느낄 수 있는 수준이었기에 자신과의 격차를 모를 리 없다. 전력으로 마력을 뿜어내면 그 기세만으로도 녀석은 오금이 저려 주저앉고 말 것이다. 그럼에도 불구하고 이렇게 자신에게 콧대를 세울 수 있는 이유는 녀석의 손목에 있는 수갑처럼 생긴 팔찌 때문이었다. 녹이 슬 정도로 낡은 팔찌는 황자와는 전혀 어울리지 않아 보였다.

'역시. 이미 가지고 있을 줄 알았어.'

하지만 카릴은 그게 무엇인지 누구보다 잘 알았다.

울부짖는 고원의 정기. 팔찌 안쪽에는 날카로운 가시 같은 것이 돋아나 있었는데 착용자에게 도리어 고통을 주기 위해 만들어진 물건 같았다.

마치 죄인에게 채우기 위해 만들어진 것처럼 기묘한 모습. 황궁의 보고에 있는 유물 중 하나. 신화 시대보다 더 먼 태초의 과거에는 유일신의 세계가 아닌 다신의 세계라 할 수 있었다.

정령왕 비롯해서 각각의 차원마다 신에 필적하는 존재들이 있었으니까. 그렇기에 신에게 대항하는 블레이더가 만들어질 수 있었던 것이기도 했다.

아스칼론의 설계도에서부터 수안에게 준 신수의 힘을 가진 건틀렛까지. 어찌 보면 대륙에 남아 있는 유적들은 신화 시대부터 마도 시대를 거쳐 신에게 반하는 혹은 신에게 다가가려는 자들이 남긴 유산이었다.

하지만 교단은 오직 율라만이 이 세계의 유일한 존재라 명명하였기에 발견된 유물들 역시 이단이라 칭하며 황궁의 보고 아래 그 누구도 찾지 못하도록 봉인하도록 하였다.

그것이 제국과 교단이 유적을 조사하는 이유.

'하지만 우든 클라우드. 네놈들은 알고 있었던 거야. 부정하려던 그 유물들 역시 마력적인 힘을 가지고 있다는 것을.'

사실상 마력이 담긴 무구들을 자신들이 독식하기 위한 우든 클라우드의 계획이었다. 당연하게도 그렇게 발견된 유물들은 사람들의 눈에 들지 못했으며 그저 오래된 골동품으로 치부되었다.

하지만 올리번이 황제가 된 이후 대륙 정벌을 빠르게 성공할 수 있었던 이유 중 하나가 바로 황궁의 보고에 잠들어 있던 유물들을 개방한 것이었다.

'유적의 유물들이 어떤 힘을 가지고 있는지는 황제조차 모르고 있는 사실.'

골동품에 불과하다고 말하는 팔찌가 버젓이 녀석의 손목에 있는 것만으로도 올리번은 이미 유물에 어떤 힘이 담겨 있는지 알고 있는 것을 증명했다.

'그리고 녀석이 우든 클라우드라는 증거이기도 하겠지.'

카릴은 올리번을 바라보며 차갑게 웃었다.

명백해진 진실. 교단과 손잡고 있는 녀석들은 유물 중에서도 특별한 힘이 있는 신물(神物)이라 평가받는 물건들을 가장 먼저 독식했다. 그중의 하나가 바로 그의 팔찌.

'발동되는 순간 주위의 마력을 흡수하며 일순간 모두 사라지게 만들고 반대로 소유자에게 빨아들인 마력을 제공한다.'

물론 마력이 없는 몸으로 오직 검술만으로 소드 마스터를 뛰어넘었던 그였다. 마력이 사라진다 하더라도 같은 조건이었다면 올리번의 목을 베는 것이 어려운 일은 아니다.

문제는 자신의 마력을 빼앗아 그가 흡수하게 된다는 것. 아이러니하게도 자신이 가지고 있는 무한에 가까운 용마력이 오히려 올리번에게 강대한 힘을 실어줄 수 있다는 것이었다.

'기억으론 공간이 무력화되고 흡수한 마력이 유지되는 것은 1분 남짓. 내게 위협이 되진 않아.'

카릴의 머릿속에 수십, 수백 합이 빠르게 엉켰다. 마력을 빼앗긴다 하더라도 그에게는 라미느와 에테랄의 정령력이 남아 있었으니까. 다만…….

'저 팔찌를 이런 데 쓰게 하기엔 아깝지.'

엄청난 효과이지만 사용 횟수가 정해져 있어 아무 때나 쓸 수는 없었다.

'내가 가져야 하니까.'

카릴은 전생에 그의 팔찌가 얼마나 유용하게 쓰였는지 잘 알고 있었다. 마력을 무(無)로 만드는 효과는 인간에게만 한정된 것이 아니라 타락에게도 적용되었으니까.

"내 말이 말 같지 않나? 무슨 생각을 그렇게 하지?"

"별거 아니다. 팔찌가 특이해 보여서 말이야. 내가 가지고 싶은 건 가져야 직성이 풀려서 말이지. 네 팔을 베어버리면 될까 싶었어."

"……뭐?"

올리번은 황당무계한 그의 말에 어이가 없다는 듯 바라봤다. 조금 전까지만 하더라도 제국을 도발하고 있었다. 당장에라도 전쟁이 발발할 수 있는 일촉즉발의 상황에서 딴생각을 했다는 게 이해가 되지 않았다.

"제국과의 전쟁? 해야 한다면 할 수도 있겠지. 하지만 적어도 당장 일어나진 않아. 왜냐면 황제는 아직도 궁금해하고 있을걸. 그 독약이 정말 크로멘에게만 쓴 것으로 그쳤는지."

"……그게 궁금했다면 루온 형님을 유배 보내지 않고 곁에 두셨겠지."

그의 입에서 루온의 이름이 나오자 카릴은 피식하며 헛웃음을 지었다. 마치 진심이냐는 차가운 눈빛.

그러나 그 이상 말을 하진 않았다.

"하고 싶은 이야기가 있다면 다 하는 게 좋을 거야. 네게 주어진 시간은 결국 동이 트기 전까지니까. 황제의 죽음을 원하나?"

카릴은 올리번과 그의 사이에 놓인 부서진 탁자 위에 손을 얹었다.

츠즈즈즈즉……!

손가락이 닿은 부분이 뜨겁게 달궈지더니 새까맣게 재가 되었다. 보란 듯이 올리번의 앞에서 마력을 사용하며 그는 말했다.

"반대로 나와 전쟁을 하고 싶다면 황제의 자리에 네가 오르던지."

똑, 똑, 똑.

그때였다. 문밖에서 낮은 목소리가 들려왔다.

"주교님께서 카릴 님을 뵙자 하십니다."

사제의 전언에 카릴은 올리번을 바라보며 입꼬리를 올렸다. 주교가 있는 곳에 당연히 황제가 있을 것이라는 것을 잘 알았으니까.

"내 말이 맞는 듯싶군. 잘 보관하는 게 좋을 거야."

카릴은 팔찌를 가리키며 말했다.

"난 입 밖으로 내뱉은 말은 꼭 지키거든."

그러고는 자신의 손목 위에 반대쪽 손을 세로로 세워 날을 만들어 얹고는 마치 베어버리는 것처럼 그으며 말했다.

"자, 잠깐!!"

올리번은 일어서는 그를 향해 황급히 소리쳤다.

“나와 거래를 하고 싶다면 좀 더 구미가 당기는 조건을 생각해 봐. 아직 동이 트지는 않았으니 말이야.”

하지만 그런 그를 두고 카릴은 뒤도 돌아보지 않고 방을 걸어 나섰다.

“오랜만이로군. 제 발로 교단을 찾을 것이라고는 생각 못 했는데……. 자넨 나와 닮았다 생각했거든. 그런데 결국 왔군. 가족의 정인 겐가.”

카릴의 예상대로 교단의 가장 안쪽에 있는 본관에서 그를 기다리는 것은 주교가 아니라 황제였다.

“핏줄도 아닌데 내가 폐하를 닮을 리 없죠. 닮은 건 내가 아니라 저 밖에 당신을 기다리는 아들일 겁니다. 가족이 아니라 둘 다 나를 먼저 찾는 꼴이 그야말로 똑 닮았더군요. 마치 자기 목숨 줄을 잡고 있는 사람처럼.”

카릴의 말에 황제는 피식 웃었다.

“클클, 건방진 녀석. 제국의 황제에게 이런 식으로 말을 하는 건 네놈뿐일 거다.”

어둠 속에서 흐릿하게 보이는 그의 모습.

황도의 태양홀에서 봤을 때와는 비교도 되지 않는 노쇠한 모습이었다.

'태양초의 효과 때문이겠지. 제대로 쓰면 미명의 독을 모두 증발시켜 버리지만 화기가 부족하면 태양초의 열기가 사라진 순간부터 독이 몸에 퍼지는 속도가 빨라지니까.'

카릴은 자신의 예상대로 황제의 목숨이 기껏해야 한 달도 채 남지 않았다는 것을 직감했다.

"뭐, 내 목숨 줄을 쥐고 있는 게 너라는 것은 틀리지 않으니……. 그래, 너는 내게 해약을 주러 온 것인가."

그는 피곤한 듯 말했다. 카릴이 황궁을 떠난 뒤 몇 개월 동안 교단의 치료를 받았음에도 불구하고 그의 병세는 호전될 기미가 전혀 없었던 듯 보였다.

"폐하께서는 제가 당신의 목숨을 살리기 위해 헤임에 온 것이라 생각하십니까. 아니면 정말로 가족의 목숨을 살리기 위함이라 여기시는 것은 아니시겠지요."

황제는 마치 해탈한 듯 고개를 끄덕였다.

"그래, 그럴 줄 알았다. 나 역시 마찬가지다. 다만 이곳에 와서 떠올랐다. 너를 처음 만난 곳이 이곳이니……. 너와 다시 만날 계기가 되기를."

"……자신을 속인 자가 뭐가 좋다고 만나려 하십니까? 차라리 저를 포박하는 게 더 이치에 맞는 일일 텐데요. 대륙제일검인 크웰 경부터 교단의 전투 사제들이 모두 집결해 있지 않습니까."

카릴의 말에 황제는 옅은 미소를 지었다.

"클클클……. 그럴 생각이었다면 네가 마력을 썼을 때 이미 그랬겠지. 그래, 올리번을 만난 소감은 어떻더냐. 황도에서 보았을 때와 비교한다면?"

카릴은 어째서 그런 걸 자신에게 묻는지 이해가 가지 않았다.

"성장하셨더군요. 야심도 있고…… 백성을 생각하는 마음도 진실되십니다."

그는 황제의 물음에 대충 얼버무리듯 말했다.

"백성? 진실? 크큭…… 그렇지. 2황자는 그런 아이지."

황제는 말을 이었다.

"네 말대로라면 내 목숨은 얼마 남지 않았겠지. 주교조차 손을 들었거든. 너 때문이라고는 말하지 않겠다. 네가 아니었다면 나는 이미 죽었을 테니까."

타이란 슈테안은 깊은 한숨과 동시에 천천히 입을 열었다.

"너를 부른 이유는 하나다. 네게 제안할 것이 있기 때문이지. 네가 나를 처음 만났을 때 나눴던 이야기를 기억하느냐."

"거래…… 입니까?"

카릴의 말에 황제는 고개를 끄덕였다.

"그날 내게 했던 말. 너는 당돌하게도 목숨을 구하기 위해 내게 제국을 내어 달라고 했지."

그는 마치 추억을 음미하듯 눈을 감고는 말했다.

"그럼 사사로운 일을 아직도 기억하십니까."

"제국을 주마."

그 순간, 카릴의 얼굴이 살짝 굳어졌다. 황제의 입에서 저런 말이 나올 것이라고는 정말 상상도 못 했기 때문이었다.

"확실히 그 아비에 그 아들이군."

"……뭐?"

하지만 놀라운 건 황제의 태도였을 뿐. 그의 말 자체는 놀라운 것이 아니었다.

그는 냉소를 지으며 대답했다.

"둘 다 제국을 걸고 내게 거래를 하던데……. 고작 땅덩어리로 내가 혹할 것 같아?"

카릴은 황제를 향해 말했다.

"제국은 어차피 내 것이다."

성스러운 땅. 이곳에서 진정한 전쟁이 선포되었다.

# ▸Chapter 6◂

"뭐?! 감히……!!"

황제는 노성을 지르며 의자를 내려쳤다. 그러나 이미 체력이 다해 힘이 빠진 그의 모습에서 분노가 느껴지기보다는 볼품없어 보일 뿐이었다.

"무리하지 않는 게 좋을 겁니다. 그러다 독기가 더 올라 쓰러지면 누구 좋으라고 말이죠. 당신의 아들들은 지금도 당신이 죽기만을 바라지 않습니까."

"닥쳐라!!"

그때였다. 카릴의 발아래에서 빛이 흘러나오더니 방 안의 바닥 전체에 그려져 있는 거대한 결계진이 발동되었다.

촤르르륵……!!

바닥에서 수십 개의 황금빛의 밧줄이 솟아오르며 그의 몸을 포박했다.

콰앙-!!

그와 동시에 방문이 열리며 사제들이 들어왔다. 모두가 완장을 차고 있는 1급 전투 사제들이었다. 그들의 앞에 서 있는 한 남자를 바라보며 카릴은 반가운 동료를 만난 것처럼 웃었다.

전장의 광인(狂人). 유린 휴가르. 하지만 그 이명과 달리 카릴을 바라보고 있는 유린의 얼굴은 긴장으로 굳어 있었다.

"오랜만이로군. 제국의 녹을 먹고 있을 거라고 생각했는데 아직도 교단에 있다니 말이야. 황제 때문인가?"

"율라(Yula)의 축복이 있으리. 아그누스(Agnus)."

유린은 카릴의 말을 듣지 않고서 들고 있는 메이스를 가슴에 모으고는 축복을 걸었다. 은은한 우윳빛이 전신에 흐르더니 그의 뒤에 있는 전투 사제들 역시 오러를 뿜어냈다.

"축복 마법 하나로 되겠어? 기다려 줄 테니까 할 수 있는 한 만반의 준비를 하는 게 좋을 거야."

카릴은 낮은 목소리로 말했다.

"안 그럼 죽는다."

"……헛소리! 지금 발동된 것은 교단의 최상급 봉인진이다."

그 한마디에 긴장이 역력한 유린과 달리 그의 뒤에 있는 다른 사제들은 카릴의 말에 으르렁거리며 소리쳤다.

"일국의 왕이라 할지라도 성도에서 소란을 피운 죄는 쉬이 넘어갈 수 없다!"

"저자를 포박하라!!"

콰즉…… 콰즈즈즉……!!

그때 카릴이 힘을 주자 바닥에 새겨진 결계진이 서서히 금이 가기 시작했다.

콰아앙!!

굉음과 동시에 그의 양팔을 잡고 있던 포박이 산산조각이 나며 바닥에서 빛을 뿜어내던 결계진이 반으로 갈라졌다.

"마, 말도 안 돼……."

순식간에 사그라진 결계를 바라보며 교단의 사제들은 믿을 수 없다는 듯 카릴을 바라봤다.

저벅- 저벅-

카릴은 먼지를 털어 내듯 재가 되어버린 결계의 잔해를 걷어 내고 걸음을 옮겼다. 발자국을 뗄 때마다 전투 사제들이 긴장 가득한 표정으로 경계했지만 카릴은 그들에게 관심 없는 듯 지나쳤다.

"유린 휴가르."

카릴이 그의 어깨를 툭, 쳤다.

치이이이익……!!

그러자 유린의 어깨에서 연기가 피어올랐다.

"큭?!"

타는 듯한 고통과 함께 사제복에 시커멓게 구멍이 뚫렸다.

"설마 나와 싸울 생각은 아니겠지."

몸의 기억은 시간이 흘러도 선명하게 남아 있었다. 화룡의 거처에서 느꼈던 압도적인 전율이 다시금 떠오르자 유린은 어깨를 파르르 떨었다.

"제이크의 상태는?"

"……맥거번가의 다섯째는 안전합니다."

유린은 기어들어 가는 목소리로 대답했다.

"인질로서의 위험은 없다는 것이로군."

카릴의 물음에 유린은 고개를 끄덕였다. 황제는 그의 모습에 소리쳤다.

"자, 자네 지금 무슨 소릴 하는 게야!!"

카릴은 고개를 끄덕이고는 그를 지나쳐 타이란 슈테안을 바라봤다.

"황제여."

자신의 앞에 선 카릴이 황제를 내려다봤다.

"설마 숨겨놓은 패가 이게 끝은 아니겠지. 고작 전투 사제 몇 명과 인질로 날 상대하려 했다면 지금 당장 머리를 굴려야 할 거야."

"네놈……."

그때였다.

"카릴-!!"

콰아아아앙-!!

엄청난 굉음과 함께 처음으로 그의 몸이 휘청거렸다.

"도대체 이게 무슨 짓이냐!!"

천지를 울릴 것 같은 일갈과 함께 그 안에 있는 사람들이 그의 노성에 무기를 떨어뜨렸다.

크웰 맥거번. 확실히 대륙제일검이라 불릴 만큼 엄청난 위용이 아닐 수 없었다. 하지만 그런 그의 일격을 받아낸 카릴이 생채기 하나 없단는 것이 오히려 더 놀랄 일이었다.

"제이크 형님의 안위를 물어봤을 뿐입니다."

"그게…… 지금 할 소리더냐!! 지금 너는 폐하께 검을 드리운 것이다! 네가 이런 짓을 하고도 무사할 것이라 생각하느냐."

"무사하지 못하다면요?"

카릴은 차갑게 되물었다.

"아버지께서 원하시는 대로 집안일을 해결했습니다. 하나 태도를 확실히 해야겠지요. 지금 아버지는 제국의 크웰 맥거번 경입니까. 아니면 맥거번가의 가주이십니까."

크웰은 그의 그 물음이 마치 비수처럼 아프게 들렸다.

하지만 결정해야 한다. 제자들의 앞에서 카릴이 먼저 자신의 위치를 토로하였던 것처럼 크웰 자신도 언제까지 무르게 있을 수 없음을 잘 알았다.

"나는……."

크웰은 굳은 얼굴로 카릴을 향해 말했다.

"제국의 기사다."

스읏-!

그가 쥐고 있는 검이 마치 사라진 것처럼 빠르게 흔들렸다. 웬만한 기사들이라 할지라도 그의 속도를 쫓을 순 없을 것이다.

콰아아아앙-!!

카릴은 정확히 가슴을 노리는 크웰의 검을 막아냈다.

손목이 저릿저릿한 느낌.

'전생의 마지막 전성기 때보다 더 빠른 것 같은데.'

미래가 바뀐 만큼 카릴은 자신이 모르는 크웰의 행보 속에 뭔가 변화가 있었을 수도 있다.

'무슨 일이 있었던 거지.'

분명한 것은 그의 검은 더욱 무게감 있어졌고 한층 더 완성도가 높아져 있었다.

마치 전생에 나르 디 마우그가 안타까워했던 검술의 완성이 어쩌면 이번 생에는 가능할지 모르겠다는 생각이 들 정도였으니까.

"네게 검을 가르치기 위함이 아닌 다른 이유로 검을 뽑게 될 줄이야."

크웰은 자신의 애검(愛劍), 윤스턴을 카릴에게 겨누었다.

맥거번가의 가주에게 전승되는 그의 검은 은은한 옥빛의 검날 위로 화염의 마력이 더해지자 마치 청명한 에메랄드빛을 뿜어냈다. 블레이더의 5대 무구에 버금갈 정도로 명검이라 불리는 이 검은 대륙의 그 어떤 자보다 크웰이란 남자에게 가장 잘 어울렸다.

"후읍……."

호흡을 들이마시자 율스턴의 검날이 더더욱 강렬한 마력을 뿜어냈다.

'6클래스…….'

카릴은 크웰의 검에 응축되는 마력을 단번에 알 수 있었다. 마력의 양은 용마력을 가진 자신보다 부족하지만 마나 블레이더의 순도(純度)만큼은 결코 자신보다 밑이 아니었다.

"성취를 축하드립니다."

그는 크웰을 바라보며 말했다.

"황도에서 뵈었을 때보다 더 대단해지셨군요. 5클래스의 벽을 허무는 것이 결코 쉬운 일이 아니실 텐데……. 대단하십니다."

서로가 검을 겨누고 있는 상황임에도 불구하고 카릴은 크웰의 강함에 경탄했다. 자신은 이미 전생에 검의 경지에 도달하고 억겁과도 같은 시간을 파렐이란 탑 속에서 더더욱 검을 갈고 닦았다. 그뿐만 아니라 마도 시대의 대마법사인 알른 자비우스가 남긴 지식의 보고를 통해 마력을 쌓았다.

그럼에도 불구하고 마력의 벽을 뛰어넘는 것이 결코 쉬운 일이 아니었기에 카릴은 크웰이란 남자의 재능이야말로 정말 인간의 한계를 뛰어넘은 것이 아닐까 하는 생각이 들었다.

"우연한 기회에 기연을 얻었다. 아마 나 스스로였다면 도달하지 못했겠지. 하나 이 성취가 네 앞을 막는 데 쓰게 될 줄이야."

'……기연?'

크웰의 말에 카릴은 살짝 눈을 흘겼다.

-그냥. 가벼운 호기심이었다. 네 아비를 비롯해서 대륙 3강이라 불리는 자들 중 과연 누가 가장 강할까. 정세니 뭐니 하는 말로 그치들이 직접 붙을 리는 없고……. 내가 직접 그들을 찾았었지.

어째서일까. 그 순간 카릴은 전생에 나르 디 마우그와의 첫 만남 때 그가 했던 말이 스치듯 떠올랐다. 드래곤을 만났다는 놀라움보다 더 그를 경악하게 만든 것은, 과거 나르 디 마우그는 맥거번가를 방문했었다는 것을 들었을 때였다.

-그래서?

-솔직히 실망스러웠다. 현존하는 다섯 명의 소드 마스터 중에서 가장 정점에 있다는 자였는데 말이야.

신랄했다. 카릴은 그의 평가에 말했다.

-그 정도였나.

-나이가 아쉬웠지. 완벽해 보였지만 사실 그의 검은 완성되지 않았거든. 조금 더 젊었더라면 성취가 달라졌겠지만.

그와의 대화로 인해 용의 심장이 아인헤리에 봉인되어 있다는 것을 알게 되어 회귀 이후 용마력을 얻게 되었지만, 그 후 저택을 나서는 바람에 나르 디 마우그가 저택을 찾아오는 것을 보지는 못했다.

"……."

어차피 카릴이 저택에 머물렀던 전생에서도 그는 방 안에 틀어박혀 있었던 상태였으니 자신이 있든 없든 크웰과 백금룡과의 만남 속에서 별다른 일이 일어날 것이라고는 생각하지 않았기 때문이다.

'설마…….'

카릴은 고개를 저었다. 지금 머릿속에 든 가정이 진실이 되기 위해서는 무수한 가능성 중의 하나가 연결되어야 할 뿐이었다. 그렇기에 억측이라 생각했다.

하지만 지금까지 일어난 모든 일이 어느 누가 상상이나 할 수 있는 일이겠는가.

"기연에 대해서 여쭤본다 한들 알려주지 않으시겠죠."

카릴은 어깨를 으쓱했다. 느긋하게 검에 대해 논의나 할 수 있는 정겨운 상황은 아니었으니까.

그랜드 마스터의 경지에 오른 두 사람.

쿵……! 쿵!!

크웰이 걸음을 뗄 때마다 부서진 바닥이 마치 진흙마냥 움푹 파였다.

'엄청나구나…….'

'이미 소드 마스터의 경지를 뛰어넘으신 게 아닐까.'

그를 따라온 세 명의 제자들 역시 크웰이 전력을 다하는 모습을 본 적이 없었으니 그저 놀랄 따름이었다.

두근-

카릴은 경악하는 그들과 달리 크웰을 본 순간 확신했다.

같은 소드 마스터라 하더라도 그는 다르다.

고든 파비안이나 가네스 아벨란트를 만났을 때는 느껴보지 못한 심장의 떨림.

"대단하시군요."

카릴은 진심을 담아 말했다.

"일전에 남부의 여제에게 제가 했던 말이 있습니다."

"……?"

"소드 마스터의 자리가 다섯으로 굳어졌던 시간이 너무 오래되었다고 말이죠."

"그 구도는 깨어졌지. 네가 소드 마스터의 반열에 오르지 않았느냐."

"저뿐만이 아닙니다. 그녀도 이번에 소드 마스터의 반열에 올랐습니다."

남부와 카릴의 관계를 알고 있는 크웰은 그 말을 듣자 얼굴이 굳어졌다.

대륙에 다섯뿐이 없었던 소드 마스터였다. 한 명을 보유하는 것도 쉬운 일이 아니었는데, 카릴의 그 말은 그의 세력에 두 명의 소드 마스터가 있다는 것을 의미했으니까.

"또한 앞으로 더 많은 소드 마스터들이 탄생하겠지요."

카릴은 크웰의 뒤에 서 있는 세 사람을 향해 눈짓했다.

"그래야겠지."

크웰은 조금 전의 불안감을 떨쳐내려는 듯 말했다. 확실히 카릴의 말대로 자신이 고른 세 명은 곧 큰 전력이 될 것이었으니까. 그렇게 되면 제국은 가장 많은 소드 마스터를 보유하게 될 것이다.

물론, 수안 하자르부터 에이단 그리고 삼국의 그레이스 판 피넬까지 카릴의 아래에 소드 마스터가 될 자질을 가진 자들이 있다는 것을 크웰은 모르고 있겠지만 말이다.

"그런데 왜 지금 그런 말을 하는 게지?"

카릴은 그의 물음에 가볍게 웃었다.

"다섯이란 구도가 깨어졌다는 말은 강자의 서열도 변할 수 있다는 말이지 않습니까."

"……뭐?"

철컥-

그는 얼음 발톱을 뽑았다.

우우우웅……!!

검날이 파르르 떨림과 동시에 새하얀 냉기와 함께 그의 등 뒤에서 뜨거운 불꽃이 일었다.

꽈드드득-

카릴이 검의 손잡이를 움켜쥐자 마치 빨려 들어가듯 냉기와 열기가 검날에 집약되었다.

지직…… 지지지직……!!

폭염왕과 해일의 여왕의 힘이 비전력과 함께 섞이자 맹렬한 아케인 블레이드가 뿜어져 나왔다.

"너무 오래 계시지 않았습니까?"

크웰은 생전 처음 보는 검기에 긴장된 얼굴로 카릴을 바라봤다.

"최강좌(最强座)."

카릴은 낮은 목소리로 말했다.

"이제 내려놓으시죠."

"네가 내게 저택에서 했던 말이 떠오르는구나."

크웰은 카릴의 도발에도 불구하고 의외로 담담한 목소리로 말했다.

"뛰어넘고 싶다고 했지."

카릴은 아인헤리로 가기 위해 마법을 배우고 싶다 말했던 그 날 식탁에서의 일을 떠올리며 쓴웃음을 지었다.

그가 카릴을 인정했던 이유. 무례하게 보일 수 있었지만 카릴은 그때 크웰을 넘어서고 싶다 말했다. 형제들뿐만 아니라 검을 잡은 사람이라면 대륙 전역을 보더라도 크웰 맥거번이란 절대적인 벽은 뛰어넘을 수 없다 여겼다.

그런 거대한 산을 앞에 두고 고작 열두 살짜리 꼬마가 넘어서겠다 말한 것이다. 크웰은 그런 카릴의 기개를 마음에 들어 했었다. 역시나 다시 보더라도 크웰이란 남자는 전생과 현생 모두 한결같다는 생각이 들었다.

"그때 내가 했던 말을 기억하느냐."

"물론입니다."

카릴은 나지막한 목소리로 말했다.

"기사에게 마력이란 결국 검을 위함. 정말로 나를 뛰어넘기 원한다면……."

"답은 검이라는 것."

그의 대답에 크웰은 만족스러운 흐뭇하게 웃었다. 비록 그때는 아인헤리에 들어가기 위해 그의 올곧음을 이용했지만 카릴 역시 무인으로서의 마음가짐은 전생과 현생 모두 변치 않았다.

"자신있느냐."

"제 대답은 이미 그때 했습니다."

"클클……."

크웰은 낮게 웃었다.

"검에 대한 자신감만큼은 단연 칼리악의 아들답구나. 그리고 그 기개는 크웰의 아들에게도 어울린다."

마치 그의 성장을 기뻐하는 듯 말하는 크웰을 향해 카릴은 대답했다.

"제 이름을 카릴입니다. 누구의 아들이 아닌."

"비록 형이나 마르트가 너의 그 당당함을 배웠으면 좋겠구나."

크웰은 마치 나무라듯 말했다.

안채가 부서지며 일어난 소란에 사람들이 몰려와 있었다. 그중에는 낯익은 얼굴들도 있었다.

마르트와 란돌. 맥거번가(家)의 두 형제는 오랜만에 재회하는 아버지와 동생을 이런 식으로 만날 것이라고는 상상조차 하지 못했다.

'아버지께 검을 겨누다니……. 미쳐도 단단히 미쳤구나. 카릴. 정말로 제국을 적으로 돌릴 생각이냐.'

마르트는 입술을 깨물었다. 아무리 생각해도 가족과 조국을 모두 버린다는 것은 그로서는 말이 되지 않는 일이었다.

하지만 한편으로는 안하무인으로 보일 정도로 자신이 가고자 하는 길을 한 치의 망설임도 없이 내달리는 카릴의 모습이 부럽기도 했다.

가족과 조국. 분명 중요한 것이지만 한편으로는 족쇄가 되어 자신의 모자람에 대한 핑계가 될 뿐이기도 했다.

빠득-

특히 크웰의 마지막 말이 비수처럼 그의 가슴에 꽂히는 기분이었다.

'카릴……. 정말로 네가 왔다는 사실에 놀랍기도 하고 그 용기가 존경스럽지만…… 도대체 무슨 생각이지?'

란돌 역시 불안한 듯 그를 바라봤다.

'너는 분명 내게 네가 만들 미래에 우리 가문이 필요하다 했다. 그런데 아버지께 검을 겨눈다면 우리는 완벽한 적이 되어 버리고 만다!!'

꽈악-

그는 남부에서 돌아온 뒤로 한 시도 떨어뜨려 놓지 않았던 품 안에 있는 작은 두루마리 자신도 모르게 쥐었다.

'네가 먼저 내게 말했잖으냐. 네가 왕이 될 만한 그릇인지 내 눈으로 확인을 하라고. 하나…… 네가 아무리 그 어떤 정의를 가지고 있다 하더라도 아버지에게 위해를 가한다면 나는 언령서약서를 발동시킬 것이다.'

카릴과 붙어본 적이 있는 란돌은 그의 실력을 누구보다 잘 알고 있었다. 아니, 붙어봤기 때문에 오히려 알지 못할지 모른다. 아무리 노력해도 그의 끝은커녕 그 언저리를 파헤치지도 닿지도 못했으니까.

'아버지라면…….'

크웰의 실력이야 의심할 여지가 없는 일이지만 혹시 모를 위험에 카릴의 목숨을 쥐고 있는 것은 자신뿐이라는 사실에 그는 서약서를 놓지 않았다.

'마르트, 란돌……. 그리고.'

대륙 최강의 소드 마스터를 앞에 두고 카릴은 오히려 그 두 사람이 자리에 있다는 것을 확인하고서 마지막으로 누군가를 찾으려 고개를 돌렸다.

'올리번.'

크웰의 제자들에게 호위를 받고 있는 그를 한번 바라보고는 카릴은 생각했다.

'다들 모였군.'

자신이 만든 무대에 드디어 관객들이 채워졌다.

이제 계획을 실행할 때다.

콰아아아앙-!!

크웰의 검과 카릴의 얼음 발톱이 동시에 부딪혔다. 묵직한 충격에 찌릿한 통증이 카릴의 손목을 타고 전해졌다. 검날이 부딪힌 것이 아니라 거대한 바위가 통째로 내려친 것 같은 느낌이었다.

'묵직하다.'

'날카롭구나.'

단 일 합으로 서로의 검술에 대해서 파악한 듯 두 사람의 생각이 교차되었다. 카릴은 양손으로 잡고 있던 얼음 발톱에서 한 손을 풀며 크웰의 얼굴을 향해 손을 밀었다. 순간적으로 다가오는 그의 주먹에 크웰이 고개를 돌리며 피했다.

찰나의 틈. 그는 그것을 놓치지 않고 다시 양손으로 검을 잡으며 자세를 취했다.

2번째 외뿔 자세(Unicorn Posture).

뒤로 물러서는 크웰을 향해 팔을 뒤로 당기면서 찌르는 일점 공격의 자세로 카릴이 다시 거리를 좁혔다.

즈즈즈즉……!

번뜩이는 비전력의 전격이 사방으로 흩어지며 마치 거대한 마상 창을 연상케 하는 것처럼 비전력의 그물이 속도를 이기지 못한 채 검 끝에서 원뿔처럼 흩어졌다.

카강!!

하지만 노련한 크웰은 자세가 흐트러졌음에도 불구하고 카릴의 검을 튕겨냈다.

휘이이익……!! 부웅-!!

하지만 카릴이 먼저 크웰의 동작을 예측한 듯 찔러 오던 검날의 방향을 틀어 반대로 허리를 베었다.

4번째 여울 자세 (Riffle Posture).

검을 쥔 카릴의 속도가 폭발적으로 상승하며 검날이 반원을 그리며 베어졌다.

후아아앙-!

거목이 뿌리째 흔들리는 것 같은 소리가 들리며 검이 지나간 일대는 풍압만으로도 바닥이 뒤집어지며 잔해들이 나뒹굴었다. 기사라 할지라도 그 공격을 버틸 수 없었을 텐데 크웰은 오히려 허리를 뒤로 활처럼 휘며 머리 위로 검을 들어 카릴을 향해 내려찍었다.

"흐아압!!"

우렁한 그의 기합 소리와 함께 카릴의 검 폭풍을 베다 못해 부숴 버릴 것 같은 강대한 검기가 뿜어져 나왔다.

콰아아아아앙!!

파도의 물결이 갈라지는 것처럼 바닥에 내려찍음과 동시에 그의 검을 중심으로 양쪽으로 맹렬한 파동이 일어났다.

"큭?!"

주위에 있던 기사와 사제들은 황급히 고개를 돌리며 두 사람의 격돌의 여파에서 벗어나려 했다.

차자자자장……!! 카강……!!

요란하게 피어오른 먼지구름 사이에서 검이 부딪히는 소리가 멈추지 않았다. 몇 번의 검격이 오고 간 것인지 알 수 없을 정도로 빠른 속도.

캉!! 화아아악-!!

격돌의 쐐기를 두 검이 강하게 부딪히는 소리와 함께 그들을 가리고 있던 먼지가 흩어졌다.

이곳에 있는 사람들은 대부분 어느 정도 경지에 도달한 자들뿐이었지만 눈으로 보고도 믿기지 않는 그들의 검합에 넋을 놓고 지켜볼 뿐이었다.

"놀랍구나."

크웰은 카릴의 공세를 걷어내며 말했다.

카앙-

카릴 역시 한 발자국 뒤로 물러서며 크웰을 바라봤다. 표정은 아무렇지 않은 척했지만 실제로 그보다 더 놀란 건 카릴 본인이었다. 억겁의 시간 동안 검을 베며 완성한 검의 자세를 이토록 완벽하게 막아내는 사람이 있을 줄은 몰랐기 때문이다. 놀랍게도 바위 같은 묵직함 속에 믿을 수 없을 만큼의 가벼움이 숨어 있었다.

결국 끝은 하나로 통한다 했던가. 자신과는 전혀 다른 검술이었지만 묘하게도 닮은 구석이 있었다.

"하지만 이게 끝이 아니겠지. 나 크웰과 경합을 벌이면서도 모든 힘을 쓰지 않다니 말이야."

"그건 피차 마찬가지지 않습니까."

카릴은 자신의 공격을 오직 기본 검술만으로 파훼했다는 것을 알고 있었다. 물론, 그것만으로도 충분히 강하겠지만 전생에 크웰이 죽기 전 그의 검술을 전수받은 카릴이기에 그가 전력을 다했을 때 어떤지 누구보다 잘 알고 있었다.

꽈악-

카릴은 얼음 발톱을 쥐었다. 그의 힘에 에테랄이 고통스러운 듯 검 끝이 살짝 떨렸다.

자존심이 상하는 일이다. 비록 정령의 힘을 쓰지 않았다 하더라도 자신이 검의 끝에 도달한 자신이 창안한 검술을 막아냈으니 말이다.

'전생에도 그가 이렇게 강했었나?'

그의 기억 속에도 분명히 크웰 맥거번이란 존재는 강했다. 확실히 마력도 없던 상황이었으니 더욱 강하게 느껴졌을지도 모른다.

하지만 뭔가 다르다. 아무리 강하다 하더라도 자신이 기억하는 전생의 크웰과 달랐다.

아니면…….

'뭔가 내가 모르는 다른 게 있던 걸까.'

카릴은 자꾸만 크웰이 말했던 기연이라는 것이 신경 쓰였다.

"성년도 되지 않은 네가 이 정도의 경지에 오를 줄이야. 나로서도 상상할 수 없는 일이로구나. 과연…… 검귀(劍鬼)조차도 네 나이 때 너만큼의 실력이었을까 궁금할 정도야."

"……검귀?"

카릴이 크웰을 바라봤다.

"250년 전 대마도사인 카이에 에시르의 동료 중 한 명이다. 알려진 바는 딱히 없지만……. 맥거번가의 검술이 그의 기반으로부터 만들어졌지."

처음 듣는 이야기였다. 놀랍게도 자신이 찾고 있는 다른 한 명의 동료가 가문과 연결되어 있을 줄은 카릴도 생각지 못한 일이었다.

"가문의 선조라는 말입니까?"

흥미를 보이는 카릴의 모습에 크웰은 대답했다.

"그렇지 않다. 그는 대륙인이 아니었으니까. 그저 검의 자문을 구했던 것일 뿐으로 인연이 닿았던 것이지."

'대륙인이 아니다……?'

카릴은 그 말에 어쩌면 크웰이 이민족인 칼리악과 인연이 깊은 이유도 그 영향이 있는 것은 아닐까 하는 생각이 들었다. 분명 카이에 에시르의 남겨진 유산을 얻기 위해 그의 동료를 찾는 것은 중요한 일이었지만 지금 이 순간에는 불필요한 생각이었다.

"사설이 길었군."

그리고 크웰 역시 카릴과 같은 생각이었던 듯 검을 고쳐 쥐며 말했다.

"이제부터 전력을 다하겠다."

끝을 내자는 의미.

크웰은 낮게 숨을 토해내고는 율스턴을 카릴을 향해 겨누었다.

화르르륵……!

그의 검날에서 지금까지와는 다른 맹렬한 마나 블레이드가 뿜어져 나왔다.

"……!!"

카릴은 믿을 수 없다는 듯 크웰을 바라봤다. 마치 살아 있는 것처럼 일렁이는 검날의 화염 속에 가려서 보이지 않지만 그 속에서 분명하게 느껴지는 이질적인 마력이 있었기 때문이다.

"말도 안 돼."

아마 그 누구도 눈치채지 못할 것이다. 오직 자신만이 크웰의 마력을 느낄 수 있는 유일한 사람이라는 것에 확신했다. 왜냐면 그 마력은 자신과 같은 것이었기 때문이니까.

'……용마력?!'

카릴은 숨이 턱 막히는 기분이었다.

혼란스러웠다. 의문 가득한 눈으로 크웰을 바라봤지만 크웰은 문답무용으로 대신 검을 휘둘렀다.

콰강!! 카가가가강!!

수직으로 내려긋는 크웰의 검을 막는 순간 카릴의 몸이 전과 달리 크게 휘청거리며 뒤로 주르륵 밀려났다. 충격에 수십 미터를 뒤로 튕겨 나가고 난 뒤에 간신히 멈춘 그에게 일말의 여유도 주지 않고 크웰이 검을 찔렀다.

"큭!"

기본적인 마력 자체가 이미 6클래스에 도달한 크웰이었기에 비록 같은 용마력이라 할지라도 밀리아나와는 명백히 달랐다. 예고한 것처럼 그의 공격 하나하나는 실로 혼신의 힘을 담은 것 같이 무거웠다.

기연(奇緣).

'도대체…… 무슨 일이 있었던 거지.

카릴은 자신이 놓친 그의 기연 속에 어떤 사건이 숨겨져 있는지 모른다. 하지만 적어도 그 안에 명백한 존재 하나가 얽혀 있음을 확신할 수 있었다.

'나르 디 마우그……!!'

자신의 미래가 변했듯, 크웰 맥거번의 미래 역시 변해 있었다.

콰아아아앙-!!

두 사람의 검이 다시 격돌했다.

인간이 용마력을 가질 수 있는가?

불가능한 것은 아니다. 이미 인류 중에 용마력을 가진 존재를 카릴은 세 부류나 알고 있었으니까.

첫째, 7인의 원로회라 불리는 마법사들. 알른 자비우스는 자신들을 드래곤에게 마법을 전수받은 자들이라 말했다. 용마력을 기반으로 하여 그들은 비전술부터 백색기검, 초대 마법 등 많은 마법을 창조해 냈다.

둘째, 남부의 디곤 일족. 그들 역시 인간임에도 용마력을 가지고 있다. 또한 특이하게도 그들은 누군가에게 배운 것이 아닌 태생적으로 타고 난 힘이었다. 하지만 그들도 황금룡 토스카의 축복을 받은 종족이었기에 가능한 일이었다.

디곤의 선조가 그와 인간 사이에서 하프 드래곤이라는 얘기부터 여러 추측이 난무하지만 어쨌든 확실한 것은 그들이 인류 중에 유일하게 드래곤과 직접적인 연관을 가진 존재라는 것이다.

그리고 마지막으로 카릴. 그 역시 염룡 리세리아의 심장을 먹음으로써 용마력을 얻었다. 각기 다른 방법으로 용마력을 취했지만, 이들의 공통점은 결국 드래곤과 관련되지 않는 이상 용마력을 얻을 수 없다는 것이다.

크웰 맥거번. 전생에는 용마력을 얻지 못했던 그가 어째서 용마력을 얻을 수 있었던 것일까. 카릴의 기억 속에 그가 드래곤과 연관이 있었던 일은 그때 한 번뿐이었다.

'미래는 바뀌었다. 하지만 사건은 변하지 않는다. 나르 디 마우그가 아버지께 용마력을 가르친 것이 틀림없다.'

어째서?

카릴의 머릿속에 의문이 가득했다. 전생의 나르 디 마우그는 가르치지 않았던 용마력을 이번 생의 크웰 맥거번은 배웠다. 도대체 두 세계에서 이런 결과의 차이를 만들어낸 특이점이 무엇일까.

콰아아아아아앙-!!

하지만 그런 의문에 해답을 찾기도 전에 카릴은 묵직한 공격에 튕겨 나갔다.

츠즈즈즈…….

크웰은 카릴의 모습에도 아랑곳하지 않고 다시 호흡을 뱉어내며 천천히 자세를 잡았다. 그 모습을 본 순간 카릴은 자신도 모르게 어깨가 가볍게 떨렸다. 천천히 검 끝을 위로 세우고 날을 옆으로 돌려 얼굴을 손잡이 부분의 가드로 가렸다. 카릴은 새삼 저 검식이 이토록 무겁게 느껴지는 것인가 하는 생각이 들었다.

맥거번 가 전승 검술 3번째-뇌열인(雷熱刃).

천천히, 아주 느리게 거대한 바위처럼 느껴지는 검 끝이 살짝 흔들리자 율스턴을 쥔 크웰의 양팔의 근육이 터질 듯 부풀어 올랐다.

검이 움직였다. 인간의 한계를 초월한 듯한 폭발적인 속도는 중검술의 경계를 완전히 무너뜨리는 것 같았다.

"하압!!"

위에서 아래로 내려치는 검날. 단순해 보이지만 실로 그렇지 않았다. 노도 하는 제1격을 막기 위해 검을 드는 순간 크웰의 검이 카릴의 허리를 노릴 것이다.

"흡……!!"

뇌열인의 검식이 어떻게 자신을 노릴지 잘 알고 있는 카릴은 건틀렛을 들어 검을 막으며 얼음 발톱을 옆으로 세웠다.

그의 예상대로 이어지는 제2격. 크웰이 검을 내려침과 동시에 몸을 오른쪽으로 꺾으며 허리를 뒤틀었다. 율스턴이 마치 살아 있는 것처럼 급격하게 꺾이면서 허리를 노리는 검격이 이어졌다.

'여기까지가 허초.'

카릴은 맹렬한 충격에 비틀거리면서도 주의를 잃지 않았다. 크웰의 검이 아직 먹잇감을 찾는 듯 뒤로 물러선 그를 쫓아 왔기 때문이다. 상대방보다 한 발자국 더 앞으로 쫓으면서 그 간격을 좁혀 방어 자체를 불능하게 만드는 제3격이야말로 뇌열인의 진짜 공격이었다.

"카릴, 검을 놓거라!! 그렇지 않으면 팔이 잘릴 것이다!!"

크웰이 그를 향해 소리쳤다. 확실히 현존하는 수많은 검술 중에 맥거번가의 검술은 단연 으뜸이었다. 검의 극의에 도달했을 때 카릴조차 검술의 심오함에 대해서 감탄했을 정도였으니까.

'하지만.'

아쉽게도 크웰은 실책을 했다. 우습게도 그 실책은 바로 전생에 그에게 자신의 검술을 가르쳐 주었다는 것이다.

현생의 그로서는 억울하겠지만 카릴은 파렐 속에서 타락이라는 괴물들을 상대로 자신이 알고 있던 수많은 검술을 갈고닦았다. 당연한 일이지만 그 안에는 크웰의 검술도 있었다. 그 말은 그 검술의 파훼법 역시 알고 있다는 뜻이기도 했다. 그렇게 탄생한 것이 검의 다섯 자세 중 반격기.

1번째 왕관 자세(Crown Posture).

카릴의 얼음 발톱이 폭이 좁은 두 사람의 간극 사이에서 기묘하게 움직였다. 율스턴의 검날을 타고 얼음 발톱이 미끄러지듯 내려가자 사방으로 차가운 얼음 파편들이 튀었다.

치지지지지……!!

화 속성의 마력을 가진 크웰의 몸은 마나 블레이드를 뿜어낼 때마다 그 열기에 달궈지듯 뜨거워진 듯 부서진 얼음조각들이 그의 얼굴에 닿는 순간 요란한 소리와 함께 순식간에 녹아 증발하였다.

"흡!!"

카릴은 얼음 발톱을 밀며 크웰의 검을 튕겨냄과 동시에 그의 가슴 안쪽을 노리며 검을 그었다.

"……!!"

파앗-!!

크웰이 황급히 검을 피했다. 두꺼운 중갑옷을 입고 있는 그는 갑옷의 무게는 생각이 들지 않을 정도로 가벼운 몸놀림이었다.

파각! 쩌저적…….

완벽하게 피했다고 생각했는데 크웰의 갑옷이 날카롭게 잘려 나갔다.

"대단하구나. 뇌열인을 파훼하는 것도 모자라서 내게 반격까지 하다니 말이야. 이 일격은 고든 파비안조차 막을 수 없을 텐데."

카릴은 그의 말에 담담한 목소리로 말했다.

"교도 용병단의 단장에게 듣지 못하셨나 봅니다. 그가 예전에 이미 제게 깨졌다고 말이죠."

크웰은 그 말에 낮은 웃음을 터뜨렸다. 하지만 카릴 역시 놀라기는 마찬가지였다.

'내가 만약 파렐이란 특수한 상황을 겪지 못하고 단순히 전생의 수준에 머물렀다면, 검술에서 졌을지도 모른다.'

마력 없이 검과 기술만으로 소드 마스터를 눌렀던 그였음에도 불구하고 섬뜩한 기분이 들었다. 지금의 크웰은 마력뿐만 아니라 검술까지 전생에 비해 올라간 느낌이었다.

그것이 단순히 용마력의 유무에서 나오는 격차일까?

"그 마력……. 인간의 것이 아니군요."

카릴은 나지막하게 말했다.

"어떻게 알았느냐?"

그의 말에 크웰은 짐짓 놀란 얼굴로 되물었다.

"아시다시피 저는 폭염왕 라미느의 정령력을 가지고 있습니다. 그뿐만이 아니라 해일의 여왕인 에테랄의 힘도 제게 있습니다."

카릴은 말이 끝남과 동시에 얼음 발톱을 쥔 손에 힘을 주었다.

쩌적…… 쩌저저적……!!

그러자 검날이 새하얗게 얼어붙었다.

"소실된 정령계의 정령왕들을 찾아내다니……. 이건 황실 마법사들도 하지 못한 일인데……. 도대체 너란 아이는 언제나 내 예상을 뛰어넘는구나."

크웰은 카릴의 등 뒤에 나타난 라미느의 형상과 얼어붙은 검날을 바라보며 떨리는 목소리로 말했다.

"정령들이 말하고 있습니다. 마력 속에 이질적인 힘. 드래곤의 것이라고 말이죠."

카릴은 넌지시 물었다. 정령력 때문에 알게 되었다는 것은 거짓말이지만 크웰의 용마력을 확인하기 위해 필요한 일이었다. 다행히도 아직까지 용마력이 그리 크지 않아 카릴의 마력을 완전히 파악하지 못했다.

개미의 눈으로 본다면 눈앞에 있는 코끼리의 다리가 거대한 기둥이라 생각하게 되는 것처럼 카릴의 용마력이 너무나 강대했기에 카릴이 크웰이 마력을 단번에 알아차린 것과 달리 크웰은 알지 못했다. 만약 크웰의 마력이 조금만 더 높았더라면 카릴의 마력을 느끼고 그의 말이 거짓임을 알아차렸을 것이다.

'위험했어.'

정령왕의 힘을 보여주는 것은 카릴로서는 썩 좋은 상황은 아니었다. 특히 에테랄의 존재 여부를 말하느냐에 있어서는 짧은 순간이지만 많은 고민을 했다.

하지만 그녀의 등장을 알림으로써 주의를 돌릴 필요가 있었다. 그가 위험을 무릅쓰고 정령력을 펼친 이유는 사실상 자신의 용마력을 감추기 위함이기도 했으니까.

"어떻게 된 겁니까?"

"네가 저택을 나선 후 나는 한 남자를 만났다."

잠시 숨을 고르듯 크웰은 카릴에게 말했다.

'나르 디 마우그…….'

카릴은 단번에 그가 백금룡이라는 것을 직감했다.

"기묘한 검술을 가진 자였다. 그는 내게 대련을 신청했고 별다른 검격 없이 몇 번을 부딪치고 끝났지. 그 뒤로 소식을 들을 수 없었는데…… 크로멘 황자님의 장례 이후 그가 다시 나를 찾았었다."

'……나르 디 마우그가 또다시 저택을 찾았었다고?'

크웰의 말에 카릴의 얼굴이 살짝 굳어졌다.

전생에는 없었던 일.

"불행인지 다행인지 모르겠으나 3황자님의 장례로 인해 애도의 기간 때문에 당초 계획되었던 북부 원정이 취소되었다. 그 덕분에 나는 기연을 얻을 수 있었지."

"……."

"그는 내게 호흡법을 가르쳐 주었다. 가문의 검술에 부족함이 없다 믿어왔다. 한데 부족한 것은 검술이 아니라 나였더군. 그의 조언에 따라 수련을 하자 몸이 가벼워지고 몸 안의 마력이 새로이 쌓였다. 지금까지 느끼지 못했던 응축된 마력이지."

"그로 인해 6클래스의 반열에 오르신 겁니까. 소드 마스터라는 칭호로는 부족하겠군요. 실로 그랜드 마스터라 칭할 만하군요."

"그렇다."

우습게도 카릴은 크웰의 변한 미래가 자신 때문이라는 것을 알았다. 마치 강해지는 자신을 막으려는 것처럼.

신이 힘의 균형을 맞추기 위해 일부러 이런 일을 만든 것이라고 생각이 들 정도로 더 이상 적수가 없다 생각한 순간 대륙엔 자신을 상대할 강자가 나타났다. 그리고 하필 상대가 가장 상대하기 꺼려지는 양부(養父)인 크웰 맥거번이었다.

그런데…….

'뭔가 이상하다.'

카릴은 크웰의 말을 들었을 때 어쩐지 그가 자신의 마력이 용마력이라는 것을 모르는 것 같다는 생각이 들었다.

'단순히 변형된 마력으로 생각하는 건가?'

말이 안 되는 것은 아니다. 현존하는 인류 중에 용마력을 가진 자는 오직 디곤 일족뿐이었으니까. 제국인에서 이 마력을 가진 자는 아무도 없었다. 본 사람이 없으니 모르는 게 당연한 일.

그렇다면 문제는 그에게 마력을 준 남자일 것이다.

'굳이 알릴 필요가 없었다는 것인가. 아니면 일부러 알리지 않은 것인가.'

크웰의 설명으로는 아쉽게도 그가 나르 디 마우그인지 알 수 없었다. 하나 용의 심장도 없는 상황에서 고작 그 정도의 가르침으로 용마력을 깨우쳤다는 것에 새삼 크웰의 이해도에 놀라지 않을 수 없었다. 마력의 본질은 몰라도 마력의 운용 능력만큼은 어쩌면 7인의 원로회에 버금갈지도 모르는 일이었다.

"다루기 어려운 힘이나…… 그 위력은 지금까지와는 비할 바가 못 된다. 다만 네게 이 힘을 쓰는 것이 마음이 편치 않구나. 하나."

철컥-

크웰은 검을 고쳐 잡았다.

"무례에 대한 대가를 치러야 할 것이다."

그때, 크웰과 카릴이 격돌하려는 순간 날카로운 목소리가 들렸다.

"모두 멈춰라! 감히 신성한 성도인 헤임에서 감히 칼부림이라니!! 무엄하도다!! 그대들이 그러고도 율라를 섬기는 자들이라 할 수 있는가!!"

크웰은 주교의 모습을 보자 검을 천천히 아래로 떨구었다.

"소란은 여기까지겠군."

그의 말에 카릴은 어깨를 으쓱했다. 전투 사제들은 여전히 긴장된 표정이었지만 주교의 등장에 힘을 입은 듯 카릴을 향해 무기를 겨누었다.

"심지어 제국의 황제라 할지라도 율라께서 허락하지 않은 이상 검을 뽑지 못하거늘 일국의 왕이란 자가 이 어찌 이리도 무례한……!!"

콰아아아아앙-!!

그 순간 주교의 노성이 끝나기도 전에 헤임의 안쪽 건물에 폭발이 일었다. 모든 사람의 고개가 부서진 건물을 향해 꺾였다.

"찾았습니다."

어느새인가 이스라필이 허공에 띄어놓은 수십 개의 마경 속에 하나를 가리키며 소리쳤다.

콰아앙-!!

"흐, 흑마법……?! 단단히 미쳤구나……!! 감히 여기가 어디라고!! 저 타락한 놈을 당장 포박하라!"

주교는 이스라필의 머리 위에 떠 있는 우월한 눈의 마경을 바라보며 지팡이를 바닥에 내려치며 믿을 수 없다는 듯 말했다.

[흥.]

화르르르륵……!!

하지만 사제들이 움직이기 전에 그의 등 뒤에서 흐릿한 잔상이 검게 진해지며 노인의 모습이 드러났다. 그가 팔을 젓자 꺼지지 않는 푸른 불길이 이스라필과 사제들 사이에서 솟구쳤다.

"으아아악……!!"

알른 자비우스는 악취가 나기라도 한다는 듯 코를 잡고는 당장에라도 이곳에서 나가고 싶은 표정을 지었다.

"이, 이익……!"

몇몇 사제들이 로브에 옮겨붙은 알른의 화염을 끄려고 안간힘을 썼지만 영체의 힘이 담긴 영혼의 불꽃은 사그라지기는커녕 오히려 더욱 그들을 집어삼키려는 듯 몸을 부풀렸다.

[클클클클…….]

바닥에 나뒹구는 그들을 보며 알른은 낮게 웃었다.

콰아앙……!!

그와 동시에 뒤편에 있는 건물에서 다시 한번 폭발이 일어났다. 무너지는 잔해 속에서 또 다른 검은 잔영이 빠르게 움직였다.

[네가 찾는 자가 이 녀석이냐.]

매끈한 얼굴과 달리 죽은 사람처럼 쇠를 긁는 듯한 목소리가 들리자 모두가 깜짝 놀라며 이번에는 그들의 시선이 인형에 꽂혔다.

"어딜……!!"

사제 한 명이 자르카의 옆을 노리며 메이스를 치켜들었다.

서걱-

하지만 그것도 잠시. 사제의 목이 그대로 잘려 나갔다. 인형의 손목에 감겨 있는 날카로운 실에 핏물이 뚝뚝 바닥으로 떨어졌다.

카릴은 그들을 바라보며 마치 자신이 기대했던 풍경이라는 듯 피식 웃었다.

"소란이 끝나다니요."

그러고는 자르카의 품 안에 기절해 있는 제이크를 바라보고는 고개를 돌려 크웰을 향해 나지막하게 말했다.

"이제 시작인데."

"……소란이라니. 카릴."

크웰이 떨리는 목소리로 그에게 물었다. 교단의 전투 사제들이 둘러싸고 있음에도 불구하고 카릴의 얼굴에는 여유가 보였다.

"너는 지금 대륙을 적으로 돌릴 생각이냐."

"소식이 늦으신 겁니까. 아니면 모른 척하시는 것입니까. 혹은……."

하지만 그의 말에 카릴은 피식 웃었다.

"아직도 제국이 대륙 최강이라 생각하십니까."

그 한마디에 크웰의 기세가 폭발하듯 솟구쳐 올랐다.

"무엄하다!!"

콰아아아아앙-!!

크웰의 율스턴의 검날에서 불타오르던 마나 블레이드의 안쪽에서 우윳빛 오라가 순식간에 커지더니 화염을 감쌌다.

'마력이 증가했다?'

카릴은 조금 전까지만 하더라도 미약했던 용마력이 지금은 비록 순간적이지만 오히려 크웰 본인의 마력을 뛰어넘었다는 것에 놀라지 않을 수 없었다.

'아직 내가 모르는 영역이 있는 건가.'

자신은 비록 용의 심장을 먹어 드래곤과 같은 거대한 마력을 얻었지만 단 한 번도 드래곤에게 직접 마력을 다루는 법을 배운 적은 없었다.

인간의 한계라 불리는 7클래스. 하지만 그것을 뛰어 넘어 드래곤의 영역이라 불리는 것이 8클래스. 카이에 에시르는 유언 속에 그 자신이 바로 그 영역에 도달했다 언급했다.

단순히 인간의 한계가 드래곤보다 마력혈 안에 담을 수 있는 마력의 총량이 작기 때문일까?

그렇게 치부할 수는 없었다. 카이에 에시르는 용마력이 없는 상태에서도 8클래스에 도달했으니까.

그렇다면 인간과 드래곤의 차이는 뭘까?

하나뿐이다. 구축된 마법 체계.

[그럴 리 없다.]

카릴의 생각을 읽은 듯 알른 자비우스가 오직 그에게만 전해지는 목소리로 말했다.

[너는 한 가지에 빠지면 나머지를 볼 줄 모르는구나. 네게

마법을 가르쳐 준 사람이 누군지 잊었느냐. 나, 알른 자비우스다.]

검은 연기가 서서히 형상을 갖추며 카릴의 앞에 나타났다.

하지만 그것은 현실 속의 모습이 아니라 그의 머릿속에 이미지라는 것을 카릴은 단번에 알았다.

[인간 중 선택받은 일곱이 드래곤에게 마법을 전수받았다. 그중에 하나인 내가 드래곤의 마법 체계를 모를 거라고 생각하나?]

'당신이야말로 잊은 것 아냐?'

카릴은 그의 말에 나지막하게 말했다.

'내게 그랬잖아.'

그는 알른을 바라봤다.

'백금룡을 믿느냐고 말이지.'

까드드드드득-

어느새 환각은 사라지고 혼신의 힘을 다한 크웰의 율스턴이 얼음 발톱에 막혀 힘겨루기하듯 쇠가 갈리는 소리를 내고 있었다.

'7인의 원로회는 드래곤의 유일한 인간 제자들이라 할 수 있지만 그런 그들조차 녀석에게 배신당했다. 처음부터 계획된 것인지 모르지만 버릴 자들에게 과연 모든 정수를 가르쳐 줬을까?'

[네 말은 나 역시 알지 못하는 것이 있다는 뜻이냐.]

'의심의 의심을. 그 끝을 놓지 말라는 말이지.'

[크…… 크큭. 감히 네가 나를 가르치려는 날이 오다니 말이

야. 7클래스에 도달해서 내가 전해준 지식의 보고나 모두 열고 나서 콧대를 세워라.]

'하지만 부정을 하지 않는 것 봐서는 내 의심도 완벽하게 틀린 것은 아니겠지.'

카릴은 어쩌면 조금 전 크웰의 변화가 자신의 용마력을 한 단계 더 올릴 방법일지도 모른다는 생각이 들었다.

[다음에 만나면 저자를 상대하는 것은 쉬운 일이 아닐지 모른다. 마력의 양은 네가 많을지 모르나 마력을 검에 녹여내는 기술적인 면에서는 그가 뛰어나니까.]

'7클래스가 되면 돼.'

그는 알른의 말에 간단명료하게 해답을 찾았다.

콰앙-!!

"이 힘은……."

카릴의 힘에 뒤로 밀린 크웰이 굳은 얼굴로 자신의 검날과 카릴을 번갈아 가며 바라봤다.

캉……!

유리가 깨지듯 조금 전 얼음 발톱과 부딪혔던 부분에서 율스턴의 검날의 이가 빠졌다.

얼음 발톱의 날 위로 검은 연기 같은 검기가 감싸듯 피어올랐다.

"이스라필, 빌려주었던 힘을 잠시 거두겠다. 지금의 너라면 가지고 있는 마력으로도 충분히 초대 마법을 운용할 수 있을 테니까.”

“여부가 있겠습니까.”

이스라필이 허리를 숙이자 카릴의 얼음 발톱을 감싸고 있던 검은 연기가 스며들며 날이 검게 변했다.

“흐음.”

카릴은 알른뿐만 아니라 두아트의 정령력까지 다시 자신의 몸 안으로 흡수되는 것을 느꼈다.

“저자를 잡아라!!”

주교는 그의 변화를 눈치채고는 사제들을 향해 소리쳤다. 전투 사제들이 일제히 성호를 그었다. 그러자 카릴의 발아래 다시 한번 교단의 성문이 펼쳐지며 조금 전보다 더 강한 황금빛과 함께 촉수와 같은 밧줄이 바닥에서 튀어 올랐다.

촤르르륵……!! 촤작……!

카릴은 자신의 몸을 조여 오는 밧줄을 바라봤다.

[더 싸울 생각인가? 못할 것은 없지만 그렇다면 너는 용마력을 써야 할 것이다.]

다시금 흡수된 두아트가 밧줄에 닿은 카릴의 피부가 마치 타들어 가듯 연기가 나는 것을 바라보며 말했다.

[정령에게 있어서 율라의 힘은 극상성이니까. 용마력을 숨기려고 한다면 이 이상의 소란은 좋지 않아.]

[인정하고 싶지 않지만……. 2대 광야가 모두 모이지 않는 이상 아직은 교단의 힘에 전면으로 싸우기는 어렵지.]

[율라와 같은 빛의 힘을 가진 라시스의 보호가 있지 않은 한 폭염이라 할지라도 불타버릴 테니까.]

에테랄과 두아트 그리고 라미느가 차례대로 주교가 들고 있는 성물을 바라보며 못마땅한 듯 말했다. 일시적으로 만들어진 것임에도 불구하고 조금 전 황제의 거처에 있던 방어진보다 더 강력한 힘이 느껴지는 것은 아마 그가 가진 성물 때문인 듯싶었다.

"흐음……."

다행이라면 그들의 말을 카릴만이 들을 수 있다는 것이었기에 카릴의 앞에 있는 사제들 역시 정령왕의 힘을 가늠할 수 없어 긴장하긴 마찬가지라는 것이었다.

"그렇군."

자신을 조여오는 황금빛 줄들이 전혀 고통스럽지 않은 듯 카릴은 고개를 끄덕였다.

"거래할 때가 온 건가."

표정 하나 변하지 않은 채로 오로지 올리번을 바라보며 말했다.

"우, 움직이지……!"

사제 한 명이 카릴을 향해 외쳤다.

서걱-

하지만 그 순간 그의 머리가 바닥에 떨어졌다.

'뭐, 뭐지……?!'

'저 상태에서 움직인다고?! 저자는 괴물인가. 아직도 끝을 보이지 않았다니.'

'말도 안 돼. 교단의 포박술을 이렇게…….'

그 광경을 본 순간 사람들은 경악할 수밖에 없었다. 카릴의 전신을 감싸고 있던 황금빛 줄들은 끊어지지 않았다. 봉인진은 여전히 그 효과를 내고 있었지만 카릴은 힘으로 결계째 움직인 것이다.

[무리를 하는군.]

카릴은 두아트의 말에 입꼬리를 올렸다. 확실히 그의 말대로 검을 휘두른 오른팔이 시뻘겋게 달아 올라있었다. 하지만 효과는 확실했다. 그는 아무렇지 않은 듯 고개를 끄덕이자 자르카는 정신을 잃은 제이크를 란돌의 앞에 내려놓았다.

"데려가. 약속은 지켰다."

란돌은 쓰러진 제이크를 안고서 묘한 표정으로 그를 바라봤다. 그리고.

푸드득- 푸드득-

요란한 지금의 분위기와 어울리지 않게 너무나도 작고 귀여운 새 한 마리가 부서진 건물의 창을 통해 날아들었다. 작은 새는 날갯짓하며 천천히 카릴의 손등에 내려앉았다.

모두가 별거 아니라고 생각하고 있던 차에 그 새를 본 이스라필이 눈을 동그랗게 떴다.

"검은 눈이 보내온 것이로군."

그는 헤임에 오기 전에 마차 안에서 보냈던 전서구라는 것을 바로 알아차렸다.

'검은 눈이라면…… 선혈동굴로 보낸 이민족들이지 않은가. 저게 왜 지금…… 아니, 지금 순간을 노리신 건가? 그 보고를 했을 때 이미 이런 사태를 예상하셨던 것 일지도.'

이스라필은 몇 수를 내다본 것인지 자신조차 엄두가 나지 않는 카릴의 계획에 혀를 내둘렀다. 세상의 모든 진리가 모여 있다 여겼던 안티홈 대도서관에서 수많은 문헌을 닥치는 대로 읽었던 그였지만 불멸회를 나선 순간 오히려 그의 시야는 수십, 수백 배 더 확장된 기분이었다.

책에서는 찾을 수 없는 현실. 그것을 실행하고 발현하는 카릴의 모습에서 내향적이도 수동적인 그가 조금씩 변화되고 있음을 스스로는 자각하지 못했다.

꿈틀-

그의 안면 근육이 씰룩거리며 움직였다. 우월한 눈을 유지하기 위한 마력 소모의 반작용이었다. 알른 자비우스가 카릴에게 다시금 흡수되며 제공받던 마력이 끊어지는 순간 그의 마력혈이 빠르게 순환했다.

"올리번."

카릴이 그를 바라봤다.

"아직 동이 트지 않았다."

그러고는 하늘을 가리키며 낮은 목소리로 말했다. 올리번은 그 말을 듣는 순간 자신도 모르게 눈을 크게 뜨며 입술을 깨물었다.

"거래는 네가 먼저다."

그러고는 나지막하게 물었다.

"황제의 목숨을 원하는가?"

"네놈……!!"

크웰이 그의 말이 끝나자마자 노성을 지르며 다시 한번 검을 휘둘렀다. 포박되어 있는 카릴은 움직일 수 없었다. 노도와 같은 크웰의 검이 그의 목을 향해 날아들었다.

이스라필이 황급히 마력을 끌어올렸고 케이 로스차일드가 인형의 끈을 잡아당겼다. 하지만 거리가 멀어 그의 마법과 자르카 호치의 속도라도 크웰의 검을 막을 수 없었다.

카아앙……!!

"……아버지!"

놀랍게도 그의 검을 막은 것은 마르트였다. 비록 상대는 바뀌었지만 부자간의 싸움은 계속되었다. 카릴은 자신을 감싼 마르트의 뒷모습을 바라보며 낮은 한숨을 내쉬었다.

"너……!! 지금 무엇을 하는 게냐!"

크웰은 맥거번가의 장남이 자신을 막을 것이라고는 상상도 하지 못했는지 황당한 표정을 지었다.

카드득……! 카득……!!

분노에 찬 크웰의 검을 마르트가 막는 것은 사실상 불가능했다. 마르트의 허리가 꺾이며 당장에라도 부러질듯 뒤로 밀렸다.

"마르트, 비록 작지만 한 발을 내디뎠군."

"……시끄러워."

"검을 휘두르진 못해도 일단 뽑아내긴 했으니까."

"네게 칭찬을 받고자 한 일이 아니다."

카릴은 악에 받친 듯 대답하는 그를 보며 피식 웃었다.

"두 사람 모두. 검을 거두시죠."

"닥치거라!!"

"저는 아직 답을 듣지 못했습니다. 검을 뽑는 것은 그 이후로도 충분합니다."

카릴이 마르트의 등에 손바닥을 올렸다. 뜨거운 기운이 느껴지며 마르트의 검에서 화염이 폭발하듯 솟구쳤다.

'이, 이건…….'

온몸 혈관 속에 있는 세포 하나하나가 카릴의 마력에 반응하듯 떨려왔다. 마르트는 자신의 마력혈이 뭔가 뜨거워지는 느낌을 받았다.

지금까지 단 한 번도 느끼지 못한 경험.

콰가가가가강-!!

놀랍게도 마르트가 크웰의 검을 튕겨내며 뒤로 물러났다.

"헉…… 헉……."

"그 감각. 잊지 말길. 검집에서 검을 뽑았으니 이제는 휘두르기 위해 강해져야 할 테니까."

마르트는 떨리는 눈동자로 카릴을 바라보다 뭔가를 말하려다 입을 다물었다.

"이건 우리 둘의 문제입니다."

카릴이 대답을 기다리듯 올리번을 바라봤다.

"폐하."

올리번은 천천히 입을 열었다.

"대륙과 백성을 위함입니다."

"……무, 무슨!!"

황제는 헝클어진 머리를 추스를 겨를도 없이 올리번을 향해 소리쳤다. 뱀과 같았던 그는 올리번이 말을 꺼낸 순간 한 발짝 뒤로 물러난 교단의 사제들을 바라보며 더 이상 자신의 주위에 그를 도울 자는 없음을 알았다.

'그런가……. 교단마저 이미…….'

황제는 기력이 쇠한 듯 어깨를 떨구었다. 올리번은 그 모습을 바라보며 비통한 듯 눈을 감으며 나직하게 말했다.

"죽여다오."

카릴은 올리번의 말에 그럴 줄 알았다는 듯 비소를 지었다.

"자, 잠…… 까…… ㄴ……!!"

촤아아아악-!!

한 치의 망설임도 없이 카릴은 타이란 슈테안의 목을 베었다. 제국 황제의 마지막치고는 너무나 허망한 결말이 아닐 수 없었다. 하지만 그 역시 거대한 역사 속에 고작 한 명의 인간

일 뿐. 이곳에 있는 모든 사람은 이미, 이제는 그 역사의 주인공이 올리번과 카릴, 두 사람이라는 것을 알았다.

"네가 바라는 것은 무엇이지? 돈인가? 아니면 자유? 뭐든 얘기하게. 원한다면 타투르를 제국의 이름으로 비호하고 인정할 테니."

올리번은 눈물을 훔치며 황제의 시체를 바라보고는 카릴에게 물었다.

"개소리 집어치워."

하지만 그런 그의 말에 카릴은 코웃음을 쳤다.

"뻔하잖아."

황제의 목을 벤 검으로 그는 올리번를 가리켰다.

"네놈의 목이지."

"카릴……!!"

크웰은 부들부들 떨리는 손으로 그를 향해 외쳤다.

"그만."

하지만 그런 그를 막은 것은 올리번이었다.

"폐하의 주검을 잘 추슬러 주시기 바랍니다. 크웰 경. 오늘은 비통한 날입니다……. 전쟁을 생각하기에 앞서 제국은 애도의 기간을 가질 것입니다."

올리번은 침울한 목소리로 말했다. 그의 말투에는 묘한 울림이 있어 들끓는 마음이 진정되는 듯한 기분이었다.

[이상하군.]

알른 자비우스는 그런 올리번을 바라보며 카릴의 머릿속에 말했다.

'왜?'

[언령(言靈)을 쓰고 있다. 인간이 쓰는 말투 이외에 보이지 않는 억양이지. 이따금 태생적으로 내는 자들도 있긴 하지만……. 저 녀석이 그런지는 확인해 봐야 할 일이겠지.]

카릴은 그의 말에 살짝 눈을 흘겼다.

'언령이 뭔데? 내가 알지 못하는 효과라도 있는 건가?'

[그 자체로만 본다면 딱히 위협적인 것은 아니다. 마법과 주술의 사이쯤이라고 해야 할까…….]

알른 자비우스는 말을 이었다.

[즉각적인 반응이나 결과가 있는 것은 아니다. 특유의 억양에서 나오는 목소리의 파장으로 듣는 이의 마음을 편안하게 한다든지 혹은 호감이랄까? 자신에게 더 믿음이 가게 하는 수준 정도지.]

그의 말대로 큰 효과는 아니었다. 오히려 매혹 마법이라든지 환각술 같이 즉각적이고 강렬한 수단이 존재하니까.

[그것을 마법으로까지 승화시킨 존재가 드래곤이지. 그렇기에 그들의 말엔 힘이 담겨 있고 그 말을 용언(龍言)이라 부른다. 그리고 그것을 구축한 것이 용언 마법이지. 하지만 용의 마법이라 해도 인간의 마법과 체계가 다른 것은 아니야. 효과의 차이일 뿐이지.]

'확실해?'

카릴은 그 말 역시 백금룡이 한 말이라면 믿을 수 있냐는 의미였다. 알른은 살짝 입꼬리를 씰룩이며 대답했다.

[드래곤이 용언 마법을 구축했다면 인간의 마법 체계를 구축한 존재는 바로 나다. 네 녀석이 내 지식의 보고를 완전히 열게 된다면 적어도 마법의 체계에서만큼은 드래곤에게 지지 않는다.]

인간이 용을 이길 수 없는 이유는 종족이 가지는 마력의 절대량의 차이 때문. 하지만 카릴은 용의 심장 덕분에 진화의 한계를 뛰어넘기에 알른 자비우스는 아이러니하게도 그에게서 용살자로서의 가능성을 찾은 것이다.

[언령은 태생적으로 사람마다 가지고 있는 자도 있고 없는 자도 있으며 그 효과도 달라서 그것을 부르는 이름도 모두 다르다.]

'또 다른 이름?'

[그래. 마도 시대는 마법이 융성했기에 그만큼 교단의 힘도 강했다. 시대를 풍미했던 7인의 원로회만큼이나 강한 마법사를 꼽자면 교단의 사제들이겠지. 그들 역시 큰 맥락으로 보면 마법사들이거든.]

카릴은 고개를 천천히 끄덕였다.

[마력이 구축되지 않았던 먼 과거, 언령의 힘은 충분히 신격화될 수 있었지. 그렇기에 인류는 언령을 때론 신의 힘, 신력(神力)이라 부르기도 했다.]

카릴의 얼굴이 굳어졌다.

단순한 기우일까. 신이라는 단어를 듣자마자 카릴은 올리번의 얼굴을 자신도 모르게 바라봤다.

마력(魔力)과 신력(神力). 두 힘은 서로 공존할 수 없는 정반대의 힘 같아 보이지만 실제로 그 원류는 같았다.

오히려 용마력이 정령력에 기원을 두고 있다는 사실에서 신의 힘과 반대였으니 어쩌면 그들 역시 어쩌면 신살자(神殺者)의 운명을 타고났던 것이 아닐까 하는 생각이 들었다.

물론 드래곤이 신의 편에 서며 신령대전은 처참하게 패배하고 말았지만 말이다.

"……알겠습니다."

조금 전까지만 하더라도 솟구치던 크웰의 분노가 순식간에 누그러졌다. 그는 검을 검집에 집어넣고는 고갯짓을 했다.

그러자 그의 제자들과 사제들이 타이란 슈테안의 주검을 수습하기 시작했다. 황제의 죽음, 아니, 살해에 대해 누구 하나 토를 달지 않았다. 그 죽음이 황자에 의한 것임에도 불구하고 말이다.

"해야 할 일이 많습니다. 때로는 저를 원망하는 자들도 생겨날 겁니다. 하지만 대의를 위한 고통과 질타는 제가 받겠습니다. 그로 인해 황도와 제국 전역의 백성들이 평탄한 삶을 살 수 있다면 말이죠."

올리번의 말을 들을 때마다 어쩐지 심장 한편이 찌릿한 기분이었다. 하지만 그 통증과 함께 그의 비통함이 느껴지는 기분이었다. 마치 그의 마음과 동조되는 느낌.

'이게 언령의 힘인가…….'

전생에는 마력이 없어 느끼지 못했던 것일지도 모른다.

'아니, 저런 힘이 있다면 황궁에서 만났을 때 썼겠지. 그렇다면 힘의 사용 여부도 의지대로 할 수 있는 건가?'

[아마 그때 힘을 쓰지 않은 것은 네가 정령의 힘을 가지고 있다는 얘기를 들었기 때문일 거다.]

라미느의 말에 카릴은 고개를 끄덕였다. 신의 힘에 반할 수 있는 유일한 힘이 정령력이었으니 올리번으로서는 경계를 하지 않을 수 없었을 테니까.

[이제 적이라 여기기에 대놓고 그 힘을 보이는 것일지도 모르지.]

카릴은 라미느의 말에 천천히 정령력을 끌어 올렸다.

눈에는 눈. 도발에는 도발이었다.

두아트의 검은 힘이 카릴의 전신을 감싸자 마치 유리창이 깨어지듯 자신을 둘러싸는 언령의 힘을 부숴 버렸다.

"돌아가지."

카릴의 말에 이스라필과 케이가 고개를 끄덕였다.

"타투르의 왕이여."

돌아서는 그의 등을 향해 교단의 주교가 말했다.

"오늘의 일을 잊지 않겠소. 그대는 이제 교단에 척을 지게 되었다는 것을 명심하시오."

"헛소리하지 마."

카릴은 그런 주교를 바라보며 코웃음을 쳤다.

"녀석의 개 주제에. 놈을 돕기 위한 명분을 만들려고 머리 굴리는 소리가 여기까지 들리는군."

그는 두 손가락을 뻗어 올리번과 주교를 가리키며 말했다.

"애도의 기간? 말은 잘하는군. 그럼 너희가 먼저 오든지. 붙고 싶으면 누구든 상관없으니까."

"뭐…… 뭐라!!"

주교는 얼굴이 붉으락푸르락해지며 주먹을 부르르 떨었다.

하지만 거기까지. 크웰과의 일전을 지켜본 그가 카릴에게 덤빌 만큼의 용기는 없었다.

"흥."

그런 그를 향해 다시 한번 비소를 지으며 돌아섰다.

사제들이 어떻게 해야 할지 몰라 주교를 바라봤지만 그저 인상을 구기는 그의 모습에서 이 이상 할 수 있는 게 아무것도 없음을 알았다.

마르트 맥거번은 카릴의 뒷모습을 바라보며 조금 전 검을 쥐었던 자신의 손바닥을 바라봤다. 아버지의 검을 막았던 손은 아직도 떨리고 있었다.

긴장감일까 고양감일까. 그는 알 수 없는 묘한 눈빛으로 펼쳤던 손을 꽉악 쥐며 낮은 한숨을 내쉬었다.

“말씀하신 대로 난장도 이런 난장이 없군요. 교단의 성지에서 황제의 목을 베다니…….”

“뭐, 아들이 아비의 목을 베라고 직접 얘기를 했는데. 우리가 한 일은 놀랄 일도 아니지.”

카릴은 마치 헤임에 처음 도착한 것처럼 아무렇지 않은 표정으로 말했다. 하지만 저 멀리 창밖으로 피어오르는 검은 연기는 조금 전 일전의 증거였다.

“괜찮을까요? 이렇게 교단의 건물 안으로 들어와도…….”

“걱정하지 않아도 돼. 녀석은 우리를 이곳에서 죽이지 않을 거야. 이용가치가 있으니까요.”

“……이용가치?”

카릴은 그의 말에 입꼬리를 올렸다.

“올리번 녀석이 이제 할 일은 뻔해. 타이란 슈테안의 살해자로 나를 지목할 테고 교단은 놈에게 힘을 실어주겠지. 녀석은 아비의 복수라는 정당성에 비통함과 분노를 담아 백성들의 마음을 움직일 테고. 그러기 위해서는 혹여나 자신을 향할 의심을 피하기 위한 타깃이 필요할 테니 말이야.”

이스라필은 제국이란 초강대국에 교단이라는 힘이 더해질 것을 상상하자 생각만 해도 오금이 저리는 기분이었다.

"그런데 어째서 황자가 원하는 대로 하셨습니까? 차라리 그의 본모습을 황제께 보였으니 황제를 살려 황자를 실각시키는 쪽이 더 낫지 않았을까요?"

카릴은 그의 말에 고개를 저었다.

"이미 올리번과 교단이 한패인 이상 제국의 대부분의 귀족들 역시 황제를 따르기보다는 녀석에게 힘을 줄 수밖에 없을 거야. 굳이 놈을 견제할 수 있는 자라면 황후와 루온 황자겠지만…… 그들을 편으로 둘 바에는 차라리 올리번에게 힘을 실어주는 게 낫지."

"힘을…… 실어준다고요?"

"악역쯤이야 질리도록 해왔어. 조금 더 맞춰주는 거야 어렵지 않지. 녀석이 정의라는 대의를 두르고 싸우면 싸울수록……."

펑-

카릴이 주먹을 쥐었다가 펼치자 그의 손가락을 따라 작은 불꽃이 떨리듯 피어오르다 사라졌다.

"놈의 가면을 부숴 버렸을 때의 파장은 커질 테니까."

"제국의 모든 사람을 상대로 악역이라……. 질타와 원성은 상상도 하지 못할 정도일 겁니다."

"괜찮아. 내가 악역을 할지라도 너희는 날 따라올 거잖아. 전황을 더 넓고 크게 봐. 제국이 세계의 전부가 아니다. 고작 한 나라가 아니라 대륙으로 보란 말이지."

카릴은 옅은 미소를 지었다.

"이민족과 야만족, 불멸회와 공국까지. 과연 놈을 따르는 자가 많은지 나를 따르는 자가 많은지 말이야."

이스라필은 그의 말에 자신도 모르게 가슴이 두근거리는 느낌이 들었다.

"나는 공국의 전쟁을 종결시키면서 공국의 영웅으로서 그들을 내 아래 둘 수 있었다. 하지만 일인 체제인 제국과 달리 공국은 내전 때문에 가능한 일이었지. 제국의 기사들은 오직 한 가문에게만 충성하고 있으니까."

카릴은 말을 이었다.

"황자를 지금 이 자리에서 죽인다 한들 제국의 귀족들이 과연 나를 따를까? 황제의 죽음까지 내게 죄목을 씌워 오히려 더 큰 전쟁이 일어나겠지."

따라야 할 주군을 잃은 충신은 죽음도 불사할 것이다. 그렇게 되면 더 큰 피해를 볼 터.

카릴은 제국의 인재들이 자신을 따를 수밖에 없게 될 상황을 만들고자 했다. 믿었던 슈테안 가문에 대한 배신감은 제국인이라 할지라도 이민족인 자신의 존재에 대한 부정을 사라지게 만들 테니까.

"올리번이 황제를 죽인 것과 동시에 우든 클라우드와의 관계 거기에 크로멘의 죽음까지 터뜨리게 된다면……."

카릴은 날카롭게 웃었다.

결코 쉬운 일은 아니었다. 대륙의 가장 큰 세력인 제국을 최소한의 피해로 자신의 발아래 두는 것이.

하지만 결코 불가능한 일도 아니다.

"인류의 절반 이상이 나를 따른다면 과연 누가 정의일까. 뭐, 물론 머릿수로 이길 생각은 없지만 말이야."

"이제 어떻게 하실 생각이십니까?"

"전쟁을 준비해야지. 오래 있을 필요 없겠지. 돌아갈 준비를 하도록 해. 녀석이 교단을 자신의 편으로 삼은 것처럼 우리도 놈들이 생각하지 못할 세력을 곁에 둘 거야."

"그게 누구입니까?"

카릴의 말에 이스라필은 고개를 갸웃거렸다.

"유능한 지원군."

그런 그를 향해 카릴은 묘한 웃음을 지었다.

"하아, 하아……!! 제길!! 죽겠군!! 퉷……!!"

거친 숨소리가 들렸다.

뱉어낸 침에 핏덩어리가 얽혀 있었다.

"이번엔 진짜 위험했잖아. 정말로 죽을 뻔했다고."

까마득한 천장을 바라보며 한 남자는 지친 듯 핏물이 고여 있는 웅덩이도 개의치 않은 듯 주저앉으며 보이지 않는 어둠 속에서 외쳤다.

"믿을 수 없군……. 정말 20층을 돌파했다는 말인가."

"위계를 받지 않은 자들 중에 가장 높은 성취입니다. 교관들도 20층에서 버거워하는데."

"적어도 3위계의 실력이라는 것 아닙니까. 대륙으로 보낸 뒤에 무슨 일이 있었는지 모르지만……. 그의 실력이 몰라볼 정도로 늘었습니다."

"저 아이는 어렸을 때부터 소질이 있었으니까요. "

아래를 바라보는 눈들이 갈기갈기 찢긴 몬스터들의 시체를 바라보며 믿을 수 없다는 듯 말했다.

그들은 다름 아닌 암연의 원로들이었다.

"이제 어쩔 생각이십니까? 이 위로 더 올라간다면 정말로 주인님과……."

"말도 안 되는 소리! 동방국의 자존심이 걸린 문제입니다. 배신자를 벌하기는커녕 주인님을 영접하게 하다니요."

"하지만 규율이지 않습니까. 적아의 구분을 막론하고 오직 섬의 주인을 뵐 수 있는 자는 탑의 끝에 도달한 자뿐이라는."

"하지만 설마 이 정도까지 가능할 것이라 누가 여겼겠습니까……."

탄식과도 같은 대화가 이어졌다.

"걱정 말게."

하지만 그도 잠시 모두의 우려를 일축 시키는 목소리가 들렸다.

"어차피 이 위로 오르지 못할 것이니까. 놈은 그저 독 안의 든 쥐일 뿐이다. 쥐가 희망을 품어봐야 돌아오는 건 절망뿐이겠지."

그는 자신 있는 듯 말했다.

"후우……."

얼마의 시간이 흘렀을까. 몬스터의 시체 위에 기대어 쉬던 에이단 하밀이 천천히 눈을 떴다. 그러고는 시체들 사이에서 늑대를 닮은 거대한 녀석의 옆구리에 검을 찔러 넣었다.

아인 울프. 시체의 생김새는 일반 늑대와 별다른 차이가 없어 보이지만 얼굴에 눈알이 세 개 박혀 있었다.

"독성이 없는 놈은 이것뿐이로군."

에이단 하밀은 능숙하게 늑대의 고깃덩어리를 잘라 질겅질겅 씹어 먹었다. 생고기를 뜯어 먹는 모습이 의외로 어색해 보이지 않았다.

"이 위로 올라가야 사이몬 코덴을 만날 수 있다는 말인데……."

에이단 하밀은 자신의 문 앞에 굳게 닫혀 있는 철문을 바라보며 낮게 중얼거렸다. 청린은 아니지만 동방국에서만 나는 특수한 강철로 만들어진 이 문은 초후술을 배운 2위계의 강자들이 아닌 이상 부술 수 없었다.

'원래대로라면 여기까지 도달한 자들은 3위계로 인정받아 탑의 시련이 끝난다. 저 문은 열쇠가 없으면 열 수 없고.'

하지만 이건 암연의 수뇌부가 되기 위한 시험이 아니었으니 어딘가에서 자신을 지켜보고 있을 원로들이 호락호락하게 문을 열어 줄 리가 없었다.

"흐음……."

에이단 하밀은 앞을 가로막고 있는 문 앞에서 고민했다.

탁-

그러고는 결론을 내린 듯 고개를 끄덕이며 손바닥을 마주치고는 낮은 목소리로 말했다.

"부숴 버리자."

쾅……!! 콰강……!! 쾅!! 쾅!! 쾅!!

"후읍……. 푸하!!"

요란한 굉음이 어둠 속에서 울려 퍼졌다. 때로는 폭발이 일어나기도 했고 때로는 날카로운 검날이 쇠에 갈리는 소리가 나기도 했다.

"안 되네."

에이단 하밀은 몇 번 문에 부딪히고 나자 박살이 나버린 늑대의 이빨을 던져 버리고는 중얼거렸다.

"하긴, 내가 마스터도 아니고……. 저 문을 힘으로 부술 수 있을 리가 없지."

그는 빠르게 현실을 인정했다.

"이럴 줄 알았으면 망령의 숲에서 쓸 만한 검이라도 하나 얻어 오는 건데."

에이단 하밀은 안간힘을 써도 부서지지 않는 철문을 보며 질린다는 듯 말했다. 평상시에 쓰던 단검도 마지막 하나를 남겨 두고는 모두 문을 부수는 데 써버렸기 때문이다.

"뭐, 그래도 이걸 얻은 덕분에 여기까지 올라온 것은 맞지만……."

그의 몸에 둘르고 있는 사슬로 된 갑옷을 툭 하고 치면서 말했다.

산문갑(山文甲). 세 가지 방향으로 날카로운 가시가 돋아나 있는 사슬을 엮어 만든 갑옷만큼은 동방국의 3위계 이상의 고위 간부들이 쓰는 것에 비교해도 모자라지 않았다.

"20층에 도달하면 암연의 훈련병들을 가르치는 교관의 자격을 얻고 이 문을 여는 순간 3위계에 이름을 올려 주인을 만날 수 있다, 였지."

독사의 탑. 암연 소속이라면 누구나 한번은 들어볼 수밖에 없는 동방국의 상징적인 건축물. 간단명료하지만 확실히 자신의 힘을 증명하는 확실한 방법이었다.

'성장하긴 한 건가.'

에이단은 쓴웃음을 지었다. 비록 아직 문을 깨지는 못했지만 20층에 도달했다는 것만으로도 사실 놀라운 일이었다.

밀리아나, 수안 하자르, 미하일, 세리카 로렌…… 그리고 카릴 맥거번.

주변은 괴물들투성이였다. 워낙 대단한 자들만 있다 보니 아이러니하게도 에이단은 자신의 성장을 체감하지 못했던 것이다. 하지만 이미 대륙의 최정예들이라 할 수 있는 제국의 기사들과 견주어도 손색이 없을 암연의 교관들과 어깨를 나란히 할 수 있는 실력이 된 것이다.

"쯧."

하지만 그럼에도 불구하고 부족했다. 지금 자신을 보고 있을 암연의 원로들이 괄목할 정도의 성장이었음에도 불구하고 결국 자신의 곁에 있는 괴물들은 자신보다 강했으니까.

"날아드는 여든아홉 개의 바늘 수까지는 못 세더라도 여기서 막혀서는 주군을 볼 낯이 없지."

에이단은 이 탑이 두 번째였다.

물론 그 자신이 손님으로서 이 탑을 공략하게 될 것이라고는 생각해 보지 못했지만 말이다.

암연에서 훈련과정을 모두 마친 훈련병들은 명령을 수행하기에 앞서 마지막 시험을 치른다. 바로 이 탑의 10층까지 공략하는 것. 오직 10층에 도달한 자들만이 자격을 얻어 대륙 곳곳에 임무를 수행하도록 뽑힌다.

"여길 처음 왔을 때만 하더라도 주크와 같이했었는데……."

에이단은 감회가 새로운 듯 중얼거렸다.

암연의 암살자들은 동료이기 이전에 내려진 명령에 따라 움직여야 하기에 서로를 죽이기도 하고 적이 되기도 한다.

하지만 그 시절은 어렸다. 혹독한 훈련으로 평범한 삶과는 거리가 멀었지만 적어도 그 당시에 함께 동료들에 대한 정은 남아 있었다.

'결국 서로 갈라졌지만…….'

카릴을 따르기로 맹세한 이후 타투르에서 헤어진 뒤, 주크디 홀드를 본 적이 없었다.

짝-!

"감상에 젖어 있을 때가 아니지."

에이단은 정신을 차리라는 듯 자신의 뺨을 양손으로 가볍게 때렸다.

"포기해."

그때였다. 아무도 없을 것이라고 생각했던 탑 안에 다른 목소리가 들리자 에이단은 황급히 쥐고 있던 단검을 겨누며 자세를 잡았다.

그것도 잠시, 익숙한 얼굴에 그는 자신의 눈을 의심했다.

"주크?"

에이단은 반가운 얼굴로 그녀를 바라봤다.

"하하, 이게 꿈인지 생시인지……. 조금 전에 네 생각을 했었는데."

"알아. 그리고 바보 같은 혼잣말도 들었고."

신랄한 그녀의 말에 에이단은 입술을 씰룩였다.

"하여간 붙임성이라곤 없다니까. 어떻게 된 거야? 대륙에서 돌아온 거야? 아직 제국이 소란스러울 텐데."

"그 소란이야 너희가 벌인 일들 때문이잖아. 덕분에 이쪽은 곤란해하고 있다고."

에이단은 어깨를 으쓱했다.

"서로 바라는 일이 다르니까."

두득…… 두드드득.

주크의 얼굴과 몸이 기괴하게 꺾이더니 조금 전까지만 하더라도 에이단의 허리 정도밖에 오지 않았던 작은 키가 순식간에 커졌다.

신체변형술. 그녀의 특기이자 성인의 모습으로 돌아왔을 때 체술을 비롯해서 모든 능력치가 비약적으로 상승하는 암연의 비술이었다.

"……."

귀여워 보이던 꼬마는 사라지고 8등신의 늘씬한 미녀가 눈앞에 나타났지만 에이단은 놀라움보다는 사늘한 눈빛으로 그녀를 바라봤다.

"뭐 하는 짓이지?"

그의 물음에 대답 대신 주크는 허벅지에 달려 있는 두 자루의 단검을 뽑았다.

"한판 붙자고?"

여전히 그녀는 대답이 없었다.

“검을 내려. 안 그러면 후회한다.”

짱그랑-

주크는 그의 앞에 열쇠를 흔들었다. 고리에 걸려 있는 세 개의 열쇠가 서로 부딪치면서 소리를 냈다.

“이게 뭔지는 설명하지 않아도 되겠지.”

“…….”

“올라가고 싶다면 날 죽이면 돼. 그게 독사의 탑의 마지막 관문이니까. 문을 열면 주인께서 널 맞이한다 하셨다.”

“20층의 수문장으로 설마 너를 세울 줄이야. 원로들의 고약한 취미 같은 건가…….”

에이단은 낮은 한숨과 함께 혼잣말을 중얼거렸다.

파앗-!!

주크 디 홀드의 몸이 움직였다.

아니, 사라졌다고 해야 더 맞을 정도로 어둠 속으로 그녀가 질주하듯 에이단을 향해 뛰어올랐다. 섬광과도 같은 검날의 번뜩임만이 탑의 어둠 속에서 빛났다.

파카카카캉!!

불꽃이 튀었다.

두 자루의 단검을 교차하며 주크는 쉴 새 없이 에이단을 향해 검을 쏟아부었다.

캉!! 카아앙-!! 카카카카!!

숨을 내쉴 찰나의 여유도 없을 정도로 몰아치는 주크의 검술은 위에서 아래로 아래에서 대각선으로 뛰어오른 공중에서도 수십 번씩 방향을 틀며 급소를 노렸다.

"……."

하지만 놀랍게도 자신을 노리며 쇄도하는 공격을 에이단은 고작 하나의 단검으로 모두 튕겨내고 있었다.

카앙!!

무게를 실은 에이단의 일격.

핑그르르르…….

주크의 손이 충격으로 뒤로 젖혀지며 단검 한 자루가 떨어지며 바닥을 굴렀다.

탁-

팽이처럼 빙글빙글 미끄러지는 단검이 에이단의 발아래 밟히며 멈췄다. 에이단이 검을 줍자 주크는 살짝 눈을 찡그리고는 허리에 있는 단검을 다시 뽑았다.

검을 맞댄 순간부터 두 사람의 대화는 사라졌다. 주크는 검을 쥐자 그대로 다시 에이단을 향해 달리기 시작했다.

파앙!! 파아아앙!!

이번에는 네 자루의 검이 마치 춤을 추듯 서로 부딪히기 시작했다. 하지만 한 자루로도 그녀의 검격을 모두 막았던 에이단이었다.

싸우고 싶지 않은 동료. 에이단은 주크의 공격을 막으면서 생각했다.

'물러졌어.'

카릴과 있으면서 자신도 변한 것일까. 대상을 베는 것에 있어서 한 치의 망설임도 없이 훈련을 받은 암연의 암살자인 자신이 검을 긋지 못하고 있으니 말이다.

에이딘은 기회를 놓치지 않고 단검의 손잡이 부분으로 주크의 손목을 아래에서 위로 쳐올렸다.

"큭!!"

충격에 비틀거리는 주크의 팔을 잡아 그대로 비틀자 우드득- 하는 소리와 함께 그녀의 팔이 꺾였다.

에이단의 손아귀에서 벗어나려 바둥거리는 주크가 몸을 꺾어 원을 그리며 단검을 그었다.

팟……!

날카로운 단검이 에이단의 코끝을 살짝 스쳐 지나가자 핏방울이 떨어졌다. 거리가 멀어진 주크가 쥐고 있던 단검을 입에 물고는 빠진 어깨를 끼워 맞추려는 듯 꺾인 반대쪽 팔을 잡아 밀어 넣었다.

"완전히 부러뜨려야 했는데."

"너야말로. 조금 얕았군. 목을 노린 건데 말이야. 운이 좋은 줄 알아."

탈골된 팔을 맞추고서 주크는 팔을 이리저리 움직이며 에이단에게 말했다.

"운이라니. 실력인데."

그런 그녀에게 에이단은 능글맞게 웃으며 대답했다.

"계속할 거야?"

"당연한 소리를 하는군."

"안 해."

에이단은 귀찮다는 듯 고개를 저으면서 말했다. 그러자 주크의 얼굴이 구겨졌다.

"……안 한다고? 뭘?"

"너랑 싸우는 거."

"널 이겨서 얻는 열쇠 따윈 의미가 없다는 말이야."

주크는 이해가 가지 않는다는 눈빛으로 에이단을 바라봤다.

"무슨 말 같지도 않은 소리야!!"

콰아앙-!!

탄환처럼 튀어오르는 주크가 이번에야말로 죽이겠다는 일념으로 에이단의 목을 노렸다.

카득…… 카드드드득…….

하지만 에이단은 주크의 공격을 깔끔하게 막아내며 그녀의 복부에 주먹을 꽂았다.

"컥!"

숨이 막히는 소리와 함께 주크의 몸이 튕겨 나가며 일직선으로 날아갔다. 실력의 차이는 명백했다. 에이단은 그녀가 정신을 차릴 시간을 주지 않았다. 몸을 일으키려는 그녀의 등 뒤로 어느새 에이단이 나타나 그녀의 뒷덜미를 움켜잡으며 그대로 아래로 잡아당겼다.

콰직!

요란한 소리와 함께 주크의 두 다리가 위로 부웅 떠오르며 바닥에 등으로 떨어졌다.

"주군이라면 아마 이렇게 말씀하셨을걸."

"너……! 컥!"

주크의 말은 끝까지 이어지지 못했다. 바닥에 쓰러진 그녀가 뭐라 하기도 전에 에이단이 그녀의 가슴을 있는 힘껏 발로 짓눌렀다.

"장단을 맞춰주는 것은 여기까지."

"크으윽……."

주크는 도대체 에이단이 자신이 보지 못한 사이에 어떻게 이렇게까지 성장했는지 이해가 가지 않았다. 정작 본인은 강함에 목말라 있지만 말이다.

"주군께서 내게 명하길 이곳에서 내 존재를 관철시키라 하셨다. 나는 단순히 어린애처럼 내 성장을 보여주고 칭찬을 받고자 이곳에 온 것이 아냐."

에이단은 말했다.

"너희가 정한 규율을 지키는 건 여기까지야."

그는 주크의 품 안에 있는 열쇠를 꺼내었다.

꾸드득-

그러고는 망설임 없이 열쇠를 꺾어버렸다.

"타투르의 대표다. 이제부터 타투르의 방식대로 동방국을 대하겠다. 고분고분 너희가 말하는 대로 따라서는 면이 서지 않을 것 같거든."

입꼬리를 올리며 단단히 잠겨 있는 문을 바라보며 그는 나지막하게 중얼거렸다.

"나와 똑같은 시험을 받고 있을 녀석도 분명 그렇게 했을 테니까."

"에취!!"

북부의 찬바람이 몸서리칠 정도로 떨려오는 듯 남자는 로브를 감싸면서 눈앞에 있는 거대한 탑을 바라봤다.

[누구냐. 이름을 밝혀라.]

인간의 음성으로 들리지 않는 딱딱한 어투가 설원에 울렸다. 남자는 얼굴을 감싼 로브를 벗었다.

"미하일 로만."

[무슨 일로 상아탑을 찾아온 것이지?]

어리숙하게 보이는 얼굴과 달리 로브 안에 감춰진 눈빛만큼은 날카로워 보였다. 그는 사람 좋은 얼굴로 하늘 높이 솟아 있는 탑을 향해 말했다.

"여명회에 도전하러 왔습니다."

휘이이익…….

창문이 바람에 파르르 떨렸다.

밤이 되자 갑작스럽게 불어오기 시작하는 을씨년스러운 바람은 헤임에서 벌어진 죽은 황제의 원망처럼 보였다.

"말씀대로네요. 오셨습니다."

"응."

이스라필은 창밖을 확인하더니 고개를 돌리며 카릴에게 말했다. 그러자 소파에 앉아 있던 카릴이 천천히 눈을 떴다.

"다녀오지."

"그동안 떠날 채비를 끝내도록 하겠습니다. 헤임 밖에서 기다리고 있겠습니다."

"알겠어."

카릴은 자르카 호치가 들어 있는 관 위에 앉아 있는 케이 로스차일드를 바라봤다.

"할 말이라도?"

그녀는 소란이 끝나고 난 뒤에 뭔가 표정이 굳어져 있었다. 전생에도 그렇고 지금도 워낙에 말이 없기는 매한가지라 다른 사람들은 눈치채지 못하겠지만 카릴은 달랐다.

"자르카가 말을 전해달라고 했어."

"뭔데?"

"찾아보라 했던 사람은 없었다, 라고 하던데."

"흐음……. 그렇군."

말을 전한 케이는 그 뜻이 뭔지 모르겠다는 듯 어깨를 으쓱했지만 카릴은 고개를 끄덕였다.

'라엘은 이곳에 없는 건가.'

일전에 불멸회의 수장인 나인 다르혼이 말하길 그녀는 엘프와 네피림의 혼혈이라 했었다.

엘프는 인간과 다르게 과거 타누비엘이라는 왕가 아래 이루어진 단일 종족. 모든 엘프들에게 그 의지가 전해진다. 비록 혼종이라 할지라도.

그 힘은 역시나 마찬가지로 비록 죽은 사자이지만 엘프인 자르카에게도 이어지기에 카릴은 그에게 비밀리에 라엘을 찾아보라 했던 것이다.

태초의 빛은 둘.

'그중에 엘프가 따르는 빛은 율라가 아닌 2대 광야 중 하나인 라시스의 빛.'

인간은 그에게 다가가는 것만으로도 소멸할 터. 그 말은 라시스를 봉인하기 위해서는 그 힘을 다루기 위해서는 엘프의 힘이 필요하다는 말이었다.

'그게 교단이 라엘을 데리고 있는 이유겠지.'

라시스의 봉인으로 그녀를 쓰고 있는 것이 틀림없었다.

'라엘을 찾으면 라시스도 얻을 수 있다.'

그것이 카릴이 내린 결론이었다.

"언젠가 만나게 되겠지."

카릴은 비록 아직도 라엘의 실마리를 찾는 것은 어려운 일이지만 전생에 비한다면 조금씩 그녀에게 다가가고 있음을 느꼈다. 바뀐 미래만큼 그전에는 연결되지 않았던 실이 이번에는 단단하게 묶여 가고 있었으니까.

"곧 돌아오겠다."

카릴은 창밖에서 서 있는 한 남자를 바라보며 두 사람에게 말했다. 그는 라엘만큼 중요한 또 다른 변화된 미래를 결론지을 사람이었기 때문이다.

"무슨 생각으로 이런 짓을 했지?"

"란돌과 함께 올 거라고 생각했는데……. 혼자 왔다는 건 동생에게도 말할 수 없는 이야기를 하려는 거라고 봐도 될까."

카릴은 눈앞에 남자를 바라봤다.

마르트 맥거번. 가문의 장남이자 자신의 형인 그는 란돌의 이름이 언급되자 낯빛이 어두워졌다.

"단둘이 이야기하는 걸 좋아하나 봐. 다행이군. 이번에는 두 발로 걸어서 올 수 있는 곳이어서 말이야."

카릴은 타투르 때를 상기시키듯 말하자 마르트는 살짝 눈살을 찌푸렸다.

"한 가지 확실히 해두고 싶어 널 찾아왔다. 아버지께 검을 드리우다니……. 정말 맥거번가와 갈라설 생각이냐."

"그 검을 막은 게 또 누굴까."

"나는……!!"

마르트는 뭔가를 말하려다 다시 입술을 깨물었다.

"이제 올리번이 황제에 오르겠지. 크웰 맥거번은 새로운 황제를 위해 충실하게 싸울 것이고. 그 검이 타투르를 향하지 않을 거라고 봅니까?"

"……."

"언제가 되었든 결국 싸울 수밖에 없는 운명입니다. 믿음에 대한 부정을 요구할 수는 없지요. 크웰 맥거번은 올리번 슈테안에게 자신의 미래를 걸었으니까. 하지만 형님은? 마르트 맥거번도 올리번에게 미래를 걸었습니까?"

"대륙을 위함이다. 폐하의 죽음은……."

그의 대답에 카릴은 피식 웃었다.

"누가 뭐라 합니까? 크로멘을 독살한 것도 대의를 위한 것이라 한다면 그것조차 숭고한 행위가 될 텐데."

"……네 말대로다. 나는 저하를 믿는다."

"정말입니까?"

카릴의 되물음에 마르트의 눈동자가 살짝 흔들렸다.

"저하를 믿는 게 아니라 아버지를 따르는 것이 아니고? 아직도 아버지의 품 안이 좋습니까?"

"너……!!"

당장에라도 자신을 베어버릴 것처럼 노려보는 마르트를 향해 카릴이 품 안에서 무언가를 꺼내었다. 혹여 무기일지 몰라 화들짝 놀라는 마르트의 예상과 달리 손에 들려 있는 것은 작은 쪽지였다.

"이게 뭔지 기억하겠지?"

"그건……."

마르트는 손에 있는 쪽지가 조금 전 크웰과 카릴이 격돌했을 때 날아들었던 전서구의 다리에 있던 것임을 알았다.

일촉즉발의 상황임에도 불구하고 날아든 전서구를 확인하는 여유를 보이는 카릴을 그곳에 있던 사람 중 누구도 막지 못했다.

"마력의 발달과 더불어서 원시적이라고 천대받게 된 몇 가지 방법들 중 의외로 너희들이 자랑하는 마법의 허를 찌르는 것도 있지."

카릴은 품 안에 있던 쪽지를 다시 한번 확인하듯 펼쳤다.

"언제부터인가 적국에 대한 감시는 그저 마력장과 마경으로만 진행되었지. 첩자들 역시 통신 마법에 대한 주의만 기울일 뿐. 정작 날아다니는 새에 대해서는 무관심해졌거든."

마르트의 시선이 손에 들린 쪽지에 꽂혔다.

"이런 오래된 방식은 북부의 이민족과 남부의 야만족만이 쓰니까. 그들은 지금까지 한 번도 제국을 비롯해서 대륙인들에게 공격을 가한 적이 없었기에 그들의 방식이 위협될 거라 생각하지 않았을지도 모르지."

카릴은 쪽지를 가볍게 흔들었다.

"하지만 그 미천한 방법이 자신들을 감시할 수 있는 수단이 될거란 것 정도는 생각했어야지."

"……무슨 말을 하는 거지? 전서구의 쪽지에 뭐가 쓰여 있단 말이지?"

그 물음에 카릴은 대답했다.

"녀석이 우든 클라우드라면? 그래도 그저 아버지의 뒤꽁무니만 쫓을 텐가?"

마르트의 눈동자가 커졌다.

"음해(陰害)다!! 말도 안 되는 헛소리!!"

"아버지는 올리번을 믿고 있다. 신하로서 믿음에 대한 부정을 말하고 싶진 않다. 하지만 한 명쯤은 다른 시선으로 이 전쟁을 바라볼 필요가 있지. 그게 가문의 장남으로 태어난 자가 해야 할 일이다."

"나는……."

"그게 싫다면 내 말을 부정해라. 조금 전 외침처럼 음해라고 생각해. 상관없으니까."

"뭐?"

"모두가 그러하듯 너 역시 올리번을 믿으면 쉽게 해결될 일이야. 좋든 싫든 나와는 적이 될 수밖에 없는 상황이니까."

카릴의 말에 마르트는 입술을 깨물었다.

"왜……!! 왜 내게 이런 이야기를 하는 거지……?"

마르트는 억울하다는 듯 탄성을 토해냈다. 그의 머릿속엔 진실에 대한 의혹이 있지만 그것을 밝히기 위해서는 아버지인 크웰의 믿음을 부정해야 했으니까.

"잊어버려. 솔직히 말해서 이제 와 크로멘의 죽음의 진위를 밝혀봐야 무슨 의미가 있겠어. 아비인 황제를 죽이라 말한 녀석에게 말이야."

"하, 하지만……!!"

"그래, 하지만이지. 바로 그 하지만이라는 말을 하는 사람이 가문에 오직 당신…… 아니, 형뿐이기에 말하는 거다."

꿀꺽-

마르트는 자신도 모르게 마른침을 삼켰다.

"그렇게 하면 안 되는 거였어. 그놈은."

카릴에게서 뿜어져 나오는 살기에 마르트는 숨을 쉴 수 없을 정도였다.

"그것이."

전생에서부터 시작하여 억겁의 시간 동안 별러온 그의 분노는 고작 한 번의 삶을 살았을 뿐인 자가 이해할 수 있는 깊이가 아니었다.

"적어도 인간으로 태어났으면 당연히 지켜야 할 최소한의 도리니까."

마르트는 자신도 모르게 어깨를 파르르 떨었다. 그런 그를 바라보던 카릴은 옅은 한숨을 내쉬고는 저 멀리 숲 안쪽으로 고개를 돌렸다.

"란돌을 조금 더 믿도록 해. 힘이 되어줄 거야. 그는 제국인이기도 하지만 야만의 검을 배운 사람이기도 하니까."

숲 안쪽에서 그들의 대화를 엿듣고 있을 또 다른 사람에게 말하는 것이었다.

'……'

나무의 뒤에 숨어 있던 란돌은 자신의 존재를 알고 있는 카릴의 모습에 쓴웃음을 지었다.

"설마 너……."

"맞아. 나는 그에게도 시험을 주었거든."

마르트는 얼굴을 구기며 낮은 목소리로 중얼거렸다.

"너는 정말 악마 같은 놈이야……."

"맞아."

하지만 그 말에 카릴은 피식 웃으면서 대답했다.

"……뭐?"

마르트는 아무렇지 않게 대답하는 그를 놀란 눈으로 바라봤다.

"그리고 신을 죽이는 건 악마뿐이지."

카릴은 그 말을 끝으로 돌아섰다. 마르트는 그와의 대화의 마지막은 언제나 그렇듯 자신이 혼자 남겨져 그의 뒷모습을 보는 것으로 끝난다는 것을 상기했다.

단 한 번도 그를 두고 자신이 먼저 떠난 적이 없었다.

"잘 봐. 내가 놈의 껍데기를 벗겨줄 테니까. 하나부터 열까지. 낱낱이 말이야."

"크…… 크큭."

방 안에서 웃음소리가 들렸다. 황제의 죽음을 목도한 아들의 모습이라고는 생각하기 힘들었다.

"폐하께서 돌아가셨습니다."

"과했다. 그 자리에서 황제를 죽이라 한 것은 자칫 잘못하면 오해를 살 수 있었어."

"그러게 말입니다. 저도 모르게 평정심을 잃었습니다. 그 녀석을 보고 있자니 이상하게 심장이 떨립니다. 그렇기에 더욱 그의 정체가 궁금해집니다. 대륙제일검이라 불리는 크웰 경과 대등하게 싸우는 것도 모자라 그 대범함이란……."

올리번은 뒤를 돌아봤다.

"저도 모르게 그에게 흥미를 보이고 말았습니다만…… 그가 우리의 계획에 걸림돌이 되지는 않을지."

차분하게 말하는 그는 머리를 쓸어 넘겼다.

은발의 미남자가 로브를 벗으며 그를 바라보고 있었다. 그의 눈동자는 인간의 것이 아닌 것처럼 신묘한 빛깔이었다.

"하긴, 경에게 그런 물음은 바보 같은 것이겠습니다."

"……."

"국장을 치르는 동안 그것이 얼마나 진행되었는지 확인하도록 하겠습니다. 순조롭게 진행된다면 이번 전쟁에 '그것'을 쓸 수 있을지도 모르겠습니다. 그렇다면 아무리 날고 긴다는 소드 마스터라 할지라도 지금처럼 전쟁의 판도를 쥐락펴락하지 못할 겁니다."

"흐음."

"하나 다음에 그를 만난다면 경의 힘이 필요할지도 모르겠습니다. 그는 어디로 튈지 모르니까요."

그리고 갑자기 바람이 몰아치더니 올리번의 머리카락이 흔들렸다.

콰드드드득……!!

그 순간 닐 블랑이 손을 뻗었다.

"……갑자기 왜 그러십니까?"

이스라필은 헤임을 떠나기 전 카릴이 갑자기 나뭇가지를 꺾어 있는 힘껏 던지는 모습에 어리둥절한 얼굴로 되물었다.

"별거 아냐."

카릴은 손을 털며 말했다.

"그냥 작별 인사."

꽈드드느득…… 츠즈즉…… 츠즉…….

닐 블랑은 정확히 올리번의 미간을 노리고 날아든 나뭇가지를 잡아 던졌다.

퉁- 파스슥……!

연기를 내뿜으며 시커멓게 타버린 나뭇가지는 바닥에 떨어지자마자 재가 되어 바스라졌다.

올리번은 어안이 벙벙한 듯 가루가 돼버린 나뭇가지를 바라보며 자신도 모르게 마른 침을 삼켰다. 분명 닐 블랑이 잡았음에도 불구하고 그 안에 스며들어 있던 무형의 기운이 뺨을 스치고 벽에 박혀 커다란 구멍을 만들어냈다.

툭…… 투둑…….

구멍이 뚫린 벽의 돌가루가 떨어지며 올리번의 어깨에 내려앉았다.

"설마…… 알아차린 걸까요?"

"그러진 않을 거다. 아무리 그라 하더라도 내가 이곳에 있다는 것은 모를 테니. 그 누구도 말이지."

닐 블랑은 고개를 저었다.

벼락같은 뜨거운 마력에 살이 뜯겨진 자신의 손바닥을 바라보며 그는 묘한 눈빛을 발산했다. 하지만 실로 놀라운 것은 나뭇가지를 마치 포탄처럼 던진 카릴의 실력이 아니라 그 공격을 아무렇지 않게 막아낸 그일 것이다.

실로 깊이를 알 수 없는 강함.

베일에 싸인 마지막 공작과의 만남은 지금 생각해도 우연이 아닌 운명 같은 일이었다.

'공작이 움직이려 하는군.'

올리번은 새삼 그를 바라보며 생각했다.

"……카릴 맥거번."

기다렸다는 듯 닐 블랑이 은발의 머리카락을 쓸어 넘기며 낮은 목소리로 카릴의 이름을 되뇌었다.

꽈악-

올리번은 그 모습에 주먹에 힘을 주었다.

'드디어……. 카릴, 네게 고마워해야겠어. 그에게 불씨를 붙였으니 말이야.'

그가 무슨 생각을 하는지는 알 수 없지만 적어도 그가 관심을 표했다는 것만큼은 알 수 있었으니까.

'제국의 4제후 모두가 내 아래 집결하게 되었다.'

두 사람은 이 짧은 이별의 유예기간이 그들에게 주어진 마지막 시간이라는 것을 직감했다.

그야말로 폭풍전야(暴風前夜)였다.

# ▶Chapter 7◀

두샬라는 고개를 가로저었다.

"정말……. 이제는 놀라게 할 일이 없어 찾아 만드시는 겁니까? 정말 헤임에서 일을 치르신 거예요?"

포나인 강에 있는 하구에는 몇몇 사람들이 모여 있었다. 규율대로라면 헤임을 벗어날 때도 눈을 가리고 사제들의 인도를 받아야 했지만 카릴의 앞을 막을 수 있는 자는 없었다.

"그런 것치고는 입꼬리가 올라가 있는 것 같은데. 은근 좋아하는 거 아냐?"

"뭐, 그렇긴 하지만요. 이렇게까지 황자뿐만 아니라 교단에까지 한 방 먹이실 줄은 몰랐죠."

"기대 이상이라는 뜻이지?"

"네. 아주 많이요."

카릴의 말에 두샬라는 피식 웃으면서 말했다.

"조이 요한셀이라는 녀석을 감시하도록 해. 이스라필을 통해서 확인했을 때 교단에 없는 걸 봐서는 아마 다른 일을 수행하고 있는 것 같으니까."

"알겠습니다."

두샬라는 그의 말에 고개를 끄덕였다.

'올리번 녀석이 우든 클라우드라는 것은 나중에 놈을 옭아맬 수단이라 교단에서 밝히지 못한 게 아쉽군. 선혈동굴에서 정체를 알 수 없던 나머지 한 명에 대하여 알아내야 했는데.'

카릴은 올리번이 동굴을 조사할 때 대동했던 두 사람 중에 정체를 알 수 없는 한 사람에 대해 떠올리다가 입맛을 다셨다.

'그게 누군지는 모르지만 내가 기억하는 역사에서 특별히 기억나는 자는 일단 없다.'

하지만 우든 클라우드가 그러하듯 그들은 역사의 뒷면에 존재하는 자들이며 올리번이 직접 대동했다는 것이 카릴에게는 신경이 쓰이는 문제였다.

"창 일가의 카일라 창이 공국에 도착했다는 전갈을 보내왔습니다."

"빠르군."

"수안이 배를 몰았으니까요."

두샬라는 어깨를 으쓱했고 나루터에 정박해 놓은 배 위에 있는 수안은 불만투성이의 얼굴로 낮은 한숨을 내쉬었다.

그 한숨의 의미를 알기에 카릴은 피식 웃었다.

'이제 선혈동굴로 보낼 때가 된 것 같긴 하네. 미하일과 에이단도 없는 상황에서 너무 전력을 빼는 것도 좋지 않지만 더 늦었다가는 발본트가 트라멜을 떠나게 될 거야. 만나게 하려면 별수 없으려나.'

전생에 있어 신탁 전쟁에 관여하지 않았던 권왕 발본트였기에 카릴은 그에 대한 소재를 아는 것은 딱 하나뿐이었다. 그가 선혈동굴 근처의 유적지인 트라멜에 머물고 있다는 것. 이후에 그의 행방은 묘연했기에 지금을 놓친다면 앞으로 기회가 없을지도 모르는 일이었다.

"주군……."

수안 하자르가 눈치를 챈 듯 뭔가를 말하려다 말고 입을 다물었다.

"배를 모는 것이 지겹지?"

"휴…… 말해서 뭐 하겠습니까."

덩치에 어울리지 않게 심술이 난 듯 말하는 그의 모습에서 카릴은 뒤에 있는 이스라필에게 손짓을 했다.

"수안, 이제부터 네게 임무를 주겠다. 이스라필과 함께 선혈동굴을 조사하러 가도록 해. 지금쯤이면 시기가 맞을 거야."

"시기요?"

"동굴에 가기 전에 트라멜이란 곳에 들리면 커다란 바위를 쪼개고 있는 노인이 한 명 있을 거야."

"바위를 쪼개는 노인이요……?"

수안은 이해할 수 없는 그의 말에 살짝 고개를 꺾었다. 동굴을 조사하는 것과 노인의 연관성을 알지 못했기 때문이다.

"그래, 너도 본 적이 있는 인물이지. 권왕 발본트."

"그분이 어째서 트라멜에 계신 거죠? 그리고 왜 거기서 바위를 쪼개고 계신데요?"

그의 말에 깜짝 놀란 듯 수안이 되물었다.

"그건 가서 네가 물어봐야지. 하지만 널 그곳에 보내는 이유만큼은 잘 알겠지."

쿵-

수안은 주먹을 맞부딪혔다.

"드디어……."

청귀(靑龜) 칼두안의 힘이 담겨 있는 건틀렛이 청명한 소리를 내면서 떨렸다.

"권왕의 정수를 모두 배워 오겠습니다."

"너는 운이 좋게도 정식 제자는 아니지만 권왕의 태세를 배웠지. 조언하자면 지금 권왕 이외에 그의 8태세를 익힌 사람은 너뿐이라는 것이다. 그리고 앞으로도."

"네?"

카릴은 묘한 말을 남기고 어깨를 툭툭 치면서 말했다.

"그의 눈에 들어봐. 그리고 그의 정수를 얻는 것 이외에도 가능하다면 그도 데려오면 좋고."

"귀, 권왕을 말입니까?"

수안은 아무렇지 않게 대범한 말을 잘도 하는 카릴의 모습에 헛웃음을 짓고 말았다.

"응."

카릴은 변해서 돌아올 이들의 귀환이 벌써부터 기대되는 듯 고개를 끄덕였다. 동방국의 사이몬 코덴에게 보낸 에이단에서부터 여명회로 간 미하일, 창왕(槍王) 더스틴 필립에게 교육받고 있을 세리카 로렌에다가 이제 권왕에게 맡겨질 수안 하자르까지. 대륙에서 각 분야에 최고라 할 수 있는 자들에게 자신의 부하들을 맡겼다.

전생에서는 하지 못했던 준비. 그때도 충분히 강자들이었지만 이제 그들은 자신의 기억보다 몇 배는 더 놀라운 성취를 얻을 것이다.

'제국과의 전쟁은 확실히 지금까지 겪은 그 어떤 전쟁보다 치열하겠지. 하지만 올리번과의 전쟁을 오래 끌어선 안 돼.'

그렇기 때문에 카릴은 지금까지 재능 있는 인재들을 마치 씨를 뿌리듯 여기저기 퍼뜨려 놓은 것이다.

수안 역시 마찬가지.

"이스라필, 너는 알겠지만 교단에서 우리가 벌인 일 덕분에 올리번은 황자로서는 황제의 죽음 때문에 발이 묶여 있어도 우든 클라우드로서는 더욱 발 빠르게 움직일 거야. 그리고 그 대부분의 행동들이 우리를 노리는 것이겠지."

"알겠습니다."

“조심하도록 해. 수안은 소드 마스터까지는 아니지만 충분히 제 몫을 할 거야. 하지만 발본트에게 시간을 할애한 만큼 너를 완벽하게 호위할 순 없을 터.”

“너무 걱정하지 않으셔도 됩니다. 제 몸은 제가 지킬 수 있습니다.”

이스라필의 실력이야 누구보다 카릴이 잘 알고 있었다. 신탁의 10인 중의 한 명이었던 그였으니까.

하지만 문제는 마음가짐이었다. 지금의 이스라필은 전생의 본인처럼 날카로움이 없었고 교단에서 카릴을 도왔지만 단 한 번도 사람을 죽여본 적이 없었으니 능력이 뛰어나다 하더라도 대인전에서 어떤 실수를 할지 모르는 일이었다.

“물론 그렇겠지만 혹시 모르니 사람을 몇 더 붙여 주겠어. 두샬라, 키누 무카리와 베이칸이 지금 어디에 있지?”

“키누 무카리는 밀리아나 님과 함께 일단 남부로 돌아갔습니만, 베이칸은 아직 삼국에 있습니다. 자유군과 함께 비올라 왕녀…… 아니, 공작을 돕고 있으니까요.”

두샬라의 말에 카릴이 얼굴을 살짝 찡그렸다.

“아직도 삼국이 정리되지 않았다는 말이야?”

“주군께서 헤임에 가셨을 때 카일라 창이 공국으로 가기 위해 타투르에 와서 마지막 보고를 올렸습니다. 이스탄의 방패라 불리는 마르제 경이 그녀의 산하에 들어오면서 트윈 아머를 흡수했습니다.”

"그런데? 그곳은 삼국에서도 가장 요충지이니 거길 가지게 된 시점에서 이미 승부는 빠르게 났을 텐데."

카릴은 그녀에게 군사를 빌려준 석 달째 트윈 아머를 흡수하겠다는 보고를 받았었다. 트윈 아머의 효용성이야 굳이 이루 말할 수 없으니 카릴은 그 계획을 용인했었다. 게다가 그녀는 원한다면 자유군을 모두 철수해도 좋다는 말까지 덧붙였다.

'그만큼 삼국의 판도가 기울었다는 뜻이었을 텐데. 어째서 아직도 베이칸의 발목을 붙잡고 있는 거지.'

베이칸은 뛰어난 전사였다. 전생에도 그러했지만 실로 대지 정령의 축복을 받았다고 생각될 만큼 뛰어난 자였기에 카릴은 그에게 자유군을 맡겼다.

'삼국에서 그에게 대항할 만한 기사는 기껏해야 트윈 아머의 노장들 정도일 텐데……. 게다가 소드 마스터의 두각을 나타내기 시작한 그레이스까지 있다.'

카릴은 이해가 가지 않아 두샬라를 바라봤다.

"밀릴 이유가 없는데?"

"아직 그에 대한 보고는 없었습니다. 삼국 쪽 정리는 비올라 공작에게 일임한 일이라서 가타부타 말을 하지는 않았습니다."

"흐음."

그는 두샬라의 말에 살짝 인상을 찡그리며 말했다.

"두샬라, 이게 얼마나 귀찮게 된 일인지 넌 알겠지?"

그녀는 살짝 어깨를 으쓱하며 고개를 끄덕였다.

"가까운 삼국에 있는 베이칸을 부르려고 했는데……. 할 수 없지만 키누에게 연락을 취해서 이스라필의 호위를 맡으라고 해. 선혈동굴에 현재 검은눈 일족이 상황을 주시하고 있을 테니 그들도 합류하라고 하고."

"알겠습니다."

"제국과의 전쟁에 대비해서 북부의 힘부터 정리하려고 했는데……. 뭐 때문에 이렇게 질질 끌고 있는지 아무래도 내가 직접 내려가 봐야겠다."

북부의 힘도 중요하지만 이스트리아 삼국을 분열된 상태로 둘 수는 없었다. 이민족들이야 절대로 제국에게 힘을 빌려주지 않겠지만 삼국은 달랐다. 혹여나 비올라의 승리가 아닌 다른 자가 그 자리를 차지한다면 그들이 누구의 편을 들지는 뻔했다.

카릴은 신탁 전쟁을 대비하여 제국과의 전쟁을 최대한 빨리 끝내야 했다. 그런 의미에서 시급한 것은 북부의 이민족이 아닌 알 수 없는 이유로 전쟁이 장기전으로 변한 삼국이었다.

'이왕 내려간 김에 동방국까지 정리를 해버리는 것도 나쁘지 않겠지. 에이단을 데려올 시간도 줄어들고 말이야.'

그는 생각을 정리한 듯 입꼬리를 씰룩거리고는 고개를 끄덕였다. 그는 남쪽을 바라보며 말했다.

"하여간 다들 내가 없으면 안 된다니까."

밤이지만 달빛이 밝았다.

저벅- 저벅- 저벅-

"혼자 움직이는 건 오랜만인가."

카릴은 이동마법진이 있는 작은 마법회의 건물에서 계단을 내려오며 낮은 목소리로 중얼거렸다. 이스트리아 삼국의 관문이라 할 수 있는 트윈 아머로 가는 초입에 있는 마법진이었다.

"흐음……."

두샬라의 보고를 받고 나서 그는 일단 트윈 아머의 노장들로부터 현재 상황에 대해 들어야겠다고 생각했다.

[카릴, 다수의 마력 기운이 느껴진다.]

혼자라고는 하지만 그의 정신 안에는 네 명의 이질적인 존재가 함께하고 있었으니 사실상 전생에서 느꼈던 고독감은 잊어버린 기분이었다. 그리고 마치 조금 전의 감상에 대해 대답하듯 알른의 목소리가 들렸다.

'응. 나도 느꼈어.'

카릴은 나무 뒤로 몸을 숨겼다.

"빨리! 서둘러!"

"오늘 중으로 성벽의 문을 열어야 한다."

낮지만 확실히 목소리가 들렸다. 고민할 필요도 없이 카릴은 소리가 나는 곳으로 달렸다.

"컥……!!"

그러고는 주먹을 내지르자 숨이 막히는 둔탁한 소리가 울렸다.

"누……!! 누구냐!!"

"그건 내가 묻고 싶은 건데."

갑자기 나타난 카릴이 선두에 있던 병사의 머리를 내려치며 말했다.

퍼억-!!

그대로 안면을 바닥에 처박으며 병사가 미동도 하지 않고 정신을 잃었다.

"저런 미친놈……!! 쏴!!"

궁수들이 활을 겨누었다.

'음?'

카릴은 그들이 들고 있는 활이 조금 낯설다는 느낌을 받았다. 단순한 활이 아닌 크로스 보우. 하지만 그것도 그냥 크로스 보우가 아니라 활시위에 마력이 느껴졌다. 한때 이스트리아 삼국에게 팔았던 마도구였다.

'쯧, 나중에 신탁 전쟁에 사용하기 위해서 준 것들이 이런 식으로 쓰이고 있다니.'

삼국을 구워삶기 위한 미끼였기는 했지만 중요한 자원이 이렇게 소모되고 있으니 카릴로서는 어이가 없을 따름이었다.

'베릴 남작, 그는 뭘 하고 있는 거야.'

마광산의 개발과 함께 초기에 삼국의 조율을 그에게 맡겼기에 카릴은 비밀리에 그에게 비올라를 도우라 명했었다. 솔직히 말해서 베릴 남작이 제공하는 속성석과 마도구만 없어도 애초에 약소국인 삼국의 전력은 별 볼 일 없는 수준으로 떨어질 것이었다.

슉! 슈슈슉!!

화살은 날카롭게 카릴을 향해 쏟아졌다. 하지만 며칠 전만 해도 대륙제일검과 검을 맞댔던 그에게 일개 병사들의 화살이야 하품이 나는 수준일 뿐이었다.

팅……! 티팅! 티팅!

카릴은 보지도 않은 채 손을 저으며 날아오는 화살들을 모두 잡아냈다.

"……!!"

"너희들. 어느 소속이냐."

"컥……!! 우웁……!!"

카릴은 성큼성큼 걸어와 가장 가까운 병사의 얼굴을 잡아 들었다.

"아, 그렇지."

대답을 하지 못하고 바둥거리는 병사를 보며 카릴은 움켜쥐고 있던 쓰러진 병사의 턱을 놓았다.

"으…… 으으으……."

하지만 이미 턱이 바스러진 듯 그는 눈물을 흘리며 뭐라 대답을 하려 입을 움직이다가 고통에 몸부림치는 듯 바닥을 엉금엉금 기었다.

"허윽…… 허으윽……."

그 모습에 나머지 병사들은 다리에 힘이 풀린 듯 주저앉고 말았다. 어떤 이들은 축축하게 바지가 젖었지만 그것조차 느끼지 못하는 듯 덜덜 떨었다.

카릴은 병사들을 힐끔 보고는 바닥에 쓰러진 병사의 정수리를 잡고 마력을 모았다. 그러자 옅은 빛이 병사의 머리를 감싸더니 부서진 턱이 말끔하게 나았다.

"묻는 말에 빨리 대답해. 안 그러면 이번엔 턱을 부수는 게 아니라 다시는 말을 못 하도록 반으로 잘라줄 테니까."

"사, 살려주십시오!!"

콰직-

카릴은 바닥에 떨어진 화살을 하나 잡아 병사의 손등에 찍었다.

"질문에 대답."

"아악!!"

"대답부터 하라니까."

카릴은 다시 화살 하나를 집어 병사의 반대쪽 손등에 박아 넣으려 했다. 그 모습을 보던 나머지 병사들은 턱을 고쳐준 이유가 일부러 비명을 지르게 만들려고 한 게 아닐까 싶은 생각이 들었다.

"마, 말하겠습니다! 뭐든지 다 말하겠습니다!"

병사는 얼굴을 땅에 박은 채로 바들바들 떨면서 말을 시작했다.

"저, 저희는 삼국 연합 소속입니다. 그중에 마일 가문의 장남인 헤서 마일 경의 마법 전투병입니다. 현재 트윈 아머를 수복하기 위해……."

카릴이 묻기도 전에 알고 있는 유용한 정보들 모두를 말이다.

"잠깐 삼국 연합? 그게 뭐지?"

"네, 네네……. 비올라 공작령을 치기 위한 이스트리아 삼국의 연합입니다."

"미치겠군……."

예상은 했지만 설마 자신의 딸인 비올라를 치기 위해 다른 두 왕국과 손을 잡을까 싶었던 카릴이었다.

'머저리 같은 왕이라니. 자기가 살려고 남에게 빌붙어서 딸을 쳐? 전생에 펜리아 왕국이 가장 먼저 사라진 게 당연한 일이야.'

카릴은 설마 비올라가 핏줄에 연연하여 펜리아 왕을 치지 못해 아직까지 전쟁을 끌고 있는 게 아닐까 하는 생각이 들었다.

'그렇게 된다면 그녀는 옥석이 아니라 그저 길바닥에 구르는 돌에 불과하겠지.'

카릴은 쯧- 하고 혀를 차면서 말했다.

"마법 전투병? 쓸데없이 거창한 이름을 붙인 것 치고는 제값도 못 하는 것 같은데. 지금 연합을 이끄는 놈이 누구지? 마일 가문인 건가?"

"그게……."

병사는 순간 머뭇거렸다. 하지만 카릴이 들고 있던 화살을 던져 버리고는 허리에 있는 얼음 발톱을 꺼내 들자 튀어나올 정도로 눈을 크게 뜨고는 소리쳤다.

"베, 베릴 경입니다!!"

"……뭐?"

그 순간 카릴은 자신의 귀를 의심했다.

"내가 지금 잘못 들은 거지?"

"아, 아닙니다!! 어느 안전이라고 제가 감히……!!"

병사는 당장에라도 자신의 목을 향해 떨어질 것 같은 얼음 발톱의 검날을 바라보며 덜덜 떨리는 목소리로 외쳤다.

"이 노인네가 노망이 들었나……."

카릴은 이마를 짚었다.

"하아, 이제야 전쟁이 길게 끌린 이유를 알겠군. 썩어도 준치라더니 나름 전쟁의 천재였다 이거지?"

그는 차갑게 입꼬리를 올렸다.

"썩은 건 뽑아내야지."

"보……! 보고드립니다!!"

동이 트는 이른 아침부터 트윈 아머의 병사가 황급히 뛰어오며 소리쳤다.

"무슨 소란이냐."

전술 지도를 펼쳐 머리를 쥐어짜 내고 있던 이스탄의 방패, 마르제는 가뜩이나 골머리를 썩이고 있는 상황에서 생각을 방해하는 병사의 등장에 짜증이 섞인 목소리로 말했다.

"현재 적 연합의 거점이 불타고 있습니다……!!"

"뭐?"

마르제는 병사의 보고에 황급히 창밖을 바라봤다.

그는 놀란 얼굴을 감출 수 없었다. 정말로 저 멀리 너머에서 검은 연기가 피어오르고 있었기 때문이었다.

"이, 이게 어찌 된 일이지……."

마르제는 다급히 병사에게 물었다.

"마법병대는?"

"그, 그게……. 현재로서는 확인 불가합니다."

"그게 무슨 소리야?"

그 소식은 쌍둥이 요새인 트윈 아머의 반대쪽인 아벤에게도 들렸다.

콰악-

그는 정찰병이 보낸 보고서를 주먹을 움켜쥐면서 낮은 목소리로 중얼거렸다.

"현재 마법병대가 차례차례 투항 중이라니……. 이 무슨 말도 안 되는 일인가!! 소리 소문도 없이 연합 거점이 파괴되었다고……?"

기가 막힐 노릇이었다. 전쟁이 진행 되고 있는 상황에서 이런식으로 어처구니없이 결말이 났던 적이 있던가?

오랜 세월 전장에서 살았던 아벤도 경험하지 못했던 일이었다. ……아니, 딱 한 번 있었다.

"설마."

그 순간 아벤의 머릿속에 한 사람이 떠올랐다.

웅성- 웅성-

여기저기 불에 탄 막사에서 미처 도망치지 못한 병사들은 한 사람을 바라보고 있었다. 하지만 그들의 시선은 갑자기 나타난 한 소년보다 그 밑에 깔려 있는 자신의 부대장에게 더 꽂혀 있었다.

"저게 말이 돼?"

"왕국의 최고 마도구를 하사받은 분이 일격도 버티지 못하다니……."

"도대체 누구야?"

트윈 아머를 치기 위해 거점을 마련한 삼국 연합의 병사들은 갑작스러운 습격에 대응하는 방식이 둘로 나뉘어졌다. 병력은 습격이 알려지자마자 부리나케 도망치는 절반과 나머지 절반으로 갈리었는데 놀랍게도 도망친 병사들이 오히려 마법병대 안에서 꽤나 베테랑들이라 불리는 경험 있는 병사들이었다.

반대로 말하자면 지금 남아 있는 대부분이 경험이 미숙한 신출내기들뿐이라는 것이었다. 처음에는 꽁무니 빠지게 도망치는 동료들을 보며 욕을 했지만 이제는 알고 있었다. 자신들을 공격한 자가 누구인지를.

"남아 있는 건 부대장뿐인가?"

카릴이 고개를 들어 물었다.

"그, 그렇습니다."

잔류병들은 그제야 마법병대의 단장마저 이미 거점을 버리고 도망쳤다는 것을 뒤늦게 알았다.

"그런데 지금 그거 나한테 겨눈 거야?"

"……네? 아, 아닙니다."

병사들의 선두에 서 있던 병사는 들고 있던 창을 황급히 하늘로 향했다. 1천의 병사들이 있음에도 불구하고 그들 중 그 누구도 카릴에게 덤빌 엄두를 내지 못했다.

"흠, 보아하니 대충 정리된 것 같은데……."

카릴은 주위의 막사를 훑으며 나지막한 목소리로 말했다.

"너희 단장도 너희를 버리고 도망친 마당에 이제 어떻게 할 생각이지? 이대로 트윈 아머에 투항한다고 좋은 꼴을 볼 수는 없을 텐데. 나를 돕는 건 어때?"

"그, 그게 무슨……."

"보잘것없는 이런 전투에 시간을 낭비할 생각은 없거든. 뒷공작을 하는 노인네를 처단하고 이 전쟁을 끝내기 위해 내 힘이 되라는 뜻이다."

하지만 병사들은 여전히 어안이 벙벙한 표정으로 그저 그를 바라볼 뿐이었다.

"여, 연합이 가만히 있지 않을 거요!"

서걱-

그 순간 카릴은 부대장의 목을 검으로 그었다.

"연합?"

바닥의 흙덩이가 패이듯 흙가루가 날렸고 소리를 지르던 그 표정 그대로 잘려 나간 머리가 바닥을 굴렀다.

"내가 여기 온 순간 연합은 끝났어."

그러고는 코웃음을 쳤다.

"이봐."

부대장이 죽어버렸으니 카릴은 가장 앞에 있는 자를 향해 검을 겨누며 말했다.

"흐익……! 네, 네?!"

"이 녀석 다음으로 여기서 가장 높은 놈을 데리고 와. 나는 이스트리아 삼국이 안정적으로 내 밑으로 들어오길 바라거든. 굳이 힘을 빼고 싶지 않으니까."

"아, 알겠습니다!!"

“내 눈에는 같잖아서 할 말이 없다만 어쨌든 너희가 연합이라고 불리는 녀석들에게 있어서 가장 큰 힘은 마법병대일 테니까. 너희를 빼앗으면 이 전쟁도 끝나겠지.”

카릴은 지금 무척이나 짜증이 나 있었다. 대륙 3강이라고 불리고는 있지만 제국과 공국에 비한다면 이스트리아 삼국은 전력은 사실상 큰 의미가 없을 정도의 영향력이었다.

하지만 그렇기 때문에 마도구를 비롯해서 마광산과 비올라의 세력까지 추후에 신탁 전쟁의 전력으로 삼기 위해 다른 두 나라보다 먼저 손을 써두었다.

그런데 기껏 전력을 올려뒀더니 이 작은 땅에서 서로 아웅다웅하며 이따위 낭비를 하고 있었으니 카릴로서는 어이가 없을 일이었다.

‘안 될 놈들은 안 된다더니……. 전생도 그렇고 삼국의 머저리들이 딱 그 꼴이로군. 좋은 환경을 만들어줘 봐야 뭐 해. 그걸 제대로 쓰질 못하는데.’

하지만 한 가지 의외인 것은 아무리 베릴 남작이 배신을 했다 쳐도 비올라와 그레이스 그리고 베이칸이 이끄는 자유군이 이렇게까지 시간이 끌리고 있으니 말이다.

‘뭐, 그 노인네의 꿍꿍이가 뭔지는 모르겠지만 일단 정리해 버리면 그만이겠지.’

카릴은 남아 있는 1천 명의 마법병대를 인질로 삼아 베릴 남작이 있는 곳으로 직접 찾아가겠다는 결론을 내렸다.

굳이 병력을 낭비할 필요도 없었다. 혼자면 충분했으니까.

"카…… 카릴 님!!"

그때 저 멀리서 들리는 목소리. 카릴은 허둥지둥 달려오는 두 노장의 모습을 바라보며 입꼬리를 올렸다.

"카, 카릴?!"

"설마……!"

그제야 병사들은 저마다 무릎을 꿇으면서 동료들을 따라 바로 도망치지 않은 것을 후회했다.

무지(無知)가 용기를 만들어낸 것, 도망친 자들은 알고 남은 자들은 모르는 것.

병사들은 경악에 찬 목소리로 외쳤다.

"트윈 아머의 전설……!!"

"하루."

"……네?!"

"베릴 남작이 있는 거점이 하루 안에 갈 수 없는 거리에 있습니까? 뭐, 그럼 일단 배신을 한 베릴, 그 노인네부터 잡고 그 다음에 나머지 세 나라를 정리하면……."

카릴은 수를 세듯 손가락을 몇 번 움직이는 척했지만 별 의미 없음을 알았다.

"그럼 이틀로 잡죠."

마르제와 아벤은 대수롭지 않게 말하는 카릴의 모습에 기가 막힐 노릇이었다.

처음 등장했을 때도 그렇지만 그의 입에서 나오는 말들은 언제나 상상을 뛰어넘는 것들뿐이었다.

"설마 했는데 역시나 저들을 소탕한 분이 카릴 님이셨군요. 마도구 때문에 골치가 아팠는데……."

"저희가 제공한 거니까요. 그리고 저들이 쓰는 마도구야 딱히 위협이 되지도 않습니다."

카릴은 창밖에 무릎 꿇고 있는 포로들을 가리키며 말했다.

그는 아무렇지 않게 말하지만 마도구의 위력은 생각보다 대단했다. 거대한 타워 실드가 아닌 이상 마법사들의 마법을 막기 어려운데 마법병대의 손목에 부착되어 있는 매직실드는 무게도 가벼워 경장병들도 손쉽게 착용할 수 있기에 단숨에 중장병의 효과를 낼 수 있었다.

그뿐만 아니라 속성석이 손잡이에 부착되어 있는 마도무구들은 마나 블레이드를 쓸 수 없는 저클래스의 보병들을 단숨에 기사급으로 만들어주기에 충분했다.

물론 소드 익스퍼트와 비교를 하자면 검술과 체력 등 모든 면에서 뒤떨어지기에 대인전에서는 미흡할 수 있지만 대규모의 전투에서는 마도구로 전력이 상승된 수천, 수만의 병력을 상대하는 것은 결코 쉬운 일은 아닐 것이다. 비올라와 자유군이 고전한 이유도 이 때문이었다.

그런 상황에서 카릴이 고작 하루 만에 전쟁을 끝내겠다고 하니 마르제와 아벤으로서는 할 말을 잃을 수밖에 없었다.

"그러게 말입니다. 제 실책입니다. 그건 그렇고 이째서 제게 미리 말하지 않았습니까? 그랬다면 불필요한 소모를 하지 않아도 되었을 텐데."

"면목이 없습니다. 왕녀님께서는 공국에서 카릴 님께서 일구신 업적을 들으시고 삼국의 일은 스스로 해내겠다고 하셨습니다. 이런 작은 일도 해내지 못한다면 카릴 님을 뵐 수 없다 하신……."

카릴은 마르제의 말에 피식 웃었다.

"타투르의 자유군도 돌려주지 않고 데리고 있으면서 무슨 같잖은 소리를. 스스로 해결하려면 자유군을 쓰지 않아야지."

"저희도 그렇게 말했습니다. 하나 베이칸은 카릴 님께서 삼국을 정리하라 내리신 명령을 제대로 완수하지 못한 상태에서 갈 수 없다 하여……."

아벤은 스스로 이야기하면서도 트윈 아머의 수문장이라 불리는 자신들이 합류했음에도 불구하고 아직 전쟁을 끝내지 못한 상황에 이런 말은 그저 핑계처럼 들리는 듯하여 말을 얼버무렸다.

"하여간 둘 다 쓸데없는 자존심은……."

카릴은 쯧- 하고 혀를 차고는 말을 이었다.

“현재 상황을 이야기해 주시죠. 삼국 연합이라는 같잖은 세력 중에 베릴이 있는 곳이 어딘지와 세 왕국 중 가장 세력이 큰 곳.”

마르제는 황급히 지도를 펼치며 말했다.

“베릴 남작은 이스탄 왕국의 수도에 있을 겁니다. 하지만 이스탄 왕국은 삼국 중에 가장 안쪽에 있기에 수도까지 가려면……. 나머지 두 왕국을 무너뜨려야 합니다.”

“앞에 두 왕국의 병력은?”

“일단……. 펜리아 왕국이 2만 트바넬이 1만입니다. 이스탄 왕국의 병력은 2만이지만 마법병대 때문에 전력으로 따진다면 두 왕국의 배는 됩니다. 그래서 연합을 이끌고 있기도 합니다만.”

“마법병대의 수가 얼마나 됩니까?”

“7천입니다.”

카릴은 기가 막혔다.

연합의 병력이 적은 것은 아니었다. 도합 5만의 전력이니까. 하지만 세 왕국의 전력을 합쳐도 고작 공국의 공작가 수준에 불과했다. 게다가 전쟁의 핵심이라 할 수 있는 마법병대의 수는 1만이 채 되지 않았다.

지금까지 너무 큰 전쟁만 겪어서 그럴지도 모르겠지만 카릴에게 삼국의 전쟁은 소꿉장난 같이 들릴 뿐이었다.

“그 정도 병력이라면 요새 안에 병사들은 기껏해야 2, 3천밖에 되지 않는다는 말이겠군."

카릴은 더 이상 들을 필요 없다는 고개를 끄덕였다.

"잘됐네. 베릴 그 인간을 잡으러 따로 찾으러 돌아다니지 않고 이스탄으로 바로 가면 되니 이틀도 안 걸릴 수 있을 것 같고."

"……에?"

그는 기지개를 켜며 말했다.

"이스트리아 삼국에서 가장 열기 어려운 트윈 아머의 문이 이미 열려 있는데 뭐가 문젭니까?"

우우우웅-

카릴이 품 안에서 작은 구슬 하나를 꺼내어 마력을 응축시키자 손바닥 위에 놓여 있는 구슬이 붉은빛을 띠기 시작했다. 놀랍게도 그것은 공국에서 루온의 앞에서 부서뜨렸던 통신구와 같은 모양이었다.

"앤섬, 내가 원하는 게 뭔지 알지?"

[네. 이미 이스라필 님께 소식을 들은 직후 처리를 해뒀습니다. 이제 곧 당도할 겁니다. 이스탄까지 가는 길은 저희들이 뚫어놓겠습니다.]

"좋아. 트바넬과 펜리아 쪽은 오늘 쓸어버린다. 길을 여는 데까지 얼마나 걸리겠어?"

[오늘이라 명하셨으니 오늘 안에 끝내겠습니다.]

"그래. 일 처리는 이렇게 해야지."

카릴은 만족스러운 듯 고개를 끄덕이며 말했다.

"이스탄은 건들지 마. 내가 직접 갈 거니까."

[여부가 있겠습니까.]

마르제와 아벤은 두 사람의 대화에 넋이 나간 표정으로 서로를 마주 봤다.

[크르르르르르……]

[크그그그……!!]

그 순간 트윈 아머의 상공을 빠른 속도로 지나가는 수십 마리의 드레이크들이 저 멀리 국경을 넘어 불을 뿜어대기 시작했다.

쿵-!! 쿠쿠쿵-!! 쿠쿠쿵-!!

동시에 비룡 부대의 드레이크가 발로 움켜쥐고 있던 소형 골렘들을 흩뿌리듯 떨어뜨리기 시작했다. 낙하한 골렘부대가 각 요새의 성문을 부수기 시작했다.

"말 한 필만 빌리지."

카릴은 저 멀리 검은 연기가 피어오르는 것을 보며 안장 위에 올라 고삐를 잡아당겼다.

히이이이잉!!

말은 앞다리를 위로 치켜들었다가 내려오더니 천천히 걸어가기 시작했다.

다그닥- 다그닥-

퍼엉……!! 펑!! 콰가가가가강……!!

마치 행진을 하는 것처럼 경쾌한 말발굽 소리와 함께 그의 양옆으로 수많은 폭음과 폭발이 일어났다.

"흐음."

카릴은 마치 구경을 하듯 조금씩 속도를 올리며 말을 몰았다. 비룡 부대와 골렘 부대는 그가 달리는 길에 그 어떤 장해물도 없도록 속도에 맞춰 부수기 시작했다.

"아악!!"

콰아앙!! 콰가가가가강……!!

설령 그것이 요새의 성벽이나 적군이라 할지라도 모조리 말이다.

트바넬과 펜리아. 두 왕국이 함락되기까지는 정확히 하루가 걸렸다.

휘이이이이잉……!! 휘이잉……!!

카릴은 길을 지나는 동안 잡은 일곱 명의 요새 수비대장과 열아홉의 귀족들을 포박한 밧줄을 잡고서 볼품없는 성 앞에 섰다.

이스탄 왕국의 요새.

"컥!!"

"으아악……!!"

"커컥!"

그가 밧줄을 잡아당기자 스물여섯 명의 기사들이 일제히 넘어졌다. 카릴은 말에서 내려 그들을 밟고 앉으며 손가락을 까딱거렸다.

"나와."

비룡부대와 골렘부대의 위력은 실로 압도적이었다. 특히나 놀라운 것은 골렘들을 운송할 수 있는 비룡들의 다리에 장착되어 있는 장치였다.

위력은 뛰어나지만 공중을 날 수 없는 골렘들은 무게 역시 육중하여 적재적소에 배치가 힘들어 아무래도 기동성에서 떨어지는 면이 있었다.

'골렘의 갑주들도 경량화된 것 같고……. 게다가 저 연결 부품은 전생에는 없던 거야.'

카릴은 머리 위에서 원을 그리듯 날고 있는 비룡들을 바라보며 생각했다.

비룡이 골렘을 운송하게 되면서 기동성의 제약도 해결될 뿐만 아니라 전력 역시 배 이상으로 증가 되었다. 그뿐만 아니라 비룡들 역시 원래 가지고 있는 힘도 대단했지만 자세히 보면 처음 보는 무구들이 장착되어 있었다.

[크르르르르르…….]

[카악……! 칵!!]

날갯짓을 하는 비룡들의 몸통에도 알 수 없는 장치가 달려 있었고 입에 물린 재갈도 원래 사용되던 것과는 달랐다.

'노움국과의 합작인가?'

그도 그럴 것이 제국과 공국의 전쟁으로 인해 대부분의 비룡들이 소모되었고 이후 공국이 사라지고 난 뒤에는 공국의 영토가 타락과의 전쟁지로 사용하면서 마도공학에 대한 개발은 중지되었다고 할 수 있었다.

하지만 이번 생에의 공국은 기술력이 뛰어난 노움국으로 인해 무구들을 대폭 개량할 수 있었다. 그리고 골렘 생산지를 로스차일드 가문이 있는 서리고원으로 옮긴 덕분에 단순히 노움들의 도움받은 것이 아니라 로스차일드의 기술력까지 더해지니 전생과는 비교도 할 수 없을 정도로 뛰어난 골렘들이 만들어진 것이다.

그러나 이 모든 것은 그저 과정에 지나지 않았다.

마도 시대 미완의 걸작, 아스칼론(Ascalon).

카릴은 그 골렘의 완성이 조금씩 눈앞에 잡혀 오고 있음을 깨달았다.

'심장이라 할 수 있는 시동석을 개발하는 동안 아스칼론의 뼈대도 만들어야 할 테니……. 슬슬 상권을 찾아서 윈겔 하르트에게 보내야겠군.'

그는 아스칼론의 설계도를 받아 들고 좋아할 윈겔의 표정을 떠올렸다. 마도공학자로서 이보다 더 완벽한 환경은 없을 것이다. 노움과 로스차일드 가문의 도움도 도움이지만 무엇보다 현존 최고의 마도공학자인 윈겔 하르트가 살아 있기에 가능한 결과였으니까.

카릴은 손수 삼국으로 오길 잘했다는 생각이 들었다.

'이곳에 아스칼론 설계도의 상권이 있으니까. 원래대로라면 비올라에게 받으려고 했지만……. 뭐, 확실하고 좋지.'

당장에라도 쳐들어가 이스탄 왕국을 깔끔하게 정리해 버리고 싶은 마음이 굴뚝같았지만 카릴은 누군가를 기다리듯 전투를 시작하지 않았다.

"올 때가 된 것 같은데……."

고작 한 명에 불과했지만 왕국에 숨어 있는 적군은 출격할 엄두를 내지 못했다. 그도 그럴 것이 하늘에는 드레이크가 카릴의 등 뒤에는 열 대의 골렘이 위풍당당하게 서 있었기 때문이다.

카릴은 전장의 한복판임에도 불구하고 무릎을 꿇려 놓은 기사들을 마치 침대처럼 그 위에 올라 몸을 기대었다.

"주군!!"

그 순간 익숙한 목소리가 들렸다. 카릴이 고개를 돌리자 지평선에서부터 흙먼지를 일으키며 달려오는 한 무리가 보였다. 선두에 선 자는 멀리서도 확연히 눈에 들어오는 덩치였다. 연합의 전방에 주둔하고 있었던 타투르의 자유군이었다.

카릴은 반가운 듯 베이칸을 향해 얼음 발톱을 흔들었다.

그러고는 있는 힘껏 내려쳤다.

콰직-!!

말 위에 있던 베이칸이 황급히 도끼를 들어 막았지만 어마무시한 힘에 거구의 그가 그대로 바닥에 처박혔다.

"하, 하하……."

베이칸은 조금만 힘을 빼도 카릴의 검이 자신의 목을 두 동강 낼 것 같은 생각에 안간힘을 쓰며 막았다. 통나무같이 두꺼운 그의 팔뚝에서 힘줄이 도드라졌다.

"막아? 맞을 짓을 했으면 맞아야지."

뒤늦게 당도한 자유군의 병사들은 그 모습에 경악을 금치 못했다. 그들은 지금까지 남부에 있는 마굴들을 공략하며 베이칸의 실력을 잘 알고 있었다. 반면에 트윈 아머에서 루온과 싸울 때 이후 카릴은 자유군 대신에 대부분의 일을 병력을 소모하기보다는 그곳에서 해결했다. 그로 인해 자유군들은 그가 싸우는 모습을 오랫동안 보지 못했다.

트윈 아머에서 보여준 압도적인 힘은 여전히 뇌리에 남아 있었지만 이미 오래전의 일. 그들의 마음속에서 최고의 전사라면 단연 베이칸을 꼽았으며 한편에는 베이칸의 실력이 카릴에게 밀리지 않을 거라는 의견도 있었다.

하지만 그런 그가 단 일격에 바닥을 구르고 있는 모습을 본 순간 자유군의 머릿속에 모든 잣대들은 깡그리 사라졌다.

"대초원의 전사에게 변명을 들을 거라고는 생각지도 못했지만 이렇게까지 지연된 이유를 들어볼까?"

"그게……."

베이칸은 자신의 주군을 오랜만에 재회한 것에 대한 즐거움보다 난감함을 표하며 입을 열었다.

"생각지 못한 방해가……."

"방해?"

쿠그그그그그…….

두 사람의 머리 위로 검은 그림자가 드리워졌다.

"……."

취릭……! 취릭……!!

투욱-

묘한 소리와 함께 진득한 점액질이 카릴의 머리 위에 떨어졌다.

"주, 주군!!"

베이칸은 그 모습에 깜짝 놀랐지만 끈적한 액체는 카릴에게 닿지 않았다. 그의 머리 위에 어느새 시전된 보호 마법 위로 흐르는 점액이 바닥에 닿자 치이익……! 하는 연기와 함께 부글부글 끓으면서 타들어 갔다.

취릭……! 취릭……!!

카릴은 천천히 고개를 들었다.

에이단 하밀은 바닥에 떨어져 있는 부러뜨린 주크 디 홀드의 열쇠를 멍한 얼굴로 바라봤다.

"지금 뭐라고 했어? 내가 잘못 들었지?"

"제대로 들은 거 맞아."

주크는 며칠째 독사의 탑 정상의 문을 부수기 위해 안간힘을 쓰고 있는 에이단을 향해 나지막하게 말했다.

"다시 말해봐."

"입 아픈 짓 시키지 마."

"……동방국에 지금 사이몬 코덴이 없단 말이야?"

"이제는 아주 잘도 주인님의 이름을 함부로 부르네."

"묻는 말에 대답이나 해."

"맞아."

그는 울상이 된 얼굴로 말했다.

"야, 이거 다시 고칠 수 없나? 지금 문이나 부술 때가 아니었잖아!!"

갑작스럽게 변한 에이단의 모습에 주크는 어이가 없다는 듯 그를 바라봤다.

"증명한다느니 어쩌니 하면서 멋진 소리는 다 해놓고 이제 와서 문을 부술 자신이 없나 보지?"

콰아아아앙-!!

그 순간 에이단은 인상을 구기며 단단히 잠긴 문을 신경질적으로 내려쳤다.

쩌적…….

단단하게만 잠긴 문의 끝이 떨리면서 작은 금이 갔다. 주크디 홀드는 그 모습을 바라보며 떨리는 눈으로 그를 바라봤다.

"자신이 없어? 그게 아니라 필요가 없으니 하는 소리라고. 주군께서 내게 명하신 게 있다. 그걸 행하지 못하면 증명 따위는 물거품이 되어버린다고……. 주크, 빨리 가자."

"그, 그게 무슨……."

"대륙으로 갔다면서? 증명이고 나발이고……. 이제는 제발 그가 무사하길 빌어야겠지. 행여나 주군을 만난다면……."

에이단은 그녀의 팔을 잡아당기며 말했다.

"초후술을 얻기도 전에 그가 죽어버릴지도 몰라."

"이게 누구야. 이런 곳에서 널 만날 줄은 몰랐는데……. 삼국 놈들이 믿고 있던 카드가 네놈이었군."

카릴은 조금 전 고약한 침을 자신의 머리 위에 떨어뜨린 괴물을 바라보며 말했다.

평범한 바질리스크의 두 배는 될 것 같은 크기는 마치 다리가 달린 샌드 서펀트 같았다. 하지만 그의 눈은 거대한 바질리스크 위에 앉아 있는 한 남자에게 꽂혔다.

에이단의 걱정은 현실이 되었다.

"사이몬 코덴."

카릴은 반갑게 그의 이름을 불렀다.

취릭……! 취릭……!!

바질리스크가 기묘한 소리를 내며 천천히 머리를 아래로 조아렸다. 그러자 카릴의 눈높이로 내려온 남자는 그를 향해 인사하듯 말했다.

"일전에 아조르에 갔던 사신에게 한 말씀을 들었습니다."

"그래. 목이 붙은 채로 보내준 것에 감사하다고 하던가? 특별히 아량을 베풀었는데."

전장과는 어울리지 않는 백색의 로브를 입고 바질리스크의 머리 위에 방석을 깔고 앉아 있는 남자는 햇빛이 싫은 듯 쥐고 있던 부채를 펼치며 얼굴을 가렸다.

"에이단 녀석에게도 한소리 해야겠군. 네가 여기에 있다는 것은 녀석이 널 막지 못했거나 늦장을 피워서 만나지 못했다는 말일 테니까."

카릴은 베이칸에게서 검을 치우며 말했다.

"사실 나는 녀석이 돌아올 때 네 목을 가져오길 기대했거든."

"농이 지나치시군요. 그는 암연의 일개 살수. 그런 자가 저를?"

"응. 너도 일개 섬주에 불과한걸."

사이몬 코덴은 살짝 인상을 찡그렸다.

"네가 여기에 있다는 것은 제국에 붙은 거라고 보면 되겠지?

하긴, 너는 그런 놈이었으니까."
"전쟁이란 결국 승패가 나는 법. 대륙의 판도를 보는 것은 당연한 일입니다."
"맞아. 세상에 전쟁은 언제든 일어나지. 인의를 위해 군을 이끄는 자가 있다면 명리를 추구하며 출전하는 자가 있게 마련이지. 너는 후자일 테고."
"클클, 영웅은 인의를 위해 싸운다는 말을 하고 싶은 겁니까. 타투르란 곳이 어떤 땅인지는 대륙이 아니라 바다 건너 작은 섬에까지 들리는데 말입니다."
사이몬 코덴은 바질리스크의 머리 위에서 팔짱을 낀 채로 혀를 내밀며 말했다.
"아니."
카릴은 그를 바라보며 말했다.
"제국의 황제는 인의를 두르고 싸우고 네놈은 돈을 따지며 그에 빌붙었다는 말이야. 난 어디 쪽에도 속하지 않아."
"……그럼 당신은? 영웅이 될 생각이 없다는 말입니까. 그런데 어째서 왕국을 세우고 세력을 넓히는 것입니까?"
"나?"
카릴은 피식 웃었다.
"영웅이 뭔데? 대륙을 구하는 것이 영웅인가? 대의를 이루는 것이 영웅인가. 아니면 백성을 지키는 것이 영웅인가."
"열을 베면 살인자에 불과하지만 천을 베면 영웅이라 하지 않습니까. 영웅의 길은 결국 핏길 위에서 만들어지는 법 아닙니까."
콰악-!!
그 순간 카릴은 바질리스크의 머리를 밟고 뛰어올라 사이몬 코덴의 멱살을 쥐었다.
"……!!"
"간 보려 하지 마. 제국과 나 중 어느 쪽이 실리가 있는지 아직도 저울질하는 중이냐? 판돈을 걸었으면 밀어붙여. 평가는 후대가 할 뿐이다. 걸리적거리는 놈을 베면 그만."
빠득-
사이몬 코덴은 카릴을 노려봤다.
"……이민족, 야만족 그리고 나라를 등지고 도망친 노예들과 무뢰배들까지. 고귀함이라고는 없는 그네들이 뒤엉켜 살고 있는 썩은 내 나는 왕다운 말이군!!"
그의 말에 카릴은 피식 웃었다.
"똥 밭에 굴러도 이승이 낫지. 네놈 목이나 걱정해. 넌 판돈을 잘못 걸었어. 나는 내가 어떤 사람인지 말한 적 없어. 평가는 후대가 할 뿐이지. 그런데 웃기지 않아? 사람들은 나를 영웅이라 부르더군."
그의 말에 사이몬 코덴은 비웃듯 되물었다.
"흥, 괴물이 아니라?"
창……! 차장……!! 카가가강……!
그 순간, 마치 소나기처럼 수백, 수천의 날카로운 암기가 카릴을 향해 쏟아졌다.

“괴물? 아무렴 어때. 영웅이든 괴물이든. 내게 해줄 말은 하나다. 역사서에 기록되길 네 죽음이 영웅에게 목이 베이든 괴물에게 목이 뜯겨 나가든 결국 종착지는 죽음.”

“과연……? 쉽지 않을 겁니다만.”

카릴은 사이몬 코덴을 밀치며 검을 저으며 날아드는 바늘을 검으로 쳐냈다.

“마, 말도 안 돼.”

“저걸 다 막았단 말인가?”

“도대체…….”

암연의 살수들은 떨리는 목소리로 중얼거렸다.

“급하긴 급했나 보군. 어둠 속에서 존재의 가치를 가지는 자들이 해가 떠 있는 곳에 버젓이 돌아다니다니 말이야.”

먼지를 털어 내듯 옷깃을 털며 카릴은 아무렇지 않은 듯 말했다. 그리고 사이몬 코덴의 얼굴에 가까이 다가가며 낮은 목소리로 말했다.

“네놈 목숨을 가져가는 거?”

새하얗게 질린 것인지 아니면 원래 그런 피부인지 모를 사이몬 코덴을 바라보며 그는 피식 웃었다.

“쉬워.”

퍼억-!!

단숨에 바질리스크의 머리 위로 뛰어오른 카릴이 얼음 발톱을 아래로 돌려 손잡이 끝으로 사이몬 코덴의 턱을 쳤다. 둔탁한 소리와 함께 코덴의 머리가 뒤로 휙 하고 젖혀졌다.

"크?!"

그의 몸이 일격에 휘청거렸다. 입가에서 붉은 피가 한 줄기 흘렀고 카릴은 무표정한 얼굴로 말했다.

"동방국의 주인이란 자가 벌써 피를 흘리면 쓰나."

"……네놈!"

카릴은 주먹을 몇 번 쥐었다가 폈다 하더니 그대로 손바닥을 펼쳐 코덴의 안면을 향해 내질렀다.

후웅……!!

하지만 그 순간 그가 내저은 팔은 허공을 그었고 옅은 연기만이 풍압에 흩어졌다.

스으으윽-!!

조금 전 코덴이 앉아 있던 자리는 비어 있었고 어느새 카릴의 뒤에 나타난 그가 날카로운 가시와 같은 비늘을 그의 목덜미를 향해 찔러 넣었다.

펑! 펑!! 퍼엉-!!

카릴이 뒤를 돌며 검을 긋자 다시 한번 연기가 피어오르며 그의 검이 지나간 궤도를 따라 유령처럼 코덴의 기척이 사라졌다.

초후술 1단계 각성, 운령(雲靈).

자신의 몸을 연기처럼 흩어지게 만들며 시전자의 기척을 완전히 감추게 함과 동시에 그 속도는 가히 인간의 영역을 뛰어 넘기에 대상자는 자신이 죽었는지도 모르게 살해당한다. 실로 이 영역에 도달한 것만으로도 암살의 최고위 수준에 도달한 것이라 할 수 있었다.

유령처럼 사라졌던 코덴의 형체가 나타나자 그는 굳은 얼굴로 카릴을 바라봤다.

"퉷."

조금 전 급소를 노리며 날렸던 바늘을 입에 문 채로 카릴이 입꼬리를 올리더니 그것들을 뱉어냈다.

[크르르르르…….]

자신의 머리 위로 떨어진 바늘이 기분 나쁜 듯 바질리스크가 낮게 으르렁거렸다.

"컥!!"

코덴의 신음이 콰직-!! 하는 충격음보다 먼저 튀어나왔다. 정신을 차릴 수 없는 듯 그는 황급히 고개를 저으며 앞을 바라봤다.

"크윽!!"

그러고는 황급히 부채를 내저었다. 부채를 펼치자 종이처럼 얇아 보이는 부챗살들이 쇳소리를 내며 펼쳐졌다. 코덴의 철선(鐵扇)이 다음 공격을 막기 위해 얼굴을 가렸지만 카릴은 그보다 더 빠르게 그의 안면을 발로 있는 힘껏 갈겼다.

쿠웅!! 펑!!

바닥에 떨어지는 충격은 없었다. 마지막 순간에 연기처럼 사라진 사이몬 코덴이 어느새 바질리스크의 등 위로 다시 올라와 있었다.

그는 조금 전 충격으로 인해 입가에 흐르는 핏물을 다시 닦았다.

"……."

믿을 수 없다는 눈치. 운령으로 각성한 상태임에도 불구하고 그는 카릴의 공격을 피할 수 없었다는 사실에 충격을 받은 듯한 표정이었다.

"흠."

콰앙-!! 쾅-!!

그 순간 카릴이 숨을 들이마셨다.

[카각……!!]

두 다리로 있는 힘껏 지면을 밟듯 뛰어오르자 바질리스크의 다리가 카릴의 힘을 이기지 못하고 부러지면서 통나무만 한 두꺼운 뼈가 그대로 가죽을 뚫고 튀어나왔다. 하지만 그보다 더 놀라운 것은 카릴의 모습이 마치 조금 전 코덴을 보는 것처럼 연기처럼 사라졌다는 것이다.

육안으로는 쫓을 수 없는 속도.

'설마……?! 아냐, 다르다.'

그는 당황한 듯 급하게 어리둥절한 표정으로 주위를 살피다가 고개를 저었다. 동방국의 비기를 알 리 없었다. 코덴은 카릴이 오직 이동 마법과 신체의 능력만으로 그와 같은 효과를 내고 있다는 것을 깨달았다. 그러나 문제는…….

"후읍."

내뱉는 숨소리와 함께 그의 얼굴 바로 앞에 나타난 카릴이 그대로 주먹을 휘둘렀다.

"컥!!"

자신의 각성 상태보다 그의 속도가 더 빠르다는 것이었다.

퍼어억……!!

카릴이 조금 더 주먹에 힘을 주었다. 안면에 정통으로 들어간 주먹은 멈추지 않고 계속해서 밀고 들어갔다. 코덴은 연기로 변할 틈도 없이 그대로 주르륵 바질리스크의 꼬리까지 밀려 나갔다.

"크……."

"코덴. 제국에게 얼마를 받나?"

카릴은 비틀거리는 사이몬 코덴을 향해 두 손가락을 펼쳤다.

"제국이 제시한 것의 두 배."

"크…… 크큭."

코덴은 얼얼한 충격이 가시기도 전에 카릴이 제시한 그 말에 웃었다.

"결국 당신도 동방국의 힘이 필요하다는 의미군."

"아니, 반대인데?"

"……뭐?"

"제국이 제시한 금액에 두 배를 내게 지불해라. 그럼 네 목숨은 살려주마."

카릴의 말에 사이몬 코덴의 얼굴이 일그러졌다가 다시 한번 환히 변했다.

"크…… 크하하하하!!"

박장대소를 하며 그는 바실리스크의 머리 위에서 배를 움켜쥐었다.

"좋습니다. 우리의 계약은 어쩌면 이뤄질 수 있을지 모르죠."

"그래. 그러지."

카릴은 천천히 자신에게 걸어오기 시작하는 코덴을 바라보며 고개를 끄덕였다. 그가 손을 내밀고는 카릴에게 비소를 날렸다.

"그 값은 제국이 내어줄 겁니다. 당신의 노잣돈으로 말이지!!"

사이몬 코덴의 얼굴이 검게 변했다. 피부는 마치 갑옷처럼 단단해졌고 두 눈이 녹빛으로 변했다. 마치 발톱처럼 날카로운 송곳의 형태를 닮은 손톱이 길게 돋아났다.

인간이라고 볼 수 없는 엄청난 속도. 둘 다 빨랐지만 형체를 알 수 없는 연기와 같았던 조금 전과는 판이했다.

초후술 2단계 각성, 귀형(鬼形).

타닥-!! 타다닥-! 파앗-!!

괴물 같은 형상으로 달려드는 그를 바라보면서도 어쩐 일인지 카릴은 무덤덤했다.

"크아아아아!!"

사이몬 코덴에게서 뿜어져 나오는 기세는 소드 마스터에 견주어도 손색이 없었다.

아니, 오히려 그 이상. 아직 3단계의 초후술이 남아 있다는 것을 가정했을 때 그의 실력은 확실히 대륙 10강이라 불릴 자격이 있었다.

'격의 차이가 느껴지는군.'

하지만 이상했다. 전생에서는 하지 못했던 크웰과의 일전 때문일까? 내로라하는 대륙의 강자라 칭해도 손색이 없을 사이몬 코덴이 어쩐지 카릴의 눈에 한없이 초라해 보였다.

스르릉-

카릴은 검을 머리 위로 들어 올렸다가 천천히 내리그었다.

무색기검(無色氣劍) 변형 3식, 왕관 1자세(Crown Posture).

질주하는 적을 보고도 오히려 카릴은 한 발자국 앞으로 다가갔다. 고작 한 발자국의 차이였음에도 불구하고 달려들던 코덴은 찰나였지만 거리감을 잃은 듯 비틀거렸다.

"다시 묻지."

쩌적…… 쩌저저적…….

두 사람의 발밑에 있던 거대한 바실리스크의 머리가 정수리부터 반으로 갈라졌다.

스륵-

사이몬 코덴은 자신의 머리카락을 흔드는 옅은 바람을 느꼈다.

쩌억-!! 콰가가가가강-!!

그 바람이 사라짐과 동시에 수박이 쪼개지는 소리처럼 바질리스크의 머리에서부터 몸통, 꼬리까지 괴물의 몸이 순식간에 쪼개졌다.

쿵-!!

바질리스크 앉아 있던 사이몬 코덴이 바닥에 떨어졌다. 그는 미동도 하지 않은 채로 그대로 고개만을 들어 카릴을 바라봤다.

꿀꺽-

마른침을 자신도 모르게 삼켰다. 괴물 같은 형상임에도 불구하고 그의 어깨가 파르르 떨렸다.

'피한 건가? 그럴 리가. 일부러 빗맞힌 것…….'

그는 자신의 발아래를 내려다보았다. 바질리스크의 핏물이 주르륵 흘러내려 바닥을 적셨다. 저 일격이 자신을 향했던 것이라면…… 일도양단 된 것은 바질리스크가 아니라 자신의 사지가 됐으리라.

"……."

코덴은 몰랐다. 지금 눈앞의 상대는 전생에 오직 검술만으로 초후술을 눌렀던 자라는 것을.

그런 카릴에게 지금의 그가 위협이 될 리 만무했다.

"나와 거래를 하겠나?"

꽈악-

사이몬 코덴은 떨리는 손에 주먹을 쥐었다.

"거, 거래를 하겠……."

카가가가강……!!

그때였다.

사이몬은 황급히 뒤를 돌며 부채를 펼쳤다. 검이 부딪히며 번뜩이는 불꽃이 사방으로 튀었다.

"후아!! 늦을 뻔했다."

경쾌한 검격만큼이나 가벼운 목소리가 전장에 울렸다. 카릴은 그 목소리를 들으며 입꼬리를 올렸다.

"늦었어."

"그래도 죽지 않았잖습니까. 그것만으로도 다행인걸요. 주군께서 마음만 먹으셨어도 지금 저자의 목은 바닥에 굴렀을 텐데."

사이몬 코덴은 갑작스럽게 난입한 그를 바라보며 인상을 구겼다.

"네가 저자보다 안목이 낫군."

"주위의 괴물들만 하도 봐서 그렇습니다."

에이단은 부서진 단검을 던지고는 품 안에서 다른 하나를 꺼냈다.

"에이단 하밀……!!"

울화가 치밀었지만 부정할 수 없었다. 조금 전 확실히 자신은 죽음과 같은 공포에 패배를 스스로 인정하려는 말을 하려 했으니까.

"단검이 남아날 일이 없겠군."

"그러게 말입니다."

"이번 일을 끝내면 북부에 갔을 때 내게 검을 만들어주라고 해야겠군. 이민족들은 투박하지만 날을 다루는 솜씨만큼은 뛰어나니까."

"아그넬처럼 말입니까?"

에이단은 카릴의 가슴 쪽을 가리키며 말했다. 장식의 화려함 따위는 없지만 단검을 쓰는 에이단은 누구보다 아그넬의 검날의 예기를 눈여겨봤었다.

"아서라. 이건 줄 수 없어."

그의 대답에 에이단은 어깨를 으쓱했다.

"코덴, 거래를 하도록 하지."

카릴은 뭔가 재밌는 생각이 났다는 듯 두 사람을 바라보며 피식 웃었다.

"에이단을 이기면 네 목숨을 살려주겠다. 돈을 내는 것보다 싸게 먹히는 일이지 않아? 암연의 살수들까지 모두 써도 좋다."

"하?"

카릴은 어처구니없어하는 그에게서 고개를 돌려 에이단을 향해 물었다.

"어때?"

에이단은 앞을 바라봤다. 얼굴을 복면으로 가리고 있지만 살수들의 눈빛 중에는 익숙한 자들도 있었다.

모두가 최정예. 그도 그럴 것이 동방국의 주인이 직접 나선 일인 만큼 동방국 전체의 일이기도 했다.

"미하일이 부러워하겠군요."

에이단은 피식 웃었다. 이보다 더 완벽한 무대가 없다고 생각했다. 수천의 적군이 자신을 주시하고 있기 때문이 아니었다.

카릴 맥거번, 그가 이곳에 있다는 것. 그의 앞에서 자신을 증명할 수 있게 되었다는 것만큼 바라왔던 일이 있던가.

"초후술."

그는 단검을 쥐고 사이몬을 바라보며 낮게 이야기했다.

"가져오겠습니다."

저벅- 저벅- 저벅-

카릴은 에이단의 말을 듣자마자 더 이상 사이몬 코덴에게 관심이 없다는 듯 그를 지나쳤다.

"자, 잠깐……!!"

코덴은 당황스러운 듯 고개를 돌리며 카릴을 향해 소리쳤다. 하지만 그것도 잠시, 그는 눈 앞에 펼쳐지는 광경에 할 말을 잃고 말았다.

화르르르륵……!! 화르륵……!!

"알른."

카릴은 나지막하게 그의 이름을 불렀다. 그러자 지옥불처럼 보랏빛의 화염이 그의 주위에 일렁이더니 검은 영체가 나타났다.

"일전에 내게 크웰보다 마력을 검에 벼리는 기술이 부족하다고 했지?"

[녀석, 그 말을 아직도 기억하느냐.]

알른은 클클 거리며 웃었다. 한 손에는 라미느의 화염이 반대쪽엔 에테랄의 빙결의 힘이 서서히 모이기 시작했다.

극상성의 두 힘은 결코 융합될 수 없음에도 불구하고 그의 양팔은 정확하게 응축되었다.

[캬악……!!]

두 팔을 감싸는 마엘이 날카로운 이빨을 드리우며 나타났다 사라지자 두 정령왕의 힘이 뱀의 형상 속으로 스며들며 다시 한번 카릴의 비전력 안으로 녹아들기 시작했다.

사이몬 코덴은 그 모습을 바라보며 확신했다. 그가 자신을 상대했던 이유는 단순히 에이단을 기다리며 시간을 끌기 위함이었다는 것.

에이단의 말대로 그가 마음만 먹었더라면 단칼에 자신의 목숨이 끝났을 것이라는 말이 결코 농담이나 허세가 아님을 느꼈다.

"과연 그런지 보여주지."

카릴은 이스탄 왕국 국경 요새를 향해 천천히 걸어가기 시작했다.

"쏴!! 쏴라!!"

카가가가가강-!! 카가강-!!

여기저기에서 폭발이 일었다. 국경 요새에서 쏟아지는 화살이 소나기처럼 하늘을 채웠다. 화살촉에는 작은 속성석의 가루가 섞여 있어 일반 화살의 수십 배의 위력이었다.

"광산에서 빼돌린 속성석으로 이런 허접한 물건이나 만들었나 보군."

화살 하나에 들어가는 속성석 가루야 얼마 되지 않겠지만 그것이 수천, 수만 개라면 이야기가 달라진다.

카릴은 신경질적으로 검을 그었다.

화르륵……!!

아그넬의 검날이 라미느의 힘을 머금고 호를 그리는 궤적을 따라 불꽃이 일렁였다. 검이 지나간 자리에 화살이 시커먼 연기를 내며 폭발했다.

"고, 공격하라!!"

요새 수비대장은 그 모습을 바라보며 떨리는 목소리로 외쳤다. 하지만 이미 배치되어 있는 마법병대의 무구로는 그를 막을 수 없음을 알았다.

"베, 베릴 경께 소식은 없는가!!"

"그게…… 통신구가 꺼져 있습니다."

"뭐?!"

대장은 부하의 보고에 인상을 구겼다.

당연한 일이었다. 지금쯤 베릴은 제국으로 망명할 준비를 하고 있을지 모른다. 믿었던 카드인 사이몬 코덴과 카릴의 일전에 대해 이미 결과를 보고 받았을 테니까.

서컹-!!

수비대장이 상황을 확인할 틈도 없이 두꺼운 성문이 반쪽으로 잘려 나가며 양쪽으로 쪼개졌다.

"……!!"

두부 잘리듯 반으로 잘린 성문을 그는 눈으로 보고도 믿을 수 없다는 표정을 지었다. 그도 그럴 것이 국경 요새의 성문은 베릴이 특별히 심혈을 기울여서 고안한 보호 마법이 걸려 있는 역작이었으니까.

"성문에 3각석을 다섯 개나 박아놨잖아? 이런 쓸데없는 일에 비싼 속성석을 낭비하다니. 미쳤군."

카릴은 자신의 발아래 쓰러진 성문을 바라보며 어이없다는 듯 말했다. 너무나도 쉽게 잘려 나가 무의미해 보였지만 사실 이스탄 왕국의 국경 요새 성문은 웬만한 제국의 것들보다 더 튼튼했다. 실제로 제국에서도 속성석을 써서 만든 성문은 황도의 황궁 말고는 없었으니까.

속성석 다섯 개로 만든 성문은 기사들이라 하더라도 수십이 붙어서 공격하지 않는 이상 흠집도 내기 어려웠다.

하지만 그건 말 그대로 기사의 기준에서였다. 이미 규격 외라 할 수 있는 카릴에게 고작 3각석의 보호 능력은 종이 위에 종이 한 장을 더 얹은 정도밖에 되지 않았다.

저벅- 저벅- 저벅-

"쏴, 쏴라!!"

대장의 외침에 다시 한번 화살이 카릴을 향해 쏟아졌다. 하지만 활을 쏘는 궁수들도 자신들이 공격이 무의미하다는 것을 알고 있었다.

쇄앙-!!

카릴은 고개를 살짝 꺾으며 자신을 향해 날아오는 화살이 얼굴을 스치고 지나가는 순간 활대를 손으로 움켜쥐었다.

콰아아앙……!!

그러고는 그대로 날아온 방향으로 집어 던졌다.

"아아악-!!

무구의 수준이 올라가도 왕국의 병사들은 그대로였다. 마법병대라고 하지만 병사들 자체는 기사에도 미치지 못하는 일반 병사. 그들은 카릴이 날린 화살을 피할 엄두도 내지 못한 채 여기저기 비명을 토해내며 쓰러지기 시작했다.

탁-

카릴은 성루로 뛰어올랐다.

"사, 살려줘!!"

수십 미터의 높이를 아무렇지 않게 뛰어오르며 자신의 앞에 나타난 카릴을 보며 병사들은 너도나도 줄행랑을 치기 시작했다. 카릴은 그런 병사 중 한 명의 뒷덜미를 잡아당겼다.

"컥……!"

"살고 싶어?"

"사, 살려주십시오!!"

카릴에게 붙잡힌 병사는 고개를 돌려 그와 눈이 마주치자 그만 바지에 오줌을 지렸다. 후들거리는 다리는 제대로 설 수도 없는지 그대로 바닥에 주저앉고 말았다.

"살고 싶으면 질문에 대답해라. 여기에 베릴 그 작자가 있나?"

"베, 베릴 자작 말씀이십니까?"

"자작? 이 빌어먹을 늙은이가 내가 만든 광산을 팔아서 작위까지 받았나 보네."

카릴은 코웃음을 치면서 계속하라는 듯 손을 저었다.

"베릴 자…… 베릴 그 작자는 지금 여기에 없습니다. 지원을 하겠다고 했는데 깜깜무소식인 걸 봐서는 분명 혼자 도망친 것이 분명합니다!"

어떻게 말해야 카릴의 환심을 살지 눈치가 빠른 병사는 그의 안색을 살피면서 베릴을 욕하기 시작했다.

"마, 만약 왕도에 없다면…… 그놈은 지금 호른곶으로 가 있을 것이 분명합니다! 왕국 내에 유일하게 제국으로 향하는 배를 탈 수 있는 항구가 있는 곳입니다."

"네 말대로라면 확실히 이스트리아 삼국이 제국과 손을 잡아 비올라와 싸웠다는 게 맞군. 게다가 동방국까지 너희들에게 힘을 보태줬고."

"그, 그렇습니다."

"그런데 그걸 네가 어떻게 알지?"

"……네?"

"일개 병사 주제에 베릴이 어디로 도망칠지 어떻게 아느냔 말이야."

카릴은 그의 말을 더 이상 들을 필요 없다는 듯 그대로 그 자의 목을 꺾어버렸다.

우드득-

"컥!!"

병사는 단말마의 비명만을 남긴 채 그대로 머리가 등을 향한 채로 바닥에 쓰러졌다.

"이봐, 이놈의 신분을 밝혀라."

"……요새 수비대장입니다."

"그렇군."

그럴 줄 알았다는 듯 카릴은 부러진 수비대장의 목을 다시 한번 베어버리고는 그의 수급을 들어 올리며 말했다.

"요새의 대장이라면 마땅히 희생당한 병사들에 대한 책임져야 하는 법이다. 병사들과 똑같은 옷으로 갈아입고 있고 도망칠 생각을 하고 있는 놈이 무슨……."

카릴은 바닥에 쓰러진 수비대장의 시체를 바라보며 차갑게 말했다. 그러고는 대장의 머리를 병사에게 던졌다.

"흐익?!"

"성벽 위로 놈의 죽음을 알려라."

그의 말에 성루에 있던 병사는 황급히 수비대장의 머리를 들어 올렸다.

"모두 들어라."

카릴은 성루 위에 한 발을 들어 올려 무릎에 손을 얹고서 아래를 내려다보며 말했다.

"우둔한 자를 따르는 것은 죄가 아니다. 우둔한 길로 이끈 자의 잘못일 뿐."

웅성- 웅성-

"투항하는 자는 잘못을 묻지 않겠다."

병사들은 하나둘 기다렸다는 듯 그의 말이 끝나자마자 무릎을 꿇기 시작했다. 동방국의 최고수라 불리는 사이몬 코덴과 카릴의 일전을 이미 지켜본 그들은 애초에 전의를 상실한 지 오래였다.

"이봐."

국경 요새가 무너지기까지 고작 몇 분도 걸리지 않았다. 역사상 이보다 빠른 공략은 없을 것이다.

"네?! 네!!"

카릴은 자신에게 항복하는 병사들을 바라보며 만족스러운 듯 고개를 끄덕였다.

"횃불을 밝혀라."

"……네?"

병사는 의아한 듯 그를 바라봤다. 아직 해가 중천인데 갑자기 불을 밝히라는 그의 명령이 이상했기 때문이다.

"성 밖에 크게 원을 그리듯 횃불을 세우고 절대 꺼지지 않도록 하라. 불은 크면 클수록 좋다. 대신 불은 동이 틀 때까지 계속되어야 한다."

병사는 그제야 횃불을 에이단과 사이몬 코덴이 싸우고 있는 곳에 세우라는 것을 깨닫고 고개를 숙였다.

"네, 알겠습니다!"

"에이단이 동방국의 주인을 이길 수 있을 거라 생각하십니까?"

베이칸은 자신이 데리고 온 자유군이 무색하게 무혈입성하게 된 이스탄의 국경 요새를 둘러보며 카릴에게 말했다.

"코덴이 데리고 온 암살자들은 모두가 상급 소드 익스퍼트를 뛰어넘는 실력이지. 그들 모두를 상대하면서 사이몬 코덴을 이긴다는 것은 소드 마스터들도 쉬운 일이 아냐."

"으흠……."

"하지만 나는 그들을 모두 쓰러뜨리라고 말하지 않았다. 암살자는 기사가 아니야. 경비가 삼엄한 왕궁에 침입해서 왕의 목을 따내는 것이 암살자니까. 싸움에서 이기는 것이 아니라 생존에서 이겨야 하는 것이지."

카릴은 검지를 들어 올렸다.

"결국 노리는 것은 단 하나."

그러고는 사이몬 코덴을 가리켰다.

"머리만 베면 돼."

"하지만 저곳은 은신할 수 없는 평지입니다. 암살자에게는 쥐약 같은 지형이지요."

"그래서 횃불을 밝히라 했다."

"……네?"

베이칸은 카릴의 말에 이해가 가지 않는다는 듯 바라봤다. 횃불이란 본디 어둠을 밝히는 것.

암살에 있어서 그에게 더 불리한 상황이 아닐까 싶었다.

"지금 우리가 서 있는 요새의 불을 모두 끈다 하더라도 밤하늘이 별빛만으로도 암연의 암살자들에겐 충분한 빛이 된다. 미약한 빛보다 오히려 강한 빛일수록 짙은 어둠도 함께하는 법이니까."

"아……!!"

카릴의 말에 베이칸은 그제야 이해했다는 듯 낮은 탄성을 질렀다. 횃불이 만들어내는 그림자가 카릴이 에이단에게 주는 암살의 기회였기 때문이다.

"하지만 그 어둠을 활용할 수 있는 것은 그 혼자만은 아니니까. 나는 기회를 만들어줄 뿐이지."

나머지는 에이단이 해내야 할 일이었다. 저곳은 이스트리아 삼국을 섬멸하기 위한 싸움이 아니라 에이단 자신의 가치를 증명하기 위한 무대였으니 말이다.

"베이칸. 비올라는 지금 뭘 하고 있지? 너를 이곳에 보내고 자신의 무능함에 대해 질책받는 것이 두려워서 숨어 있는 건 아니겠지? 그렇다면 차라리 공국령을 선포하지 말고 온실 속 화초로 남아 있던 게 나았겠어."

카릴의 말에 베이칸은 쓴웃음을 지었다. 수개월 간의 전투 속에 그 역시 포함되어 있었으니 말이다. 자신들이 이토록 오래 걸렸던 전투를 고작 며칠 안으로 종결시켜 버릴 카릴의 모습에서 위대함과 함께 허탈함도 밀려왔다.

"비올라 왕녀께서는 주군의 소식을 듣자마자 군을 이동시켰습니다. 제게도 말씀하시지 않았습니다만…… 주군과 비슷한 생각을 한 듯싶습니다."

"왜?"

"떠나기 전 이틀 안으로 주군이 있는 곳으로 스스로 찾아가겠다고 했으니 그녀도 요새로 찾아올 것이라 생각됩니다."

"생각만은 누구나 할 수 있다. 비올라가 머저리들만 있는 삼국 안에서 그래도 쓸 만한 머리를 가지고 있다. 하지만 이상을 현실로 만들지 못한다면 그건 망상에 불과할 뿐이지."

카릴은 차갑게 말했다.

"전쟁에서 가장 중요한 승패지 승리할 책략이 아냐. 결과만이 역사에 기록된다는 것을 명심해라."

그러고는 그는 저 멀리 에이단을 가리키며 말했다.

"베이칸, 너 역시 마찬가지다. 내게 결과를 보여야 할 것이야. 그것이 대초원의 전사로서 자신을 증명하는 방법이다."

"명심하겠습니다."

그의 말에 베이칸은 허리를 숙이며 말했다.

확실히 이번 공국내전에 합류했던 키누 무카리는 밀리아나와 함께 전쟁에서 두각을 나타냈다. 하지만 자신은 결국 삼국을 공략하지 못했다.

꽈악-

베이칸은 주먹을 움켜쥐었다. 같은 대초원 출신의 야만족인 키누와 베이칸을 서로 다른 격전지에 배치하고서 한 쪽을 자신이 이끌어 승리한다. 그럼으로써 두 사람의 승부욕을 자극하고자 했다.

"비올라 그녀가 내게 무엇을 가져다주기 위해 처음부터 날 보지 않고 피한 것인지는 모르겠지만 이스탄은 내일 안으로 무너질 것이다."

다른 사람이 그런 소리를 했다면 허무맹랑하게 들리겠지만 베이칸은 그 말이 결코 허풍이 아님을 알았다.

그 말을 한 사람이 다름 아닌 카릴이었으니까.

[크르르르르……]

그의 말에 대답이라도 하는 듯 머리 위에 수십 마리의 비룡들이 선회하며 낮게 울었다.

"그 안에 만족스러운 뭔가를 가져오지 않는다면 삼국이 정리되는 시점에서 그녀를 기다리는 것은 그들과 같은 말로겠지."

카릴은 자신의 망토를 가볍게 흔들고는 뒤를 돌아섰다.

to be continued

Wish Books

# 만 년 만에 귀환한 플레이어

나비계곡 퓨전 판타지 장편소설
WISHBOOKS FUSION FANTASY STORY

어느 날, 갑작스럽게 떨어진 지옥.
가진 것은 살고 싶다는 갈망과 포식의 권능뿐.

일천의 지옥부터 구천의 지옥까지.
수십만의 악마를 잡아먹고 일곱 대공마저 무릎 꿇렸다.

**"어째서 돌아가려 하십니까?"**
**"김치찌개가… 김치찌개가 먹고 싶다고."**

먹을 것도, 즐길 것도 없다.
있는 거라고는 황량한 대지와 끔찍한 악마뿐!

"난 돌아갈 거야."

**「만 년 만에 귀환한 플레이어」**